El aviso

Escritor y guionista, **Paul Pen** es autor de siete novelas: *El brillo de las luciérnagas* (Plaza&Janés, 2013), *La casa entre los cactus* (Plaza&Janés, 2017), *El aviso* (Plaza&Janés, 2018), *Un matrimonio perfecto* (Plaza&Janés, 2019), además de *La metamorfosis infinita* (2022) y *A un lado de la carretera* (2024). En 2025 llegó a las librerías *El canto de los grillos* (Plaza&Janés), la esperada segunda parte de *El brillo de las luciérnagas*. También ha publicado las colecciones de relatos *Trece historias* y *Relatos a medianoche*.

Sus obras traducidas al inglés han alcanzado en Estados Unidos lo más alto de las listas de ventas, superando los 300.000 ejemplares vendidos. Su primera novela, *El aviso*, fue llevada a la gran pantalla en 2018. Una segunda adaptación al cine, la de *La casa entre los cactus*, cuenta con guion del propio autor y llegó a las salas en 2022.

La escritura de Paul Pen es una potente experiencia para la mente, el corazón y los nervios. Su manejo del suspense es igualmente capaz de impactar y emocionar, de horrorizar y conmover, combinando a la perfección la luz y la oscuridad, el amor y el terror. Su estilo certero, sencillo pero profundo, con ecos de Dahl, de King o de Hitchcock, atrae tanto a seguidores casuales amantes de los superventas como a los más oscuros y sofisticados lectores.

Para más información, visita la página web del autor: www.paulpen.com

También puedes seguir a Paul Pen en Facebook, X, Instagram y TikTok:

🅕 Paul Pen
🆇 @_PaulPen
🅾 @mrpaulpen
🅙 @PaulPen

PAUL PEN

El aviso

DEBOLS!LLO

Papel certificado por el Forest Stewardship Council®

Mayo de 2026
Reimpresión: mayo de 2026

© 2018, Paul Pen
Representado por la Agencia Literaria Dos Passos
© 2018, 2026, Penguin Random House Grupo Editorial, S. A. U.
Travessera de Gràcia, 47-49. 08021 Barcelona
Diseño de la cubierta: Penguin Random House Grupo Editorial / Marta Pardina
Imagen de la cubierta: © Ignasi Font

Printed in Spain – Impreso en España

ISBN: 978-84-663-9099-6
Depósito legal: B-2.615-2026

Compuesto en Revertext, S. L.
Impreso en Liberdúplex
Sant Llorenç d'Hortons (Barcelona)

P 3 9 0 9 9 A

Marty, por favor. Nadie debería saber demasiado sobre su destino.

DR. EMMETT L. BROWN «DOC»
en *Regreso al futuro II*

Una mujer me llamó una vez y me dijo: «Señor Escher, soy una entusiasta de su trabajo. En su obra —*Reptiles*— ha hecho una ilustración magnífica de la reencarnación». Y yo contesté: «Señora, si eso es lo que ve, que así sea».

M. C. ESCHER

If it's going to be my destiny, I don't want to wait till it comes to me.

DOVER en *Serenade*

Prefacio

Me atrapó la idea. Sin opción. Dos personas en un mismo mundo. Con un problema similar de incomunicación. Dos personas distintas, de diferente edad. Dos visiones paralelas de un mismo mundo, o quizá no.

Una idea es un embrión que puede florecer de formas diversas. En arbusto, árbol, bosque u animal. Es una idea. Y la de Paul Pen es una idea certera y poderosa. Una idea que encierra muchas posibilidades. Y cuantas más encierra, mejor es esta idea.

El aviso es una historia que encierra muchas historias, como capas de cebolla que te hacen llorar mientras buscas llegar al corazón. Vi la película en la novela. Estaba ahí; y no seguía el mismo camino. Porque el cine es un lenguaje y la letra escrita otro bien distinto. Pero el corazón es el mismo.

La idea de un niño que recibe un aviso de muerte. La idea de un hombre que debe evitarlo. No viven en un mismo tiempo, pero sí en un mismo mundo.

Una metáfora intemporal.

Las veces que entendemos las cosas a destiempo; y aquellas, únicas y memorables, en las que no es así, en las que nos adelantamos. Y son éstas las que marcan nuestra personalidad, nuestra memoria, nuestro legado.

Vi una película en la novela de Paul, una película que no había visto y que deseaba hacer. Ése ha sido el motor. Como lo es cuando te aventuras en estas páginas y descubres que las cosas pueden ser diferentes, que es posible cambiarlas, o quizá no.

Llevar al cine un texto escrito es apasionante y complejo a la vez; exigente, porque debes encontrar el corazón de la historia y trasladarlo a otro mundo; uno que es visual, emocional, directo y que deja menos espacio a la interpretación.

De estas páginas, estas imágenes. Muy orgulloso de haber podido trasladar el universo de Paul Pen al mío, y de ahí, a la pantalla.

DANIEL CALPARSORO

Prólogo

Martes, 12 de septiembre de 2006

Tras su primer día de colegio, Leo salió de clase con la cabeza agachada, mirando al suelo. Se dejó llevar por la corriente de niños. Rodeado de gritos, risas y carreras, avanzó hacia la calle principal, más de un paso por detrás del resto de sus compañeros. El sol de septiembre en Arenas parecía derretir el asfalto, creando en su relieve charcos de agua inexistentes. Las franjas blancas de un paso de cebra invitaban a cruzar al otro lado, allí donde se levantaba la tienda del americano. El lugar que cada tarde se convertía en tierra prometida de azúcar y diversión para los alumnos del colegio. El Open. En realidad la tienda se llamaba de otra forma, pero la palabra escrita en neón que brillaba por las noches en morado y amarillo sobre la puerta había acabado por convertirse en su verdadero nombre. Algunos decían que el señor Palmer, el dueño, se había traído el cartel con él desde Estados Unidos.

Leo se paró junto al paso de cebra cuando el montón de niños se detuvo. Alzó la mirada sin apenas levantar la cabeza. El semáforo estaba en rojo para los peatones.

—¿Veis esta cicatriz? —dijo uno de los niños, señalándose la barbilla—. Me pusieron cuatro puntos.

Infló el pecho mientras extendía una mano con el pulgar recogido.

—Por eso me llaman Brecha.

La presentación originó suspiros de asombro y gritos de admiración. Brecha los recibió levantando los brazos. Sobre su cabeza, el semáforo cambió a verde.

—¡Vamos al Open! —gritó.

Convertido ya en líder, Brecha guió el viaje de sus nuevos compañeros al otro lado de la calle. Para la clase que acababa de formarse bajo la tutoría de Alma Blanco, era la primera oportunidad de realizar la tradicional peregrinación escolar que se repetiría a diario. Todos siguieron a Brecha. Un niño corrió hasta él y lo agarró por el hombro. «Yo soy Edgar», le dijo. Con apenas seis años, parecía tener claro a quién era conveniente arrimarse. Detrás, dos niñas se miraron sin saber qué hacer. Temerosas, se dieron la mano. Y comenzaron a andar.

Leo notó que el grupo se desvanecía a su alrededor.

También percibió la presión de sus pies contra el asfalto. Inclinó el tronco hacia delante, ligeramente, como haría alguien antes de comenzar a andar, pero los dedos de sus pies aumentaron la presión. El resto del cuerpo quedó anclado al suelo. Mientras su tronco regresaba a una posición vertical, Leo dudó una última vez si obedecer las órdenes de mamá o si cruzar hacia el Open con el resto de sus nuevos compañeros. Esa misma mañana ella le había pedido que esperara a que le recogiera donde se encontraba ahora. Después le había dado el primer beso de despedida relevante en la vida de un niño. Forzando otra vez la vista para mirar sin apenas levantar la cabeza, pudo ver a los demás niños avanzar por el paso de cebra.

La duda de Leo duró apenas unos segundos.

Pero unos segundos que resultaron ser decisivos.

El niño que había agarrado a Brecha por el hombro miró hacia atrás, hacia el séquito que había convertido en suyo con un simple gesto. Sonrió cuando comprobó que todos le seguían. Entonces reparó en Leo, que permanecía quieto al otro lado de la calle, la cara dirigida al suelo. El niño sacudió el hombro de su líder. Brecha se giró para saber qué ocurría. Desanduvo el camino para acercarse a Leo. El resto del grupo también cambió de sentido y se arremolinó junto a ambos.

—¿Qué pasa, eres sordo o qué? —preguntó.

Leo no contestó. Siguió mirando al suelo.

—Te estoy hablando —insistió Brecha—. ¿Eres sordo?

Leo negó con la cabeza. Después respondió:

—Y si lo fuera... ¿cómo iba a responder a tu pregunta?

Un murmullo comenzó a subir de volumen entre el grupo de niños. Brecha chistó y levantó un brazo para detenerlo.

—Anda, el listillo de la clase —dijo—. Por eso llevas ese parche en el ojo, ¿no?

—Se llama ojo vago —trató de defenderse Leo—. Y me lo quitan en un mes.

—Se llama ojo vago, se llama ojo vago —repitió Brecha como un cántico, con voz aguda y sacudiendo los hombros con las manos extendidas a la altura del pecho mostrando las palmas—. ¿Es por eso que no vienes a la tienda del americano, porque no ves bien?

Leo volvió a sacudir la cabeza en señal de negación.

—Entonces ya sé lo que te pasa. —Brecha hizo un silencio dramático. Lo alargó varios segundos. Cuando volvió a hablar, lo hizo con voz más grave—: Tienes miedo del Open. Te da miedo que te peguen un tiro.

La declaración fue seguida de un súbito silencio.

Primero algún murmullo y luego nada. Las cabezas giraron y las bocas se abrieron. Todas las miradas se dirigieron primero a Brecha y después a Leo. Él encogió los hombros. Levantó por fin la cabeza para mirar al grupo. A Brecha. Se colocó una mano en la frente para hacerse sombra sobre su único ojo abierto.

Brecha trató de mantener fija la mirada, pero los nervios

13

le traicionaron y en dos ocasiones sus ojos se le escaparon rápidamente a un lado y a otro. Quería conocer la reacción del grupo a sus palabras. Porque lo que había dicho no era un comentario cualquiera. Había vociferado frente a todos el secreto innombrable del Open. El secreto que hacía de la tienda del americano el lugar ideal para que los críos de Arenas inventaran historias. La noche del disparo, hacía años. Y el chico que murió. En realidad, todos habían oído a sus padres o a sus hermanos mayores hablar de ello alguna vez. A sus madres recordarlo en la caja del supermercado. Pero la mirada que les dirigían justo después, y el súbito cambio de tema que siempre se forzaba a continuación, habían dejado claro a todos los niños del pueblo que eso era algo de lo que no se debía hablar. Como no se hablaba tampoco de aquella silueta oscura que sólo algunos habían llegado a ver aparecerse tras las cortinas del cuarto principal de la casa al final del camino de arena. El del Open era un secreto que no se podía compartir. Y menos aún gritar a plena luz del día a la puerta del colegio.

Quizá para romper el silencio, pero sobre todo para no mostrar ni un rastro de duda o debilidad, Brecha infló el pecho por segunda vez esa tarde, clavó su mirada en la de Leo y le dijo:

—Eres un miedica. —Después le gritó—: ¡Miedica!

Entonces Brecha miró al niño que le había agarrado por los hombros. Señaló a Leo con un golpe de cabeza y le volvió a insultar. Edgar entendió la orden.

—Miedica —repitió, uniendo su voz a la de Brecha—. ¡Miedica! ¡Miedica!

Entre los dos, comenzaron a repetir la palabra como una consigna. Una tercera voz se unió a la repetición. Después, una cuarta. Las dos niñas temerosas que se habían dado la mano comenzaron también a gritar el insulto. Pronto, todo el grupo gritaba a Leo. En algún momento, alguien dejó caer

14

la palabra «gallina», y el nuevo insulto fue ganando adeptos por imitación hasta que el coro al completo entonaba la nueva forma de ataque.

Un coche comenzó a pitar a la jauría enloquecida. A pesar de que el semáforo había vuelto a cambiar a rojo, los niños seguían en medio de la calle. La conductora daba pequeños golpes con el pie sobre el acelerador. También hacía sonar sus uñas, enganchando la del dedo índice en el pulgar para luego soltarla. Golpeó el centro del volante otra vez, con más fuerza. Mantuvo el pitido constante para imponer su sonido sobre el ruido de los críos. Poco a poco, el griterío fue remitiendo y, cuando Brecha decidió cruzar en dirección a la tienda del americano, el grupo le siguió. Leo se quedó solo a las puertas del colegio mientras lo que esa misma mañana pudo haberse convertido en una pandilla de amigos con la que explotar petardos en los buzones de los profesores, se alejaba para siempre por el paso de cebra intercambiando historias falsas o verdaderas, eso daba igual, sobre el legendario tiroteo del Open.

La conductora que había estado pitando intentó avanzar con el coche. Tuvo que frenar en varias ocasiones para dejar paso a los más rezagados. Su labio superior se levantó, mostrando la encía, sin que ella se diera cuenta. Cuando logró situarse sobre el paso de cebra, miró a Leo.

El niño subió al coche.

—Mamá, prométeme que vendrás siempre a recogerme —le pidió.

Victoria advirtió la mirada triste de su hijo. El mismo que esa mañana la había despertado tirando de las sábanas, ansioso por empezar su vida escolar. También observó cómo, al otro lado de la calle, un montón de niños se revolcaban juntos sobre el césped, frente a la tienda. Sintió por primera vez la punzada en el estómago que tantas veces iba a repetirse en el futuro. Girando el tronco, abrazó a su hijo en el asiento del copiloto.

—Te lo prometo —le dijo.

Sobre el hombro de su madre, Leo vio, por la ventanilla del conductor, cómo Brecha terminaba de guiar, con movimientos del brazo similares a los de un guardia de tráfico, a los últimos niños en su camino hacia la tienda.

Entonces Brecha giró el cuello. Cuando descubrió a Leo mirándole desde el interior del coche, entornó los ojos y le señaló. Después, utilizando ese mismo dedo y desplegando el pulgar, formó una pistola imaginaria. Se la llevó a la sien. Y disparó.

1

Aarón

Viernes, 12 de mayo de 2000

En el asiento del copiloto, Andrea se apartó de la cara el mechón de siempre. Colocó un dedo sobre los labios de él.

—No lo digas.

Aarón sólo encogió los hombros, aspiró con fuerza el olor a manzanilla que inundaba el coche parado, y tuvo que desviar la mirada cuando cambió el brillo en los ojos de ella.

—No lo digas —repitió—. No es verdad.

Andrea miró unos segundos al frente, más allá de la luna delantera del vehículo y bajo la luna que brillaba sobre Arenas. No era más que un pueblo sobredimensionado a base de urbanizaciones, un gran charco de tranquilidad residencial.

Andrea apretó los dientes para contener las arcadas de palabras. Después abrió uno de sus puños y mostró una piedra.

—No... —pidió Aarón—, por favor.

—Es tu decisión —dijo Andrea—, puedes devolvérmela cuando quieras.

Dejó la piedra sobre el salpicadero. Después acarició la mano de él sobre la palanca de cambios y salió del coche.

Aarón oyó la puerta cerrarse. Escondió la cara entre las dos manos. Golpeó el volante con el puño izquierdo mientras Andrea cambiaba de coche. La arena crujió bajo sus neumáticos cuando ella arrancó.

La oyó marcharse.

Aarón dejó caer los hombros y suspiró con la frente apoyada en el volante. Tardó varios segundos en incorporarse. Cuando lo hizo, miró el reloj del cuadro de mandos. Eran más de las nueve. Entonces recordó. Había prometido al señor Palmer que le acercaría sus medicinas a la tienda cuando saliera de la farmacia.

Pensó qué hacer mientras se mordía el labio inferior. Después cogió su móvil del salpicadero. Presionó uno de los botones.

—Eh, tío, ¿qué ha pasado? —respondió David al otro lado.

—Bien —empezó a decir Aarón, pero se corrigió enseguida—: No, qué va, mal.

—¿Se lo has dicho? —preguntó sin necesitar respuesta. Detectó en su voz que lo había hecho.

David Mirabal era muy bueno para saber lo que rondaba por la cabeza de su amigo Aarón. Como lo era su madre, Ruth, para saber lo que rondaba por la cabeza de Ana, la madre de Aarón. Ellas se habían conocido en la universidad, haciendo cola para matricularse en una carrera administrativa que no acabaron, igual que no acabaron casadas con los padres de los niños, tres años antes de traerles al mundo el mismo día. Quiso la casualidad que ambas jóvenes se pusieran de parto el mismo miércoles. Un miércoles excepcional, a principios de los setenta, que el clima de Madrid celebró con una de las nevadas más espectaculares que se recordarían en años.

—Creo que se lo ha tomado fatal. —Aarón abrió la puerta del coche y se giró para sacar las piernas, apoyando el brazo con el que sujetaba el móvil sobre el volante como tantas veces lo había apoyado sobre el hombro de David para medir con un palo la profundidad de un charco antes de saltar sobre él—. Pero es que se ha ido muy rápido. Apenas hemos hablado. Ya la conoces. Cuando Andrea no quiere escuchar…

—Voy para allá y me cuentas. —La última palabra sonó ahogada por el esfuerzo de David al levantarse de algún sitio—. ¿Estás donde me dijiste, en el mirador?

—Para, si por eso te llamo. Lo único que me apetece es irme a casa. En serio, quiero tirarme en el sofá, comerme una pizza enorme y ver cualquier cosa por la televisión. —Hizo un silencio antes de continuar—: Lo malo es que le prometí al americano que le llevaría sus medicinas a la tienda.

El señor Palmer, un americano de Kansas que había llegado a España en barco, llevaba más de la mitad de su vida al frente de aquella tienda. Compró la vieja gasolinera de Arenas a precio de ganga, y colgó sobre la puerta el cartel de neón que le robó a un jefe déspota, el de la otra tienda en la que había trabajado, en Galena, su pueblo natal. Cuando llegó, a mediados de los setenta, Arenas todavía no era más que una calle y un par de proyectos de futuras urbanizaciones. La fábrica de relojes instalada años antes a quince kilómetros había hecho que los primeros trabajadores se mudaran al pueblo, pero las comunicaciones por carretera con Madrid aún eran demasiado incómodas como para atraer a más gente. Después mejoraron la A-6 y Arenas empezó a crecer. En el mostrador de su tienda el señor Palmer comenzó a atender a un número cada vez mayor de jóvenes matrimonios. Los sábados de partido despachaba pipas y cerveza sólo a los hombres, padres primerizos que se presentaban en la tienda con la bufanda de su equipo de fútbol atada al cuello, una radio pegada a la oreja y el primero de sus hijos subido a hombros. Las familias enteras llegaban un día más tarde, los domingos de paella, cuando los padres compraban la prensa para leer la crónica de lo acontecido en el partido del día anterior, las madres solicitaban al señor Palmer que les buscara la barra de pan más tostada, los niños pedían a gritos sobres de cromos para completar su colección de jugadores de la liga de fútbol y algún abuelo susceptible miraba desconfiado bajo su boina a aquel joven extranjero que todavía no había aprendido a manejarse con las pesetas. Y fue desde ese mismo mostrador —en el que finalmente logró familiarizarse con unos billetes demasiado coloridos y de números demasiado altos para alguien acostumbrado al dólar: de cien, de mil y hasta de cinco mil pesetas—, desde donde el señor Palmer vio crecer el pueblo a medida que se construían en Arenas una universidad privada, un parque acuático y tantos chalés adosados como lágrimas derramó la señora Palmer, que echaba tanto de menos Kansas que casi parecía que ella y su marido hubieran emigrado a Oz y no a Europa.

—No entiendo por qué siempre le llevas las medicinas al americano —dijo David—. Que vaya él a la farmacia, como hace todo el mundo. Que no somos Telepizza.

Aarón miró la piedra sobre el salpicadero.

Recordó cómo el señor Palmer le había vendido sus primeras cervezas. Fue aquella vez que quiso impresionar a Andrea, cuando ni siquiera eran novios. Aarón no tendría más de diecisiete años. El americano lo sabía porque conocía a sus padres y le había visto crecer, pero aun así se dejó engañar. Le dio las cervezas y le pidió que se acercara para decirle algo al oído. Andrea reía junto a ellos, enredando un mechón de su pelo rubio entre los dedos. «Lucha por esta chica», le había dicho entonces el señor Palmer, quien arrastraba las erres mucho más que ahora. Y Aarón le había hecho caso. Dos años después comenzaron su relación. Diez años más tarde, hoy, él había decidido romperla.

Sentado en el coche, Aarón recordó las risas de Andrea después de la segunda cerveza.

—... para estarte preocupando de nadie más —continuaba David al teléfono.

—¿Cómo? —preguntó Aarón, intentando retomar la conversación.

—Que bastante tienes tú encima ahora como para estarte

20

preocupando de nadie más. No le tendrías que haber acostumbrado a llevárselas tú.

—Si no me cuesta nada, hombre, el pobre se pasa el día metido en la tienda. —Aarón volvió a mirar la piedra—. Y que me deje llenar el tanque del coche sin pagar también influye.

—¿En serio? ¿Te deja hacer eso?

—A veces —contestó Aarón.

—Ya decía yo que ahí había algo raro.

—Y le he dicho esta mañana que le llevaría las medicinas en cuanto cerrara la farmacia, pero con… con todo esto de Andrea… —Aarón cerró los ojos al oírse llamar así a lo que acababa de ocurrir— se me ha pasado. Me he dejado las medicinas allí, ni siquiera las he traído.

—Bueno, pues ya se las llevarás mañana, ¿no?

—Son antihipertensivos y vasodilatadores.

—¿Tiene el corazón chungo o qué?

—Alta presión arterial —concretó Aarón—, debería llevárselas hoy. Pero es que no me apetece nada volver a la farmacia, ir a la tienda… —Dejó la frase en alto.

—Vamos, que quieres que vaya yo.

—¿Puedes?

Aarón escuchó suspirar a David al otro lado del teléfono.

—Puedo. Claro que puedo. En mi día libre. A hacer un servicio que no tenemos por qué hacer. Y si quiere, también le doy un masaje en los pies —dijo David—. Que sí, joder, que voy. Pero voy por ti, porque imagino cómo estás. Una cosa, ¿estará el jefe en la farmacia?

Qué va, hoy se fue pronto. Cuando cerré ya no estaba. Las medicinas del americano están en el mostrador, me las dejé ahí.

—Espero que no aparezca de repente el jefe. Me apetece cero verle la cara en mi día libre y…

—Pues no te preocupaba tanto que apareciera cuando te llevaste a Sandra la otra noche —le interrumpió Aarón.

—Cabrón... —contestó David, que se rió enseguida—. Aunque sigo sin entender qué problema hay en montárselo en una farmacia. Es la primera vez en veintinueve años que una tía me deja a medio hacer. Estoy seguro de que a mi hermano no le ponen problema cuando se las lleva al coche patrulla.

—No creo que Héctor se haya llevado a ninguna tía al coche patrulla. Los policías no hacen eso... ¿no?

—¿Que no? No estés tan seguro. Los hermanos Mirabal somos capaces de cualquier cosa por un poco de acción.

Aarón percibió cómo David terminaba la frase hablando cada vez más despacio, como si pensara en otra cosa.

—¿Qué haces? —preguntó Aarón.

—Que no sé dónde están las llaves de la farmacia, macho. Un día sin ir, y ya las he perdido.

Aarón oyó abrirse cajones y cerrarse puertas a través del auricular.

—Las tengo —señaló por fin David—, tengo las llaves. Y acabo de encontrar en un cajón las fotos de nuestra primera borrachera. ¿Me puedes explicar qué hacíamos en pelotas subidos al sauce del lago?

—Que tuvo que recogernos tu hermano en el coche patrulla. —A Aarón le sorprendió descubrirse riendo—. Hace mucho de eso —hizo el cálculo de forma automática y se le congeló la risa en la boca—, y ya estaba con Drea.

—Vale, necesitas irte a casa —resolvió David, que también dejó de reír—. ¿Tengo que ir ya a lo del americano?

—Si puedes, sí. Le dije que iría en cuanto cerrara, pero si...

—Pues voy ya —le cortó—, que tardo cero coma. Así le digo que me llene el tanque del coche gratis.

—Eh —soltó Aarón—, que eso es secreto.

—Ya, hombre, ya; es coña. Oye, ¿pero me paso luego por tu casa con unas cervezas y me cuentas lo de Andrea?

—No, déjalo, estaré dormido. Hablamos mañana.

—Como quieras. Yo las cervezas me las voy a comprar igual. Ya empezaremos a ahorrar para el viaje otro día.

La mención del viaje hizo sentirse mal a Aarón. Porque aún no le había dicho nada a Andrea. Le iba a costar acostumbrarse a no compartirlo todo con ella.

Sacudió la cabeza y dijo:

—Gracias por ir, en serio. No creo que… —Dejó la frase a medias cuando supo que no hubiera podido acabarla con la garganta encogida.

—Anda, cuelga, que tampoco es para tanto. Y los tíos no lloramos, ¿vale? —dijo David cuando entendió lo que estaba ocurriendo.

Aarón sonrió al suelo. Parpadeó con fuerza. Devolvió el móvil al salpicadero y apoyó los codos sobre las rodillas.

Miró al pueblo, que se levantaba como una maqueta observada desde las alturas. Buscó con la mirada el Aquatopia, el parque acuático que presumía de tener el tobogán más grande de toda Europa, visible desde cualquier punto de Arenas. La silueta del Giga Splash y otros toboganes formaba parte del paisaje habitual del pueblo. Igual que los centenares de chalés que conferían a Arenas su característico aspecto de villa ideal para vivir en familia. La apertura de la Universidad del Noroeste, a la que ya asistió el señor Palmer a mediados de los ochenta, atrajo primero a los estudiantes. Con ellos, vinieron sus familias. Más familias. El sector privado de la construcción no tardó en explotar el filón, construyendo urbanizaciones cada vez más alejadas del centro histórico del pueblo, que perdió toda su importancia. Como también lo hizo su nombre real: Arenas de la Despernada (nombre que todos los habitantes acortaban por comodidad, o quizá también para evitar la referencia a la mujer de la nobleza que, según la leyenda, había perdido ambas piernas durante la fundación del pueblo). La población se aglutinó en chalés con jardín delantero y trasero, cuidadas vallas y pequeñas piscinas de originales formas. La empresa familiar de los hermanos Moreno les hizo de oro, con un eslogan que les funcionó a la perfección: «Una forma de piscina por cada vecina». El ayuntamiento también supo explotar la situación cuando ofreció matrícula universitaria gratuita a aquellos niños que hubieran completado su ciclo escolar en el colegio del pueblo. Una medida que terminó por definir la población de Arenas, a tan sólo cuarenta kilómetros al noroeste de Madrid, como una ciudadanía joven y familiar, formada por matrimonios con dinero que se trasladaron desde la gran ciudad para vivir en un lugar donde sus hijos podían empezar la guardería y licenciarse en la universidad sin necesidad de salir del pueblo. Unos niños que además vivirían una infancia feliz creciendo en Lago Arenas, otro símbolo local, o lanzándose por los toboganes del Aquatopia.

No muy lejos de las siluetas de los toboganes, Aarón, desde su coche detenido en las alturas, identificó su casa. Después sus ojos distinguieron el brillo verdoso del cartel de la farmacia en la que había iniciado sus prácticas el último curso de licenciatura. Y en la que había seguido trabajando hasta hoy.

Aarón retorció las manos en el volante. El plástico rechinó bajo su piel en el silencio de la noche en que había reunido el valor necesario para echar de su vida a la mujer que era todo sonrisas e indescifrable juego de caderas. Una mujer que incluso había llegado a perdonarle su desliz con Rebeca Blanco, la estudiante en prácticas que ayudó a Aarón durante unos meses en la farmacia y en quien Aarón buscó la sensación de aventura que faltaba en su vida. Un desliz que él acabó reconociendo. Y Andrea perdonando, porque prefería el dolor de la traición al de la pérdida. Una demostración de amor que para Aarón no fue suficiente. Porque Aarón seguía queriendo descubrir cómo sería la vida sin Andrea. Alejarse

24

de ella para saber si de verdad la quería tanto como pensaba. Saberlo antes de formar una familia y no tener ya nunca la opción de conocer la verdad. «Venga, tío, pues hazlo. Díselo», le había animado David a tomar la decisión semanas antes. «Cuéntale todo esto que me acabas de decir. Que lo que te pasó con Rebeca puede ser un síntoma, que sientes que te has perdido muchas cosas en estos diez años de relación. Y que no estás preparado para ser padre. Si no lo estás, no lo estás. Eso no se puede forzar», había insistido. Después, sólo para intentar animarle, había propuesto hacer un viaje. «Pedimos luego una semana libre y nos vamos a cualquier lado. Yo qué sé, a Cuba», había dicho David, como si esa isla estuviera en la Luna, «tú y yo solos. Para celebrar tu nueva vida. O para llorar juntos. Lo que tú prefieras».

Aún hipnotizado por la luz verde que brillaba a lo lejos, Aarón cerró los ojos y quiso detener los recuerdos. Después, aunque quiso evitarlo, la mirada se le escapó al salpicadero. Allí estaba la piedra que recogieron del lago la noche que todo empezó. La noche en que por primera vez le dijo a Andrea que la quería. Aarón lo había planeado para hacer coincidir el momento con el solsticio que dio inicio al primer verano de los noventa, sentados ambos sobre la manta que extendió a orillas del Lago Arenas. Lo que no planeó fue el impulso incontenible que le hizo tirarse vestido al agua para gritarle a Andrea lo que ella en realidad ya sabía. Con los brazos extendidos, las gotas chorreando desde sus brazos hasta la superficie brillante del lago, Aarón le tendió una mano y le dijo: «Ven al agua». Una invitación que sustituyó ya para siempre la declaración de amor que se dice todo el mundo. Porque desde esa noche, que fue la más corta de aquel año, ellos nunca se dijeron las dos convencionales palabras, sino simplemente «ven al agua».

Aarón se incorporó de golpe sobre el asiento del coche. Lo puso en marcha y bajó la carretera que llevaba al mirador.

Avanzó por las tranquilas calles de Arenas, sorteando sus múltiples rotondas. Dobló la esquina de la calle principal. A lo lejos reconoció el cartel de neón de la tienda del americano y la silueta de los surtidores de gasolina. Recordó las primeras cervezas que había comprado para Andrea.

—Gracias, Davo, realmente necesito irme a casa —susurró al coche vacío.

Cuando encendió la radio para entretener su mente, una perversa casualidad quiso que sonara *Smells like teen spirit*, una de las canciones que más escuchó con Andrea durante sus años de universidad. Saltándose las clases en este mismo coche. «Ese Carlos tiene buen gusto», apostillaba Andrea cuando Carlos, compañero de ambos, soltaba alguna de sus canciones favoritas en la emisora local. Como ésta de Nirvana con la que siempre iniciaban un juego que ambos sabían cómo terminaba. «¿Qué significará la letra?», preguntaba Aarón con una sonrisa en los labios, «¿qué tiene que ver un mosquito con la libido?». «El mosquito no sé», contestaba Andrea, siguiendo el código y conteniendo la risa, «pero la libido...». Y entonces ella esquivaba la palanca de cambios. Se subía a las rodillas de Aarón, la cabeza casi golpeando el techo. Colocaba sus pechos muy cerca de la cara de él, el pelo rubio cayendo como una cascada sobre su cabeza. Bailaba pegándose cada vez más al cuerpo de Aarón, una nueva dureza entre las piernas de él y contra los muslos de ella. Y se las arreglaba para seguir el ritmo de la música con sacudidas de la cabeza que terminaban de envolverlos en una nube de olor a sexo y manzanilla.

La canción sonaba ahora en un programa de clásicos para el recuerdo. Aarón bajó el volumen. Después cambió de opinión y lo subió al máximo. La saturación distorsionó la canción hasta dejarla irreconocible, pero Aarón cantó por encima cada uno de los versos. Hacerse daño en la garganta no era una preocupación. Tan sólo otro dolor imprevisto.

26

Apenas había podido comer dos porciones de la pizza. Se recostó sobre el sofá sin ánimo de dormir, colocando su antebrazo izquierdo sobre los ojos y percibiendo aún el olor a manzanilla de Andrea que de alguna manera siempre se le quedaba bailando en la piel.

El primer timbrazo del teléfono le sonó lejano, como una ensoñación dentro del verdadero sueño en el que se había colado sin querer.

El segundo colocó cada realidad en su plano.

Aarón recordó que estaba en el sofá de casa, con el antebrazo sobre los ojos, una pizza casi entera enfriándose en la mesa y un teléfono sonando por segunda, no, ya tercera vez, junto a la puerta de entrada. Sin saber muy bien por qué, pues a él no le costaba nada permanecer impasible mientras alguien en algún lugar se desesperaba al décimo tono incontestado, se levantó corriendo y descolgó el teléfono.

—¿Drea?

Claro que sabías por qué te levantabas, se dijo. Apretó con fuerza la piedra en el interior del puño izquierdo.

—Dios mío, Aarón, escucha.

La voz de Andrea sonó alarmada. Aarón no se sintió con fuerzas de volver sobre lo hablado.

—Drea —la interrumpió—, Drea, por favor.

—Es David.

Entonces se quedó callado y la dejó continuar.

—Han disparado a Davo. —Se atragantó con su propia saliva al intentar continuar—. En la tienda del americano.

2

Leo

Lunes, 21 de julio de 2008

Un mosquito explotó en la fluorescente luz asesina que colgaba junto al letrero de neón de la tienda del americano. El resplandor azul parpadeó unos segundos antes de regresar a su mortal continuidad. Leo miró hacia arriba cuando el insecto, y su abdomen abultado con la sangre de algún arenense, se frieron en un fugaz chasquido. Su rostro se coloreó con el reflejo amarillo de la tipografía que escribía Open de manera informal, y luego con el morado que enmarcaba la palabra. El sistema de apertura de puertas detectó su presencia y ambas hojas se deslizaron en direcciones opuestas para permitirle el paso. Una ráfaga de aire helado golpeó su cuerpo delgado, logrando que arrancara la vista del hipnótico fulgor azul de la lámpara asesina.

Miró al interior de la tienda.

Dio un paso atrás para que las puertas se cerraran.

Agarró las asas de su nueva mochila espacial a la altura de los hombros.

Se quedó allí fuera sin saber qué hacer. Dentro, Amador extendió el brazo hacia atrás, esperando que su hijo de ocho años le diera la mano sin percatarse de que Leo se había quedado al otro lado de las puertas. Volvieron a quejarse con un crujido plástico cuando su padre se dio la vuelta y se acercó.

—Hijo, ¿qué haces? —Le ofreció otra vez la mano. Amador percibió que la tenía húmeda . Vamos, ¿qué pasa? Aquí dentro se está mejor, hay aire acondicionado —dijo, como si Leo sudara a causa del calor de aquella noche de verano.

Esta vez tiró del brazo de su hijo y por fin entraron ambos en el establecimiento. Las puertas se cerraron a sus espaldas.

Era la primera vez que Leo entraba en la tienda del americano. Habían pasado ya dos cursos enteros desde el día en que sus nuevos compañeros le insultaron a coro y le dejaron solo a las puertas del colegio. Aunque el Open abriera para todos, eso era lo que indicaba el cartel, para Leo era como si cada día, después de clase, estuviera apagado, abandonado y, con un par de tablones clavados en la puerta, declarado en cuarentena. Allí se reunían cada tarde sus compañeros al acabar el horario de clases. Los mismos compañeros que le obligaban a sentarse en las primeras filas. Los mismos que le lanzaban bolas de papel. A veces con una piedra dentro. Los dueños de las risas que siempre estallaban a su costa. Brecha y los demás salían disparados hacia la tienda del americano en cuanto sonaba el último timbre del día para comprar unas Coca-Colas —a veces las mezclaban con Mentos para hacerlas explotar en una fuente de espuma—, competir por ver quién tenía la mejor bici y fingir peleas sobre el césped, junto a los surtidores de gasolina del exterior, imitando el videojuego del momento.

A veces también miraban a Leo. Le señalaban.

Desde el otro lado de la calle que era un mundo, Leo les veía reír e imitarle. Sabía que lo hacían cuando juntaban los talones y daban pequeños pasos con los pies abiertos, como un pingüino, aunque él no anduviera así. Solo, esperaba cada tarde a que mamá fuera a recogerle, cumpliendo la promesa que le hizo aquel primer día de clase, aunque en muchas ocasiones ella le dejara en casa con Linda y tuviera que regresar al despacho.

—Control de Tierra a Mayor Leo —interrumpió Amador los pensamientos de su hijo, petrificado bajo el chorro de aire acondicionado, a veces tan excesivo, del Open.

Leo observó el interior de la tienda, iluminado con tubos fluorescentes, como miraría a su alrededor un niño que se hubiera colado tras la cortina de la sección para adultos del videoclub. Su mano se resbaló de entre la de su padre. A su izquierda, la pared junto a la puerta llamó su atención cuando vio las cajas de dulces apiladas unas sobre otras en un colorido muro de ladrillos transparentes. Se acercó a ellas. Desde allí era desde donde ellos le miraban. Giró la cabeza y buscó, como en tantas ocasiones habrían hecho los demás, el paso de cebra frente a la entrada del colegio. A partir de ahí, siguiendo las bandas blancas que parecían brillar en la oscuridad, sus ojos avanzaron hasta el lugar junto al semáforo en el que siempre se quedaba de pie «el tarado de Leo». Su propia figura se dibujó en la acera vacía, a través de la puerta transparente de la tienda. Un reflejo fantasmal. La imagen que desde allí habían visto cada tarde Edgar, Brecha y todos los que nunca fueron, ni serían ya, otra cosa que el montón de críos que le rechazaron desde el primer día de colegio. Durante unos instantes, pudo sentirlos materializarse a su alrededor. Se aglutinaron junto a él agarrando montones de golosinas y riéndose del niño raro que les observaba desde fuera, desde el otro lado de la calle que era un mundo. Sin poder evitarlo, Leo agarró una fresa de gelatina y azúcar. Quiso saber qué habría sentido si hubiera sido uno de ellos. Cuando se la metió en la boca y la mordió, saboreó la amargura de la traición a sí mismo. Tragó con los ojos cerrados. Sacudió la cabeza. Volvía a estar solo frente al montón de golosinas. La silueta condensada de sí mismo se evaporó en la calle. Sólo él y su padre se encontraban en la tienda. El verano vaciaba el pueblo de estudiantes.

—Acabas de cenar, de ésas te compras mañana si quieres

—dijo Amador, hablando por encima de las voces de un televisor cuyo sonido inundaba la tienda.

—Da igual, papá —respondió. Se dio la vuelta y se acercó a las piernas de su padre—. No saben bien.

—¿Te la has comido sin pagar? —le regañó—. Parece mentira, con lo que te hemos enseñado... —Se agachó sin terminar la frase, apoyando una rodilla en el suelo. Con el dedo pulgar limpió la boca del niño.

Detrás del mostrador, el señor Palmer observó el gesto. La familiaridad de aquella escena accionó algún interruptor abandonado en su mente. Como la luz fluorescente del exterior de la tienda, un recuerdo titiló varias veces en su cabeza luchando por brillar. No lo consiguió. Y se apagó. El corazón del viejo abortó el plan de emergencia iniciado.

—No te he traído para esto —sentenció Amador antes de volver a levantarse.

No le dio la mano esta vez, y caminó hacia los pasillos de la tienda. Leo le siguió, manteniendo la distancia. Dejaron a su izquierda la sección de prensa y revistas; los últimos ejemplares de algunos periódicos, en el suelo, apenas conservaban la portada. Junto a ella había una gran estantería, refrigerada pero abierta, con refrescos y comidas preparadas. Al fondo, varias neveras almacenaban pizzas, helados y otros productos congelados. En sus inicios, la tienda apenas vendía accesorios para los coches que paraban a repostar gasolina. Después llegó el pan y la prensa. Más tarde aterrizaron en España cadenas norteamericanas que aglutinaban tienda y gasolinera y abrían veinticuatro horas, viejas conocidas del señor Palmer como 7-Eleven, que ya existían en Kansas cuando él se marchó. Adaptándose a los tiempos, el americano fue agrandando la tienda y alargando el horario para responder a la creciente demanda del pueblo. Ya hacía años, desde que comenzó a contratar estudiantes a tiempo parcial, que la tienda vendía casi de todo y abría hasta la medianoche. El señor

31

Palmer contaba con orgullo que había rechazado ofertas millonarias de Shell y Repsol.

Leo y su padre pasaron de largo por el primer pasillo, dedicado a productos para el coche. Leo observó los bidones de aceite, de anticongelante, y los ambientadores con forma de pino. En el segundo pasillo apenas tuvo tiempo de distinguir de qué eran todas aquellas latas de conserva. Amador giró y se adentró en el tercer pasillo.

—¿Cuál se supone que es la que compramos? —preguntó cuando su hijo se colocó junto a él.

Amador miraba confundido, con un dedo delante de la boca, el estante de los lácteos, cereales a un lado y galletas al otro.

—Yo creo que la rosa —dijo Leo—, ésa de la vaca dibujada.

Amador rió de nuevo. Le resultaba divertida su propia ignorancia, no saber si en casa compraban leche desnatada o entera. Aquello dejaba bien claro que él nunca hacía la compra y que, como muchas veces le había dicho Amador Cruz padre, «el éxito más grande en la vida es conseguir que alguien la viva por ti». Hubo un eco en su mente que le quiso hacer ver que, más servil que la actitud de los sirvientes que a lo largo de su vida le habían comprado la leche y ordenado el garaje, era la de vivir la vida que su padre había querido verle vivir. Aun así, Amador dejó escapar una risa. Leo hizo lo mismo allá abajo. Papá ya no parecía enfadado por el robo.

—Vamos a llevarnos también uno de entera por si acaso —fue la decisión final de Amador—, ¿aguantará el cohete tanto peso en nuestro regreso a casa? Con lo lejos que está a Tierra, lo mismo nos quedamos orbitando alrededor sin poder llegar —dijo mientras balanceaba ambos cartones en el aire.

—La fuerza de la gravedad es menor en este planeta

32

—respondió Leo, impostando la voz—, no debería haber problemas.

Padre e hijo utilizaban jerga astronáutica desde el día en que Amador regaló a su hijo un montón de estrellas adhesivas fluorescentes, que fueron el detonante del creciente interés de Leo por la astronomía. Ambos las habían pegado, hacía tiempo, en el techo del cuarto del niño, mientras Victoria se quejaba de las manchas que dejarían en la pintura. Leo había dirigido la operación con un plano celeste entre las manos. Sabía cuál era cada constelación, dónde debía colocarse cada estrella. Amador las habría repartido de cualquier manera por la habitación, pero Leo quería que aquel cielo artificial fuera exactamente igual al que otros niños de su edad, todos menos él, miraban junto a una hoguera en algún campamento de verano discutiendo con los amigos sobre cuál era el mejor de los diez alienígenas originales en los que Ben 10 podía transformarse con el Omnitrix. Lástima que en el paquete de estrellas que Amador había comprado en la tienda del americano no hubo suficientes pegatinas como para completar el plano celeste que Leo sujetaba emocionado entre los dedos. «Eso será un agujero negro», había inventado papá al ver la cara de su hijo cuando colocaron la última pegatina de una Casiopea inacabada.

Con los cartones de leche, se dirigieron hacia el mostrador sobre el que descansaba una antigua máquina registradora que no se había cambiado en veinte años.

El dueño de la tienda, a quien Amador conocía como señor Palmer, o como el americano, estaba de espaldas. Buscaba algo en unos cajones de los que sobresalían papeles y cables de colores; con los hombros encorvados, el cuello de la camisa casi tocaba su pelo blanco, perfectamente peinado desde la calva superior hasta la nuca. Sobre su cuerpo se proyectaban las imágenes del televisor situado en algún lugar bajo el mostrador, y el sonido estaba tan alto que,

33

ahora que se encontraban cerca, resultaba molesto en los oídos.

Amador advirtió la presencia de un pequeño artilugio en la oreja izquierda de Palmer. Dejó caer con fuerza los dos cartones de leche sobre el mostrador. Los hombros del viejo se encogieron en una repentina sacudida. Cerró de golpe uno de los cajones en los que no encontraba lo que estuviera buscando. Varios papeles cayeron al suelo cuando se dio la vuelta. Arrugó sus pobladas cejas blancas. La elástica papada que colgaba bajo su barbilla continuó balanceándose tras el movimiento de giro.

—Perdón —le tranquilizó Amador. Sin darse cuenta, movía los labios de forma exagerada y se señalaba las orejas con ambas manos.

El viejo sacudió las suyas en dirección a Amador. Se acercó al mostrador. El televisor enmudeció de repente. Sus redondas mejillas se inflaron aún más cuando sonrió.

—No pida perdón, que no molesta. —El señor Palmer ya apenas hablaba con acento, pero el particular vibrar de sus erres y alguna construcción extraña aún le delataban—. Es este maldito aparato —explicó señalando el artilugio sobre su oreja—, que no funciona como me dijeron. No oigo ni la puerta cuando alguien entra. El otro día me llevé un susto de la muerte cuando apareció Gloria en el mostrador, la de la biblioteca. Menudo tamaño tiene esa mujer. No sabe lo que es encontrarla, de repente, enfrente de uno mismo...

—Nada —interrumpió Amador—, termine con lo suyo, que veo que buscaba algo.

—Eso es otra historia igual. El maldito corazón, que un día se me va a parar finalmente. Bastante ha aguantado ya.

—Se golpeó el lado izquierdo del pecho con un gesto entre militar y deportivo—. Ni tabaco ni alcohol, menudo sacrificio, peor que aguantar toda la vida a mi querida señora —añadió, rubricando el chiste con una tos de dos sacudidas—.

34

Y mis pastillas que no aparecen, *dammit*. —Maldiciones, onomatopeyas y cuentas numéricas aún se le escapaban a veces en inglés—. Un día mi señora tendrá que venir a cerrar la tienda porque yo habré caído aquí mismo.

Se giró de nuevo hacia los cajones.

—Como le pasó al señor del bar de la esquina, uno de los hermanos del dueño. ¿Escuchó lo que dicen? Dicen que se murió mientras hacía la caja. Lo encontraron junto a la tragaperras. Dicen que llegó arrastrándose con los codos.

Amador no sabía si Palmer hablaba con él o para sí mismo.

Leo, que se había girado para apoyarse con la mochila sobre la pared del mostrador, escondido tras él, tiró de la camisa de su padre. Se llevó el dedo índice a la sien y lo hizo girar en círculos. Luego se dio la vuelta. Entre ocho de sus dedos, los ojos de Leo emergieron tras el mostrador. Amador improvisó un carraspeo para despertar la atención del viejo. Otra sacudida de hombros. Otro susto.

Y el señor Palmer se dio la vuelta.

Su mirada, que había mantenido fija sobre Amador, se desvió ahora hacia la del niño. Leo se había puesto de puntillas y lo miraba con curiosidad mordiéndose el labio inferior. Una curiosidad inocente que se transformó en asombro ante la inexplicable sensación de reconocimiento que advirtió en la mirada del señor Palmer.

El corazón del viejo cambió de sitio cuando la luz del recuerdo, que antes sólo parpadeó antes de fundirse, logró estabilizarse ahora.

Y cuando el niño frunció el ceño, manteniendo un ojo más abierto que el otro, el gesto resultó inconfundible.

Lo tenía frente a él.

Un escalofrío se desprendió desde cada uno de los poros de la piel del señor Palmer hacia el interior. Como si alguien arrastrara todos sus tejidos hacia algún punto de su espalda, donde estalló algo muy parecido a una descarga eléctrica. Durante un momento, la visión se le volvió totalmente borrosa. Pensó que iba a caer al suelo, pero antes siquiera de que el pensamiento se materializara para tener un principio y un final, el viejo recuperó su ser. La imagen del rostro de Leo volvió a golpearle en lo más profundo de algún lugar olvidado en su cerebro. Un sudor helado comenzó a brillar en su frente. Escuchó el corazón latir en sus oídos. El pulso se le aceleró como el doctor le había dicho que no debía hacerlo.

—¿Se encuentra bien? —preguntó Amador—. Parece que necesita de verdad esas pastillas.

A su lado, igual de sorprendido pero incapaz de darle ningún significado, Leo permaneció de puntillas, sintiéndose extrañamente reconocido. La voz de Amador rescató al americano de allá donde estuviera.

—Las pastillas, sí —balbuceó Palmer—. Las pastillas.

Con más brusquedad que antes, abrió por tercera vez uno de los cajones. Revolvió los papeles dejando que cayeran al suelo. Quizá su inconsciente, que sí recordaba dónde las había visto por última vez, lo llevó ahora, en caso de extrema necesidad, a la caja del medicamento. Sacó una lámina con cinco cápsulas. Extrajo dos y se las metió en la boca. Se las tragó a la fuerza, sin apenas saliva. Sintió cómo bajaban adheridas a su esófago. Aunque no existía ninguna razón médica para sentir una instantánea mejoría, el placebo hizo su efecto y la ansiedad desapareció por el momento, permitiendo al señor Palmer disimular su estado de tensión antes de darse la vuelta.

—*Wow*, mejor ahora. —La voz sonó temblorosa sólo al principio—. Son... —realizó el cálculo mental en inglés—... tres con cincuenta.

—No, añada también una de esas gominolas —dijo Amador, y señaló la entrada—. Mi hijo, que se ha comido una.

Palmer apenas reaccionó al comentario. Mantuvo la mira-

36

da sobre Leo mientras sacaba una bolsa de plástico verde de debajo de la caja registradora. Metió en ella los cartones de leche, demasiado peso para las débiles bolsas que algunos universitarios del pueblo, en las noches más gamberras, clavaban en palos y quemaban para ver cómo el plástico goteaba sobre algún gato callejero.

Amador buscó en su cartera un billete de cinco euros. Se lo entregó al señor Palmer. Tras recoger el cambio, le deseó buenas noches y se dirigió a la puerta de salida.

—¡Vamos, Leo! —gritó a medio camino, al ver cómo su hijo seguía de pie mirando al viejo—. Venga, que mamá se va a enfadar. Y Pi te estará esperando.

Leo giró sobre sus talones. Comenzó a caminar detrás de su padre.

—¡Hey, chico! —Oyó la voz a su espalda—. Tu padre se deja el cambio.

Leo se quedó congelado unos segundos. Luego se dio la vuelta. Desanduvo los tres pasos. Extendió el brazo por encima del mostrador para recoger la moneda que el señor Palmer depositó en su mano. Tras dedicarse una última mirada que el viejo comprendió pero Leo no, el niño se dio la vuelta.

Golpeó el mostrador con su mochila espacial.

Se dirigió al Aston Martin aparcado fuera, desde donde su padre emitió dos largos bocinazos.

—¿A qué has vuelto? —preguntó Amador cuando Leo se encaramó al asiento del copiloto, colocando la mochila espacial entre sus piernas.

—Te habías dejado el dinero. —Elevó la moneda a la altura de los ojos de su padre.

Amador lo pensó un instante, sacudió la cabeza y dijo:

—Qué raro. Será que el viejo ha querido invitarte. Pero es la última vez que robas. ¿Entendido, comandante? Cambio.

—Entendido. Cambio y corto.

Leo estalló en carcajadas.

La silueta de un choque de manos entre padre e hijo a la altura del retrovisor fue lo último que el señor Palmer vio desde la puerta de entrada.

Cuando el neón cambió de posición sobre su cabeza, un brillo violáceo llenó su cara de sombras.

3

Aarón

Viernes, 12 de mayo de 2000

Los restos de agua mojaron el espejo y el suelo del baño cuando Aarón quiso echársela sobre el rostro. Le resultó casi imposible hacerlo a causa del temblor incontrolado de sus manos. Miró a sus pies, a los charcos sobre el suelo de mármol.

—Davo, no —susurró a su propio rostro, desfigurado por las gotas.

Intentó mojarse la cara por segunda vez. Volvió a fallar. Se giró y tuvo que agarrarse a la puerta para no patinar. Salió del piso mientras el niño con el que había trepado árboles y encendido fuegos a escondidas de sus padres se debatía entre la vida y la muerte sobre una camilla que varios médicos empujaban por los pasillos del Hospital Universitario de Arenas.

Aarón subió al coche y avanzó por una de las grandes avenidas del pueblo, silencioso y casi muerto en las noches de diario. Silencioso como un coche familiar aparcado junto a la acera. Muerto como el esqueleto de cimientos de una urbanización aún por construir. En las calles que rodeaban el centro del pueblo, la vida sólo se intuía a través de las ventanas iluminadas de las cocinas o los dormitorios, en chalés protegidos por fortalezas de arizónicas. O en los corredores nocturnos ocasionales y el ruido de botellas cayendo en el contenedor verde para reciclar cristal.

Andrea esperaba en la calle, a la puerta de su casa. Aarón distinguió su menuda figura desde el coche. Tenía la cara oculta tras una maraña de pelo. Eso sólo lo hacía en sus peores momentos.

—Vamos —dijo ella nada más subirse al coche. Llevaba un pañuelo en forma de pelota blanca en una mano. Aarón esperó a que le mirara. La escuchó sorberse la nariz con la mirada fija al frente—. Vamos —repitió.

Esta vez se apartó el pelo con una sacudida de cabeza y se dirigió a él. El verde siempre despierto de sus ojos parecía haberse apagado hasta convertirse en marrón. Su nariz pequeña y redonda de niña que hubiera crecido sin darse cuenta estaba roja, irritada por el roce del pañuelo que llevaba en la mano. Se frotó los labios entre sí, los mismos labios que tantas sonrisas habían enmarcado —cuando Andrea sonreía, lo hacía con tanta amplitud que casi se le cerraban los ojos por completo—. La humedad de su rostro reflejaba en las mejillas la luz anaranjada de las farolas. Aarón quiso abrazarla. El motor se revolucionó cuando utilizó el pie derecho como punto de apoyo para incorporarse. Lo dejó rugir mientras el cuerpo delgado de Andrea se sacudía en un llanto que mojó su cuello.

—Dime que lloras por lo que dije hace un rato allá arriba —le pidió.

Pero ella negó con la cabeza, la frente pegada a su hombro. En algún momento, el movimiento cambió y la negativa se transformó en asentimiento. Aarón resopló con fuerza. Abrió los ojos al máximo para intentar que el aire los secara. Ahuecó el pecho y se movió para obligarla a separarse. El freno de mano se le clavó en una pierna. Regresó al asiento. El motor dejó de quejarse.

—Vamos a estar tranquilos de momento, ¿vale? —dijo.

40

La agarró de una mano y ella se secó la nariz con el pañuelo. Asintió frotando de nuevo los labios entre sí. Esta vez utilizó también los dientes.

Aarón desactivó las luces de emergencia. El coche empezó a moverse.

—No va a pasar nada —le dijo al volante.

Y fue entonces cuando un pensamiento atronador le golpeó en la cabeza por primera vez.

Ha sido mi culpa.

En ese preciso momento, en el hospital, el niño que le enseñó a besar a una chica y a emborrachar a un murciélago, el hombre que unas horas antes se había ofrecido a llevar las medicinas a la tienda del americano, terminaba de derramarse sobre la camilla y se asomaba al abismo del coma a través de un agujero abierto en su pecho por una bala que le había entrado por el lado izquierdo de la espalda.

Avanzaron sorteando varias rotondas en una noche de mayo más cálida de lo habitual en Arenas. No dijeron una sola palabra, y ni siquiera se dieron cuenta. Cuando Aarón entró de forma rutinaria en la calle del Open, una de las dos que daban acceso a la carretera que llevaba al hospital, Andrea quiso prevenirle, aunque reaccionó tarde.

—Coge mejor la calle del Aqua, ésta va a estar… —el coche aminoró la velocidad hasta detenerse—… cortada.

Divisaron a lo lejos las luces giratorias de dos coches policiales. Aarón reconoció el que siempre usaba Héctor. Hacía más de diez años que se paseaba con él por el pueblo. Seguro que Héctor nunca pensó que su propio hermano sería algún día, ese día, la víctima de la escena del crimen a la que tendría que acudir tras recibir la llamada de una voz masculina que apenas pudo hablar cuando dijo: «El chico, creo que lo han matado».

El brillo azul de las luces policiales se reflejaba en los escaparates del Open. En los dos surtidores de gasolina que había junto al pequeño aparcamiento de la tienda. En las ventanas del colegio que se levantaba al otro lado de la calle. En las pupilas de Andrea, que miró a Aarón como si aquella estampa le hubiera recordado algo importante que hubiera olvidado de repente.

—No, por favor —fue lo que salió de la boca de Aarón cuando aquella imagen que le ofrecía el final de la calle le obligó a asimilar el alcance de lo ocurrido.

Fue el propio Héctor, imagen difusa de hermano y policía, quien se abalanzó sobre ellos en el hospital. Disponía de las primeras noticias sobre el estado de David. Abrazó primero a Aarón. Luego agarró la cara de Andrea por las mejillas y la besó en la frente. Después, rodeó a ambos con los brazos extendidos, agarrándoles por los hombros. Las manos de Aarón y Andrea se entrelazaron. Héctor movió la cabeza de un lado a otro.

No.

—Ha entrado en coma —les dijo. Parecía el policía que comunica las malas noticias sólo a los demás—. Dicen que de cuarto grado, y no sé qué de una escala de Glasgow. Nos han dicho que no. Que no creen que... —las palabras que faltaban para terminar la frase las pronunció con voz de hermano—... no creen que salga de ésta.

Una frase con la que David entraba en coma para Andrea y para Aarón, que gritó sin mover los labios. Quien sí movió los labios, en el mismo hospital, fue la señora Palmer. Tras el disparo, el señor Palmer se había desplomado sobre el suelo de su tienda. Había caído de rodillas, manteniendo aún el equilibrio unos segundos gracias a que utilizó las manos como tercer y cuarto apoyo. Eso no evitó que el dolor torácico que retorció su corazón lo derribara y lo dejara tirado boca arriba. Ahora permanecía enchufado al suero, traducida

42

su vida al idioma del pitido intermitente. Su mujer le agarraba de la mano con la frente apoyada en el colchón. Cuando escuchó a su marido decir: «*I promised I'd never leave you alone, didn't I?*», la señora Palmer abrió los ojos, dio gracias a Dios en voz alta y respondió: «*I just wanna go back to Kansas*».

—De momento nadie puede entrar a verle —añadió Héctor.

Con un golpe de cabeza, Andrea hizo que su pelo cayera hacia delante y ocultara su rostro.

Andrea apartó a Aarón con un ligero empujón de su cadera derecha, aquella en la que tantas veces había apoyado él su rostro para juguetear con su vello púbico después de hacer el amor. Con un rutinario giro de muñeca consiguió que la puerta cediera. «Un poquito atrás, y fuerte hacia la derecha», le había enseñado Aarón la primera vez.

—Abres tú mi casa mejor que yo —fueron las primeras palabras desde que salieron del hospital.

La casa era un primer piso en uno de los pocos edificios de apartamentos que había en Arenas, y cuando entraron, Andrea recordó la tarde en que Aarón se había mudado. «Como arquitecta que soy, te digo que esta casa podría aparecer en las mejores revistas de diseño, no de aquí, sino del mundo», había dicho, dando por finalizado el trabajo mientras se secaba el sudor de la frente con la muñeca y encestaba un trapo en el fregadero. Ella había terminado la carrera de Arquitectura dos años después de que Aarón se licenciara. La Universidad del Noroeste, en Arenas, le ofreció ese mismo verano un puesto como profesora de geometría descriptiva para cubrir la baja por maternidad de Clara Sánchez, de quien ella había sido alumna. La cosa evolucionó a baja por depresión posparto, y continuó alargándose sin que Andrea supiera las razones. Cuando le ofrecieron un contrato indefinido como profesora, dejó de preocuparle lo que pudiera haberle ocurrido a Clara. «Pues por nosotros, como si se muere», bromeó Aarón el día en que celebraron la firma de ese contrato, consiguiendo que Andrea escupiera el champán en forma de surtidor mientras le daba un manotazo en el hombro.

El recuerdo hizo sonreír a Andrea, años después, mientras observaba cómo había dejado Aarón la casa antes de salir corriendo al hospital. Un programa de venta a domicilio anunciaba en la televisión una almohada cervical revolucionaria. La pizza, ya del todo fría, se endurecía encima de la mesa. Las luces de la cocina estaban encendidas. Las del salón, también. En el espejo y el suelo del baño quedaban aún restos del agua con la que Aarón los había salpicado. Andrea observó el paisaje y se giró. Colocó una mano sobre el rostro de él. Como hacía siempre, acarició el hueso marcado de su mandíbula. Después, cerró la caja de la pizza y la llevó hasta la cocina. La dejó sobre el cubo de basura porque el tamaño extragrande, el que siempre pedía Aarón, no habría cabido ni en un contenedor callejero. Si fuera una noche normal, no pasaría ni media hora hasta que él se quejara de que la tapa del cubo no se levantaba al pisar el pedal y le pidiera por favor que la próxima vez dejara la caja a un lado. Si fuera una noche normal.

Aarón estaba ahora acostado en el sofá, con el antebrazo cubriéndole los ojos. Ella se sentó en el borde, a la altura de su cintura. Apoyó la mano derecha sobre su vientre. Aarón retiró el brazo de su cara. No miraba a ningún sitio, pero mantenía los ojos bien abiertos. Mordisqueaba el interior de su labio inferior, como hacía cuando leía el prospecto de algún medicamento que ella había comprado sin consultarle. Era un gesto que a Andrea siempre le enternecía y que en aquel momento no supo si ya debía echar de menos.

Acercó un dedo pulgar a los labios de Aarón. Si fuera una

44

noche normal, él se lo habría mordido imitando el ladrido de un perro. Dejó que lo apoyara sobre su boca, sin reaccionar. Una lágrima atravesó una de las sienes de Aarón antes de caer sobre el sofá, dibujando un punto oscuro en el azul de la tapicería.

—Nos íbamos a ir de viaje —dijo.

El dedo de ella seguía sobre sus labios, así que la frase sonó como pronunciada por un niño. Ella no sabía nada de ningún viaje. Pensó en David. Una oleada de algo muy oscuro subió desde su vientre y rompió en su garganta, donde un sollozo ahogado reanudó el llanto. Se recostó sobre el pecho de Aarón. Ambos se desahogaron abrazados largo rato. Los dos desearon que aquella noche no perteneciera en realidad a sus vidas.

Cuando Andrea se incorporó, separando su mejilla del pecho de él, intentó alisarle la camiseta y la notó mojada. Distinguió en la oscuridad que Aarón seguía con los ojos abiertos. Miraba hacia un lugar inexistente, más allá del techo del apartamento, y sus ojos eran apenas dos destellos blancos. Agarró su barbilla entre el pulgar y los demás dedos, girándole la cabeza para obligarlo a que la mirara. Él no hizo caso hasta que Andrea insistió.

—Por favor. —Sonaba suave pero firme. Como el regaño de una profesora al alumno rezagado de la clase: aquel al que quizá habría que obligar a repetir curso o, a lo mejor, llevar a otro tipo de escuela.

—Yo le pedí que fuera a la tienda —logró decir Aarón.

Apenas acabó la frase antes de que sus labios se curvaran hacia abajo, en la mueca más opuesta a una sonrisa. Sus ojos se volvieron a cerrar con fuerza, tratando de contener el líquido que se desbordó por entre los párpados de igual manera. Andrea no encontró palabras. Tan sólo le secó los ojos con el dedo índice. Después repasó su cara. Las cejas rectas y espesas de quien siempre estaba pensando en algo importante. Dibujó el contorno de su frente, ancha, enmarcándola desde las sienes y por el camino que marcaba el crecimiento del cabello, de un castaño que a veces parecía rubio. Masajeó en pequeños círculos el punto entre sus ojos. Después bajó por el hueso ancho y recto de su nariz, saltó los labios e hizo que la punta del dedo aterrizara en el hoyo que se formaba en mitad de su barbilla. Desde allí continuó bajando hasta el gran montículo que formaba su nuez La notó moverse cuando Aarón tragó más lágrimas.

Andrea se levantó apoyando las manos en sus rodillas.

Tiró del brazo de Aarón con un «a la cama» que quiso hacer sonar desenfadado, sin ningún éxito. Ayudado por el impulso, él se dejó hacer. Se levantó. La cabeza de Andrea le llegaba a la altura de los ojos. Ella colocó un brazo por detrás de su espalda, la otra mano la apoyó en su pecho. Mientras guiaba el cuerpo de Aarón, delgado y con el estómago aún plano, a punto de cumplir los treinta, Andrea siguió recordando la conversación que mantuvieron el día de la mudanza, cuando ella dijo lo bonita que había quedado la casa. «Ha quedado perfecta. Perfecta para que vengas a vivir conmigo», había dicho Aarón. Después la había agarrado por detrás y había apoyado la barbilla en el hueco perfecto que se formaba entre su hombro y su cuello.

«—Aarón, ya lo sabes. —El aire que él expulsaba por la nariz al respirar le hizo cosquillas en la oreja—. Para mi madre tiene que haber boda. A no ser que quieras que lo hagamos.»

Andrea había reído, pero no por las cosquillas.

«—No entiendo el empeño de tu madre con la boda. ¿Cuánto le duró a ella el matrimonio? ¿Seis años?»

«—Siete. Yo tenía siete cuando papá se marchó. Pero ése no es el tema. —Retorció primero el cuello y luego el resto del cuerpo hasta que las narices de ambos casi se tocaron—. ¿Nos casamos entonces?»

46

«—Lo importante es lo bonita que nos ha quedado la casa.» Se había escapado él de la pregunta, y ella de entre sus brazos.

Ahora, llevaba prácticamente en brazos a Aarón cuando llegaron a la cama. Él cayó sobre el colchón como un peso muerto. Ella le quitó las zapatillas deportivas pero no le sugirió desvestirse. Sabía por experiencia —los jueves por la noche llegaba a casa exhausta tras impartir ocho horas de clase sin descanso— que echarse a dormir sin preámbulos ni higiene dental era un capricho que había que concederse de vez en cuando. Además, sólo llevaba una camiseta y unos vaqueros. Como siempre. Sí le preguntó si quería algo con paracetamol, idea que a él se le antojó reconfortante. Aarón, desafiando sus propios conocimientos farmacéuticos, no encontraba mejor somnífero que un buen analgésico.

—Te quedarás a dormir, ¿verdad? Tengo miedo de levantarme mañana. A lo mejor ni siquiera duermo —dijo, con la boca pegada a la almohada—. Que sea de un gramo.

Él ya estaba dormido y roncando levemente, como tantas otras noches, cuando Andrea regresó con el vaso de agua efervescente. Le colocó una sábana sólo sobre las piernas, abrió la ventana sobre la cama, y se acercó a la mesilla para dejar el vaso. Tuvo que apartar algunos papeles, que cayeron al suelo. Los recogió a oscuras y trató de recolocarlos sobre la mesilla. Resultó imposible, por el espacio que ahora ocupaba el burbujeante líquido.

En su camino a la salida, reconoció la enorme camiseta que había dejado colgando de la televisión al despertarse esa misma mañana. La cogió para utilizarla otra vez de pijama. Cerró la puerta del cuarto y encendió una luz. Se desvistió en el salón. Se quitó el sujetador y se puso la camiseta. Le cubría casi hasta las rodillas. Se sorprendió a sí misma cuando decidió dejarse las bragas puestas. Regresó a la cocina. Ella no iba a poder dormir sin ayuda de alguna de las pocas pastillas que

47

Aarón guardaba en su imprevisiblemente pobre botiquín. «¿Y tú eres farmacéutico?», era el chiste recurrente. Paseó por el apartamento dando pequeños sorbos a su vaso, agitando dos cápsulas en su puño cerrado.

Entre los papeles de la mesilla que acababa de dejar sobre el sofá, distinguió una silueta alargada y rectangular con un logotipo que reconoció enseguida. Una gran B en rojo y amarillo. Su entrecejo se arrugó. Se sentó, estiró el tejido de la camiseta para cubrirse las rodillas flexionadas y agarró la carpeta.

Dos billetes de avión. Uno a nombre de David Mirabal. Otro a nombre de Aarón Salvador. Una semana. A Cuba. Con salida el 10 de junio de 2000. Faltaba menos de un mes.

—¿Ibas a celebrar la ruptura o qué? —murmuró Andrea antes de lanzar las cápsulas a su garganta como un indio que anuncia guerra—. Idiota —añadió después de tragar.

Claro que no supo si el insulto iba dirigido a Aarón o a ella misma.

4

Leo

Lunes, 21 de julio de 2008

Cuando regresaron del Open, Amador besó de forma automática la esquina de la boca de su mujer, pegada al teléfono.

Leo subió a su habitación a desvestirse.

Allí lo esperaba Pi, frotándose contra el marco de la puerta. Sonaba como un motor al ralentí. Leo se agachó y le ofreció un caramelo PEZ que extrajo de su bolsillo. El animal lo olisqueó y decidió hincarle el diente sin mucho cortejo.

—El de cereza es el mejor —le dijo mientras dejaba caer la mochila junto al escritorio y se quitaba los zapatos—. ¿Has estado mordiendo mis zapatillas grises?

Las encontró bajo la cama. Se las puso después del pijama. Cuando se arrodilló junto a Pi para preguntarle si quería otro caramelo, su vista cayó en uno de los bolsillos laterales de la mochila. «¿Puedo llevar mi mochila espacial?», había preguntado Leo cuando su padre dijo esa noche que irían a la tienda del americano a buscar la leche del desayuno. «Claro, comandante», había respondido él, «no querrá perderse mientras atravesamos la estratosfera en nuestro camino hacia allí». Aunque Leo sabía que la estratosfera estaba a cincuenta kilómetros y no cerca del Open, sonrió. Igual que, aunque sabía que no ocurriría, durante los últimos días de clase de aquel curso había imaginado que la mochila era de verdad

49

la de un astronauta y que podría salir disparado hacia el espacio desde su pupitre. Hasta un lugar donde no hubiera nadie para ponerle pegamento en la silla de clase. Donde no fuera siempre el último seleccionado en los juegos de equipo.

Leo se fijó ahora en el bolsillo de la mochila que no tenía cremallera, el mismo sobre el que estaba impresa la S mayúscula que empezaba a escribir Space Commander. La última R terminaba sobre otro bolsillo igual al otro lado, después de que las palabras recorrieran todo el frente. Del primer bolsillo sobresalía la esquina rayada en azul y rojo de un sobre que no conocía. Un sobre que no había visto nunca. A Leo le daba pereza vaciar la mochila cada vez que acababa el curso. Seguro que aún estaba llena con las cosas del que acababa de terminar, pero aquel sobre no era una de ellas.

Alargó el brazo y lo extrajo con curiosidad.

Un recuerdo acudió a su mente. El de la vez que sus compañeros le dejaron una rana muerta en las zapatillas de deporte. Sintió cierto alivio al cogerlo entre sus manos y comprobar que no podía contener ningún animal.

Abrió el sobre.

De su interior sacó una hoja doblada dos veces por la mitad. Quizá fuera otra vez una falsa declaración de amor firmada por un chico para hacerle quedar como un mariquita. Se dispuso a leerla con la resignación de quien sabía que la broma siempre iba con él. Incluso se sintió afortunado por no haber encontrado el sobre el día en que se lo debieron de haber metido en el bolsillo, al menos así se ahorraba las decenas de risas, primero contenidas, luego exageradas, que hubieran explotado a su costa. En aquella habitación, bajo la luz de las estrellas adhesivas que le había regalado su padre, sólo él y los libros de su estantería iban a ser testigos de la nunca última humillación de Leo Cruz.

Entonces Leo leyó la nota.

50

Un espasmo extendió por todo su cuerpo una película de sudor frío.

Su cuerpo se desentendió de su pensamiento racional en un ataque de pánico que le cortó la respiración.

El resto del mundo, su madre hablando a gritos abajo y un locutor deportivo deshaciéndose en agudos, pareció de repente sumergido en un océano de cristal líquido.

Con la mirada perdida, se encaminó hacia la escalera.

El dedo pulgar de uno de sus pies reconoció el inicio del primer desnivel y comenzó a bajar por ella.

Tenía la mano derecha fría como la piedra. Con la izquierda retorcía de forma nerviosa la pernera de su pantalón del pijama a la altura de la cadera. Avanzaba, rozando sobre la moqueta sus viejas pantuflas grises. Llevaba el sobre sujeto por los dedos de mármol de una mano que casi no sentía.

Abajo, en el salón, sonaba alto el volumen de la televisión, el sobreexcitado discurso del locutor deportivo. Y luchando contra él en un combate sonoro, Victoria discutía de política al teléfono con una amiga.

Leo tardó en bajar la escalera mucho más tiempo de lo normal. Cuando lo hizo, cruzó el vestíbulo y se asomó al salón, al que se accedía sin puerta atravesando unos arcos de gran altura.

Su cara estaba pálida. Sus ojos, negros, todo pupila, no parpadeaban.

Y Leo no hizo otra cosa que quedarse ahí de pie, buscando la atención de sus padres. Temblaba como no lo hacía cuando leía novelas de terror para adultos.

Al verle, Victoria gritó el nombre de su hijo.

El matiz alarmado de su voz inquietó a Marta, ella era la que defendía el bando progresista en la conversación que Victoria mutiló cuando tiró el teléfono al sofá para acercarse al niño. A Amador le despertó el inesperado movimiento que advirtió a sus espaldas, en algún ángulo imprevisto de su campo de visión. Cuando se giró en la butaca, se encontró a su mujer arrodillada junto a un Leo ausente, que permanecía tenso retorciendo la pernera de su pantalón y mirando a ninguna parte sin reaccionar ante las sacudidas cada vez más bruscas de su madre. Como a cámara lenta, ralentizado el tiempo hasta sentirlo pegajoso sobre su propia piel, Amador se dirigió hacia la entrada del salón, a una distancia de apenas cuatro pasos que se alargaron hasta la extenuación.

—¿Qué coño está pasando? —gritó a su mujer.

Cuando por fin llegó hasta ellos, agarró con ambas manos la cara de su hijo. Dudó sobre qué debía hacer y, sin pensarlo apenas, le sacudió un fuerte bofetón.

Enhorabuena, te has convertido en tu padre, se dijo.

Leo estalló en llanto al instante. Victoria dejó escapar el aire contenido. Abrazó al niño. La mano de Amador se quedó atrapada entre ambos a la altura del pecho izquierdo de su mujer. Marta, al otro lado del teléfono, se sintió avergonzada por haberse inmiscuido en la intimidad de aquel momento familiar y colgó.

—Hijo, por favor, ¿qué ocurre?

Leo miró a los ojos de sus padres.

En un intento por calmarlo, le apartaron el pelo sudado de la frente. Le colocaron en su sito la chaqueta del pijama. Le calzaron sus pantuflas grises.

—Mete también el talón, anda, que si no las vas pisando y no te aguantan ni tres meses —dijo Victoria, queriendo anular con el sonido de su voz otros pensamientos.

Mientras agarraba uno de los tobillos de su hijo y estiraba la parte de atrás de la zapatilla, dio con el sobre humedecido que Leo sujetaba en una mano.

—¿Qué llevas…? —comenzó la pregunta, pero no la terminó.

Con un leve tirón separó el sobre de los dedos de Leo. El niño ya apenas gemía. Se sorbía ahora los mocos bajo su

52

nariz y sobre su labio, limpiando los restos con el dorso de la mano. Identificó un sabor salado a ambos lados de la lengua. Un gran rizo de tela húmeda resaltaba en una de las piernas de su pijama.

El sobre no llevaba franqueo ni matasellos. Tampoco dirección. Ni remitente.

—Es de correo aéreo —pensó Victoria en voz alta al advertir los colores azul y rojo que recorrían todo el borde—. ¿Qué es esta carta, cielo? —Acercó su cara a la de Leo.

El tono pretendía ser tranquilizador, pero la voz ahogada en saliva sonó a todo lo contrario. Entonces se dirigió a su marido.

—¿Sabes tú qué...? —No pudo acabar la frase.

La visión de unas palabras escritas con bolígrafo azul en la cara del sobre donde se indica el destinatario interrumpió sus palabras. Eran todas letras mayúsculas, escritas de un modo limpio y ordenado. Amador observó cómo los ojos de su mujer se abrían en un gesto de incomprensión antes de que sus cejas se arquearan en una mueca de absoluto desconcierto. Ella le pasó el sobre para que él también pudiera leerlo. Seis palabras:

PARA UN NIÑO DE NUEVE AÑOS

Durante un segundo, Amador se sintió aliviado. Su corazón se calmó.

Aquello no era tan terrible. Victoria estaba exagerando, como siempre. Tan sólo era una definición de destinatario bastante convencional en el fondo, equivocada además si pretendía dirigirse a Leo, porque él tenía en realidad ocho años cumplidos hacía un mes. «Nací en junio de 2000, haz tú la cuenta», había aprendido a responder desde muy pequeño a los adultos que le preguntaban su edad para luego añadir qué quería ser de mayor. Amador pensó entonces que si aquel sobre había conducido a su hijo hasta ese estado tan parecido a un ataque de pánico, tenía que haber algo más. En ese momento, sus dedos recorrieron el relieve rectangular que dibujaba lo que parecía una hoja de papel doblada dos veces por la mitad.

—¿De dónde has sacado esto?

Amador formuló la pregunta sin esperar respuesta, mientras miraba con asombro la expresión asustada de su hijo. Estaba colocado ahora entre las piernas cruzadas de su madre. Ella se había sentado en el suelo y trataba de alisar las arrugas del pantalón del crío en un gesto nervioso que enseguida sustituyó por otro mucho más personal: el de hacer sonar sus uñas chocando la del dedo índice contra la del pulgar.

Victoria reparó en lo viejas que estaban las zapatillas grises de Leo. Se tranquilizó al imaginarse eligiendo junto a él unas nuevas en Centro Oeste, el centro comercial del pueblo. *Una vez hayamos solucionado este asunto de la carta*, pensó. Un pensamiento que ocultaba otro más profundo que en efecto existió pero que se negó a procesar, obligándose a llenar el escenario principal de su mente con imágenes de pantuflas de mil colores: imitando las garras de un gorila, una abeja con antenas —*tú ya sabías*— unas zapatillas de baloncesto, zapatos de claqué —*que algo iba a mal en el niño*— o la zarpa de un león, que fue la que finalmente comprarían unos días después.

Amador miraba con más atención a su esposa que a su hijo. Levantó la solapa de aquel sobre y extrajo de su interior lo que resultó ser un folio convencional doblado dos veces por la mitad. Leo parecía no querer explicar nada antes de que sus padres lo descubrieran por sí mismos. Continuaba agazapado entre las piernas de mamá, y el sudor que bañaba su espalda comenzaba a secarse. Sintió frío, y reaccionó con un ligero castañeteo de los dientes.

—Tranquilo. —Su madre lo abrazó por detrás, intentando tranquilizarse ella también.

Amador desdobló la hoja. Percibió el contraste de color entre los diferentes blancos del folio y del sobre. El último mostraba una tonalidad amarillenta. Una vez extendida la carta, tuvo que girarla porque la había abierto al revés. Amador leyó su contenido con los ojos muy abiertos, moviendo los labios en un gesto que permitió a Victoria, durante unos segundos, ver en su marido el reflejo de la imagen de su hijo, quien movía los labios de la misma forma mientras leía todos esos libros que nunca eran para niños.

La transformación del rostro de Amador fue brutal. La preocupación infló el estómago de Victoria. Enseguida se transformó en miedo.

—Pero, cariño, ¿qué es lo que pone? Me estás asustando —dijo.

—No lo sé. Leo —se dirigió a su hijo—, ¿de dónde has sacado esto?

—Por Dios, Amador, ¡déjame verlo!

Victoria gritó justo a la altura de la oreja derecha de Leo, y él se la frotó para tratar de mitigar el pitido que originó en su interior. En algún lugar de la casa, Linda reconoció la voz alterada de la mujer a quien ella llamaba «señora», y pensó que los señores estarían discutiendo otra vez.

Amador se levantó, empezaban a dolerle las rodillas apoyadas contra el suelo de madera. Le pasó la nota a su mujer, manteniendo la mirada fija sobre ella en un ángulo contrapicado, él de pie y ella sentada.

Victoria agarró la hoja con un temblor en su mano que no logró disimular ante su hijo. Lo primero que advirtió fue la excelente presentación del único párrafo escrito, antes incluso de leerlo. No se había dado cuenta de que se le habían humedecido los ojos. Tuvo que parpadear varias veces antes de poder distinguir las letras. Aún leía bien de cerca a pesar de los informes de cientos de páginas que estaba obligada a estudiar de cada uno de sus casos, casi siempre relacionados con temas de propiedad intelectual —cantantes, escritores y artistas en general, todos ellos de poco éxito, constituían su principal cartera de clientes—, y sólo se ponía las gafas cuando intuía que la jornada podía sobrepasar las diez horas. La excelencia en la presentación, conseguida con márgenes equilibrados a izquierda y derecha, sangrado de línea en la primera frase y excelente caligrafía, se convirtió en algo macabro cuando Victoria leyó el contenido de la carta:

No pretendo asustarte, pero sería imposible explicarlo. Por favor, no vayas a la tienda de la gasolinera de Arenas. La tienda del americano. No vayas el 14 de agosto de 2009. No quiero asustarte, pero podría ser la fecha de tu muerte. No vayas. Lo siento, tenía que avisarte.

Victoria soltó una carcajada. Una risa falsa, algo desquiciada. Muy parecida a la que forzaba en algunos juicios cuando quería menospreciar la declaración de algún testigo. O la que dedicaba a su marido cuando, tras rechazar por enésima vez el sexo nocturno que años atrás les enloquecía, éste la acusaba de haber perdido interés en él. Amador la miró, apretando los labios, hasta que consiguió que Victoria abandonara aquella histriónica representación.

—Levántate, Leo, anda —dijo ella.

Revolvió el cabello de su hijo para instarle a levantarse y poder incorporarse. Lo hizo de forma ágil, recomponiendo al mismo tiempo su camisa y ajustándola por debajo de la falda, en torno a su delgada cintura. Después agarró a Leo por los hombros, le dio la vuelta y se arrodilló frente a él, de tal forma que los ojos de ambos estuvieran a la misma altura.

—Cielo, ¿qué demonios es esto? —Leo la miraba sin intención de responder—. Han sido los chicos de tu clase,

¿verdad? ¿Por qué siempre me esperas tú solo en la puerta del colegio? ¿Por qué no estás jugando con todos los demás, eh? —Alargó la mano para agarrarle de un hombro—. Mira, cariño, si esos niños te están haciendo algo, necesito que me lo digas. ¿Me lo vas a decir?

Victoria seguía con la carta en la mano. Mientras hablaba, las palabras escritas le parecían tan salvajes que sólo podían ser obra de algún niñato inconsciente.

De no ser porque la letra parece la de un adulto, resonó en algún rincón de su cabeza.

Leo también sabía que la letra era la de un adulto. Por eso se había asustado tanto al leer la carta. Porque ninguno de sus compañeros, ni siquiera los más desenvueltos en materia caligráfica básica, podría haber conseguido imitar la letra de un adulto con tanta precisión. Y ninguno de los chicos mayores del colegio, ni el más ignorante de los adolescentes, podría haber colaborado en una broma tan mezquina contra un niño cuyo único delito era no ser capaz de saltar el potro en la clase de educación física.

—A papá y a mí nos lo puedes contar todo. Y tú lo sabes. ¿Lo sabes?

Leo dudó.

Al principio, a Victoria le hizo muy feliz lo atento, callado y obediente que el niño fue desde muy pequeño. Ella misma le permitía mantener encendida la luz del cuarto mucho tiempo después de acostarse. Más de una vez lo había encontrado dormido con un libro entre sus manos. Entonces Victoria se apoyaba en el marco de la puerta y observaba con una sonrisa al niño de siete años que aún dormía bajo un edredón estampado con la imagen de Buzz Lightyear, pero que leía novela negra o algún relato de terror para adultos, recorriendo las páginas de izquierda a derecha y de arriba abajo sin siquiera preguntar qué significaban la mayoría de las palabras. Su madre lo besaba en la frente, lo arropaba con la colcha, y disfrutaba de la superioridad que sentía frente a sus compañeras del bufete de abogados, que se desesperaban ante el lento avance de sus hijos con la lectura. A veces le preocupaba que un niño tan pequeño leyera historias sobre asesinos en serie o cuentos paranormales, pero sabía que iba a hacerlo de cualquier manera, que conseguiría esos libros a escondidas, así que era mejor incentivarlo a leer que intentar prohibírselo. Ella nunca le había encontrado el placer a la lectura —«en mi vida no hay lugar para la ficción, sólo para informes de la vida de gente aburrida», se quejaba—, y al principio admiraba la forma en que Leo era capaz de enfrascarse en una historia y estar horas enteras pasando páginas y moviendo los labios, un gesto infantil dibujado en un rostro y una mirada decididamente adultos. Pero hacía unas semanas que Victoria había empezado a apagarle la luz a las diez en punto de la noche. Se habían acabado las licencias de horario para permitirle leer en la cama. Porque hacía también varias semanas que Victoria había empezado a odiar todo lo que hacía diferente a Leo. Se lamentaba ahora de que su hijo no saliera más a jugar con sus compañeros de colegio, o de no haberle obligado a apuntarse a algún deporte de equipo, de esos que entrenaban después de clase. Quizá, de esa manera, Leo no tendría tanto interés en curiosidades matemáticas como los números capicúa o los palíndromos, o no se pasaría horas resolviendo ese absurdo cubo de colores o mirando el cielo con su telescopio mientras se le escapaba por la ventana el calor de otro día soleado... y con él, toda su infancia. Por eso Victoria ya había dejado de presumir frente a sus compañeras de oficina. Y cuando alguna de ellas narraba las hazañas de su hijo en algún campeonato de fútbol, Victoria se callaba y recordaba la figura encorvada de Leo sobre el escritorio, leyendo libros que le regalaba su padre, encendiendo a escondidas la luz que ahora sí le apagaba de forma estricta. Y Leo aprendió a identificar en la voz de su madre esa nueva entonación de repugnante amabilidad que utilizaba para sugerirle que se apuntara a algún equipo deportivo del colegio, o para decirle cosas como que podía contar con ella, algo que Leo ya no estaba tan seguro de poder hacer.

—¿De dónde has sacado esta carta? —insistió Victoria.

—Estaba dentro de mi mochila —susurró.

—¿Cómo que en tu mochila? —repuso Victoria—. ¿Qué hacía en tu mochila? ¿Quién la ha puesto ahí?

Victoria, víctima de su propia impotencia, sacudía a su hijo. Amador tuvo que agarrar al niño para separarlo de su madre.

—Perdóname, cielo —dijo ella—. Pero es que no lo entiendo.

Alargó la mano para apoyarla sobre el pecho de Leo. Entonces una mueca de enfado se dibujó en su rostro y la hizo levantarse de golpe.

—Se acabó. Mañana iré a hablar con el director del colegio —decidió, sin caer en la cuenta de que el curso había acabado y el colegio estaba cerrado—. Tendrán que hacer algo con esos monstruos. Y hablaré con tu profesora, esa señorita Blanco. ¿Cómo se llamaba? —preguntó a Amador—, sí, esa que fue compañera tuya de clase.

—Alma —dijo Amador, y el estómago se le encogió de repente al recordarla de pequeña, cuando compartieron clase—. Se llama Alma.

En un tono pesado, añadió:

—Pero estamos en julio. ¿Con quién piensas hablar en el colegio?

Victoria se mordió la yema del dedo índice durante unos segundos, consciente de su error.

—Pues entonces… Entonces tendré que hablar con las madres de esos críos. Leo, cielo, ¿tienes el teléfono de alguno de tus compañeros?

Los tres conocían la respuesta a la pregunta. Por eso fue

seguida de un tenso silencio. Leo agachó la cabeza. Dio un paso a un lado para separarse de las piernas de su padre. Parecía querer desligarle de la vergüenza que le pertenecía sólo a él, al niño raro de la clase que no había conseguido hacer ni un solo amigo.

—Muy bien, mamá —dijo Amador.

Miró a su mujer con incredulidad. Se acercó al niño y lo abrazó de rodillas. El rostro de Leo quedó sumergido en el vigoroso pecho de su padre. Sobre los hombros de su hijo, Amador mantuvo la mirada fija en Victoria. Ella se llevó tres dedos a los labios en un ademán de arrepentimiento que mantuvo mientras duró aquel abrazo al que no se sintió invitada o del que rechazó formar parte.

Tras repasar los tres grandes botones que cerraban la camisa del pijama de Leo, Amador le acarició la cara con ambas manos. Le propuso acompañarlo a la cama para quedarse con él hasta que se durmiera.

—Y mañana ya hablaremos de la carta —dijo—. ¿Te parece?

—No, papá, da igual —respondió el Leo más adulto antes de apartar la cara de las manos de su padre para dirigirse de vuelta a su habitación.

No miró atrás ni una sola vez. Ni siquiera cuando aquella capa de sudor frío regresó a la parte baja de su espalda. Antes de comenzar a subir, en algún momento su talón se había salido ya de las pantuflas grises. Se detuvo un instante frente al primer escalón.

—Buenas noches, mamá —dijo.

Y aunque Victoria escuchó, el nudo que atenazaba su garganta pareció tensarse aún más haciendo retroceder su lengua e imposibilitándole la respuesta.

Pero Leo supo que su madre le había oído. Dejó atrás los escalones y los urgentes gestos de su padre instando a Victoria a contestar, mientras ella negaba con la cabeza manteniendo los tres dedos sobre sus labios e intentando contener el llanto.

Victoria se sentó en el sofá y dejó que una única lágrima resbalara por su rostro. Mantuvo la mirada desviada en una diagonal inexistente, convirtiendo a su marido en un bulto borroso que fue primero a la cocina y luego desapareció en su camino hacia la escalera. Victoria recordó entonces el día que nació Leo. La noche en que el parto se adelantó. Cuando corrieron por la casa en busca de la maleta que ya tenían preparada para la ocasión y ella tropezó en la misma escalera por la que ahora subía su marido. Aquella noche, Amador se había quedado con el brazo extendido y la seda del camisón de su mujer escapándose de entre sus dedos en el intento desesperado por evitar la caída. No pudo impedir que Victoria quedara extendida a los pies de la escalera con una herida abierta en la parte izquierda de su frente y gran cantidad de sangre brotando de su entrepierna. Por fortuna, el Hospital Universitario de Arenas estaba muy cerca de casa, y Victoria dio a luz a un niño sano apenas media hora después del incidente.

Sentada en el sofá, con la espalda muy erguida y el sobre apoyado sobre sus muslos, entre sus manos, se vio a sí misma sosteniendo a Leo por primera vez entre sus brazos en aquella calurosa madrugada de junio en que se convirtió en madre. Recordó también cómo una gota de sangre de la herida aún abierta en su frente había manchado la cara de su hijo en una escena maternal insólita.

Cuando Victoria consideró oportuno hacerlo, se levantó con lentitud. Colocó sobre su soporte el teléfono inalámbrico que había lanzado contra el sofá. Apagó la luz.

Y subió a oscuras la escalera.

5

Aarón

Sábado, 13 de mayo de 2000

El olor a café despertó a Aarón.

Su olfato se había inmiscuido en su mundo onírico para atraparle y desterrarle a la realidad de una mañana muy concreta: la mañana siguiente a la noche en que alguien había intentado asesinar a su mejor amigo. Tardó algunos segundos en sentir la punzada del recuerdo en su interior. Entonces abrió los ojos y dejó de parecerle delicioso el olor a mantequilla.

El familiar sonido de Andrea, sus pasos cortos rozando el parqué, la forma de cerrar suavemente el microondas, los dos golpes de la cuchara contra la taza al servir el café, y la continua vibración lastimosa de la nevera que siempre se dejaba abierta mientras cocinaba, le permitieron pensar que aquel podía ser un despertar cualquiera. Sin embargo, el paracetamol que no se llegó a tomar disuelto en un vaso aún lleno sobre la mesilla, la incómoda sensación del vaquero abrochado estrangulándole una estúpida erección matutina, la sábana lisa que desvelaba la kilométrica distancia a la que habían dormido, y el aterrador eco de los pensamientos de la noche anterior, le obligaron a aceptar que no lo era.

Desde el marco de la puerta de la cocina —una pequeña barra americana daba al comedor en donde Andrea había dis-

62

puesto un desayuno de proporciones hoteleras—, Aarón la observó durante unos instantes antes de que ella advirtiera su presencia. Cuando lo hizo, apoyó la sartén que llevaba en la mano en uno de los calentadores de vitrocerámica apagados. Se acercó a él con el rostro hinchado por el sueño y las lágrimas, pero irradiando esa luz única que sólo existía en las costas más afortunadas del relieve de Andrea. No hubo beso de buenos días. Sólo una tierna caricia sobre su rostro espinado con la barba de varias noches.

—Ya te has despertado. ¿Cómo estás? —preguntó, y se apartó de la cara el mechón de siempre—. Yo, nada bien. Mira qué desayuno he preparado —dijo, dejando escapar un suspiro entrecortado—, pensé que te vendría bien comer. Y fíjate la que he montado, creo que me he pasado. Y ahora iba a hacer una tortilla.

Miró hacia la mesa que ella misma había servido como el artista que ve por primera vez la obra nacida de un trance. Se llevó la mano a la boca como haría una madre que hubiera herido los sentimientos de su hijo atacando su punto más débil. Encogió los hombros en un intento de disculpa que Aarón encontró encantador.

—Aún no me creo lo de Davo. —Andrea soltó la palabra prohibida y guardó silencio esperando su reacción—. Y ya son las once, me gustaría ir al hospital. Desayunamos y vamos. Nos dejarán entrar a verle, ¿no?

Agarró a Aarón de un brazo y lo empujó hacia la mesa.

—¿Verle? —A él, la palabra se le escapó de la boca.

—Claro. —Separó una silla para que Aarón se sentara, y ella se acomodó en la de enfrente—. Quiero verle, saber cómo está. —Y respondiendo a una pregunta imaginaria, añadió—: Sí.

El movimiento de Aarón fue lento. Se sorprendió cuando se descubrió sentado a la mesa con la mirada perdida en el interior de la taza, como si aquel café tuviera la profundidad

63

de un océano. El eco de su propia voz en el interior de su cabeza ensordeció las palabras de Andrea.

Ha sido tu culpa.

—Aarón, ¿qué te pasa?

Colocó la mano sobre la suya. Los ojos de Aarón enfocaron de golpe la superficie del mar color marrón. Andrea pudo ver la rápida contracción de sus pupilas.

—Necesito comer, sólo es eso.

Sonrió con la mitad de la boca. Cuando Andrea retiró la mano, quiso agarrarla. Lo que agarró en realidad fue la taza. La blanca grande que compraron en Ikea. Dio un sorbo amargo al café y tragó llevándose con él gran cantidad de saliva.

—Antes he bajado a ver si el portero tenía ya el periódico. Quería ver si decían algo.

—¿Y?

Un torrente de celos sacudió a Aarón al pensar que aquel viejo salido de orejas peludas habría visto a Andrea tal y como él la estaba viendo en aquel momento. Vestida con la camiseta que utilizaba para dormir en el apartamento, la que le quedaba enorme y llevaba impresa un símbolo pi.

—Lo tenía. Me lo ha regalado. Y también me ha dicho que lo sentía. —Respiró profundamente y sus pezones se dibujaron con claridad bajo la tela gris dada de sí—. Seguro que ya lo sabe todo el mundo. Será la noticia del año en Arenas.

Andrea le alcanzó el periódico, abierto por la página exacta y doblado por la mitad. Aarón vio en un recuadro la foto en blanco y negro de la tienda del americano y reconoció el coche policial de Héctor, uno de los dos que se apostaban a las puertas del establecimiento. Comenzó a leer con ritmo acelerado, saltándose algunas palabras y mezclando otras en un murmullo indescifrable.

—¿Has leído esto de que ya pasó algo parecido en el mismo sitio hace treinta años? —señaló Aarón a mitad del texto—. Aquí pone que cuando sólo era una gasolinera también hubo un atraco y mataron a un chico. Sería antes de que el americano abriera la tienda, ¿no? Lo ha contado un hombre que estaba presente en el lugar cuando sucedió.

—No he querido leerlo —dijo Andrea—, no quiero ver el nombre de Davo escrito con iniciales.

En efecto, la noticia hablaba de que R. Palmer se recuperaba favorablemente en el Hospital Universitario de Arenas, pero aseguraba que el pronóstico del joven D. M. continuaba siendo «muy grave».

Andrea dio un mordisco a una de las tostadas. Tuvo que hacer un esfuerzo inverosímil para poder tragarlo. Sentía cada miga de pan atravesar su garganta encogida, como si dos grandes manos intentaran estrangularla. Aarón continuaba inmerso en la lectura, ahora silenciosa, moviendo ligeramente los labios cada vez que llegaba, intuyó Andrea, a una consonante labial. Como si se tratara de un desayuno de lo más convencional —«ésta es la mañana más feliz de mi vida, feliz sexto aniversario», fue un inesperado eco mental de Andrea—, Aarón preguntó por el azúcar. Tras dirigir dos rápidas miradas a la mesa, se levantó a buscarlo.

—Siempre me toca a mí abrir el paquete —le dijo de espaldas desde la cocina mientras vertía casi un kilo de azúcar en un tarro reutilizado de Nescafé. Cuando hubo terminado, dio un paso para tirar el papel a la basura—. Drea, tienes que dejar las cajas de pizza a un lado, que si no, luego no se puede levantar la tapa.

El sollozo que llegó desde la mesa le hizo darse la vuelta en el acto.

Encontró a Andrea con la frente apoyada en ambas manos, los codos sobre la mesa. Miraba al plato y la rebanada rectangular de la tostada, en una de cuyas esquinas se dibujaba el pequeño semicírculo de los dientes con que la había mordido. La mujer que nunca se tomaba las cosas demasiado en serio se sorbió los mocos y le dijo:

65

—Tú preocúpate por el azúcar si quieres —descifró Aarón entre sus dientes—. Yo me voy.

Todavía dedicó una larga mirada a la marca del mordisco en el pan antes de levantarse. Una mirada que en realidad era para él, y que significaba más que muchas palabras.

Aarón alcanzó a Andrea y la agarró por uno de sus hombros tras rodear la barra de la cocina. La abrazó y apoyó su cara en el hueco del cuello de ella.

—No puedo ir tan pronto —le dijo a su nuca—. Antes necesito saber que se va a poner bien. Imagínate que vamos y nos dicen que...

La erección decreciente rozó su muslo, y su aroma a manzanilla lo envolvió hasta hacerle dejar de entender por completo por qué había decidido poner fin a su relación con ella. Su vista cayó sin querer sobre el pequeño montón de papeles que Drea había dejado en la barra la noche anterior. La carpeta granate de la agencia de viajes estaba intencionadamente colocada arriba de todo. Aarón entendió que Andrea quería que él supiera que había visto los billetes. Pensó que era típico de ella, no decir las cosas pero hacérselas saber de alguna forma. Quizá no era tan difícil encontrar razones para la ruptura. Su reacción inmediata fue la de deshacerse en explicaciones, aunque entendió que quizá ya no eran necesarias. El pensamiento de aquella semana de vacaciones que David y él no iban a poder compartir, hizo que incrementara la fuerza del abrazo.

Andrea apartó la cabeza y le miró a los ojos. Se humedeció los labios y Aarón olió la mermelada de fresa. Ella abrió la boca. Tan sólo pudo tomar aire. No dijo nada. Tragó saliva y los músculos de su cuello se tensaron. Al segundo intento encontró su voz y dijo:

—Aarón, David se muere.

Y en la cabeza de Aarón, los labios de Andrea continuaron moviéndose y añadieron: *Ha sido tu culpa.*

66

Se deshizo del cuerpo de ella como ella se había deshecho del suyo tantas noches después de saber lo de Rebeca. Aarón apoyó una mano sobre la barra de la cocina. Negó con un gesto, sin dejar de mirar a Andrea, mientras en su mente reverberaba el eco de la culpa. Siguió sacudiendo la cabeza de un lado a otro, ahora tapándose la boca con la palma de la otra mano.

—Yo me voy —dijo ella finalmente—. Necesito verle.

Apartó su mirada de Aarón y la dirigió de nuevo al desayuno. El desquiciado servicio la hizo sentir incómoda.

—Me voy —repitió—. Espero verte allí.

Se secó las manos en su propia camiseta. Luego, se frotó la cara.

Aarón escuchó la puerta abrirse y después cerrarse. Continuaba negando con la cabeza.

Tras pensarlo unos segundos, se dirigió a la entrada y salió al pasillo. Andrea estaba de pie, paralizada a mitad de camino, las piernas desnudas bajo la enorme camiseta gris. Descalza. Cuando escuchó la puerta abrirse a sus espaldas, giró la cabeza y le dijo a Aarón, o quizá a sí misma:

—Será mejor que me vista.

Cuando volvió a quedarse a solas unos minutos después, Aarón contempló el apartamento. Todavía vestido con la misma ropa con la que había decidido romper con Andrea hacía una eternidad, sintió el vértigo de asomarse a un abismo desconocido. Frenó sus oscuros pensamientos sacudiendo el rostro como si la culpa fuera agua y él un perro mojado.

Regresó a la mesa y terminó de leer la noticia del atraco. Releyó el nombre del vecino del pueblo que había recordado para el periódico el suceso ocurrido treinta años atrás. Samuel Partida. Aarón miró a un lado, tratando de pensar si el nombre le sonaba de algo. En quien pensó en realidad fue en David.

67

Sentado, se palpó ambos bolsillos. De uno de ellos extrajo su móvil. Quizá su erección no era en realidad para tanto.

La voz derrotada de Héctor contestó al otro lado.

—Aarón, tío, menos mal que eres tú. No sabía que Davo fuera tan conocido en Arenas. —Sonaba sincera su alegría al haberse encontrado con una voz familiar—. Nos está llamando un montón de gente que no sabemos ni quién es.

Aarón prestó atención especial a los matices e inflexiones de aquella voz que se había quebrado la noche anterior. Como si pudiera descifrar en ellos la situación de David antes de hacer la pregunta que no quería hacer.

—¿Se sabe algo más?

—Sí.

Aarón contuvo la respiración e imaginó lo peor. No se tranquilizó hasta que Héctor continuó hablando.

—Bueno, no, de mi hermano nada todavía. Sigue igual. Casi no nos dejan entrar a verle. —Aarón le oyó respirar por la nariz antes de continuar—: Yo aún no me he ido a casa, macho, sigo con el uniforme. Pero ha venido Carlos hace un rato, ¿conoces a Carlos? Mi compañero de patrulla, creo que estudió con vosotros. Me ha contado algunas cosas.

Aún sentado, Aarón se había llevado a la tripa la mano con la que sostenía el diario. La frotaba con fuerza. No sabía qué decir ni tampoco estaba seguro de poder mantener aquella conversación mucho rato. No se sentía preparado para escuchar demasiados detalles sobre el altercado. No de la boca de Héctor, quien seguramente tendría ganas de gritarle que había sido todo por su culpa. Que su hermano estaba como estaba porque él había sido tan estúpido de no querer cumplir con un recado absurdo.

—Resulta que ya han detenido al hijo de puta que le disparó. Es más joven que él, ¿te lo puedes creer? —La última palabra patinó de rabia en sus cuerdas vocales y sonó aflautada, como la de un adolescente a quien le ha empezado a cam-

68

biar la voz—. No es más que un crío. Pero por lo menos es mayor de edad, va a pagar el cabrón. Más le vale que mi hermano… Que no se muera mi hermano. Más le vale.

Sin saber por qué, tal vez sólo por rellenar el silencio, Aarón preguntó si el chaval actuaba solo.

—Qué va, pero si había dos más esperándolo fuera de la tienda, en el coche —respondió como si fuera el final de un chiste malo—. Menuda panda de mierdas.

Héctor recorría acelerado, de un lado a otro, un pasillo del hospital.

—Querían robar una mierda de caja de una tienda que no vale nada, y el cabrón acabó disparando a mi hermano. Ha dicho que fue un error, que se puso nervioso y no supo cómo reaccionar. Por lo visto, Davo hizo un movimiento extraño para proteger a un niño que estaba en la cola… ¡y a la mierda! —Héctor golpeó la pared con el puño—. Y el tío va y dispara. Que no supo cómo reaccionar.

Hablaba con los dientes apretados, escupiendo polvo de saliva en cientos de perlas brillantes que salían despedidas de su boca como perdigones. Aarón, que supuso que el golpe que había oído era un puñetazo contra algo, pensó que no tardaría mucho en aparecer una enfermera para darle un tranquilizante a Héctor. Como si hubiera leído sus pensamientos, éste bajó la voz y añadió:

—Pero yo sí sé lo que voy a hacerle a ese hijoputa como me lo pongan por delante. Va a ver lo que pasa por meterse con el hermano de un policía. Se va a llevar una buena sorpresa cuando descubra que yo también puedo disparar. —Era consciente de que estaba hablando de más, pero prosiguió—: Y que cuando yo disparo, encima es legal. ¿Entiendes lo que te quiero decir?

Aarón confirmó que entendía.

—Joder, ¿y tú qué tal lo llevas? —preguntó Héctor.

—Andrea y yo estamos mal. Ella va hacia el hospital. Yo

no he querido ir con ella. Creo que no estoy preparado todavía para…

—Tranquilo. Sé lo que vas a decir. No te preocupes. Yo seguiré aquí con mis padres. Cualquier cosa que pase, te llamo.

Tanto él como Aarón desearon que no hubiera razón para llamar.

—En fin, ahora es el destino quien manda. Te voy a dejar, ¿vale? Creo que nos van a dejar entrar.

Héctor colgó sin despedirse. Iban a permitirle ver a su hermano y el resto del mundo desapareció de repente. Aarón dejó el móvil sobre la mesa, junto a las migas negras de las tostadas quemadas. Hacía tan sólo media hora que se había levantado y lo único que quería era regresar a la cama.

«Ahora es el destino quien manda», había dicho Héctor. Aarón pensó por primera vez, pues no se le había ocurrido verlo de aquella forma hasta entonces, que quizá él había burlado a su propio destino.

Un montón de preguntas azotaron la mente de Aarón en un torbellino sin aparente sentido. Era la manera en que solían acuciarle cuando su cabeza se le adelantaba y pensaba más rápido que él mismo. Accesos de pensamiento acelerado, los llamaba. El torbellino terminó con la imagen fija de David en el Open intentando proteger a un niño antes de que le dispararan por la espalda. Y enseguida, otra imagen fija de otro niño, treinta años antes, también en el Open, y también testigo de un tiroteo que, ya de adulto, recordaría para rellenar la noticia de un periódico que casi había cerrado la edición cuando llegó a la redacción el aviso del atraco.

Apretando con los dedos pulgar e índice el inicio de su tabique nasal entre ambos ojos, como si estuviera tratando de recordar el apellido de algún viejo compañero de colegio, Aarón tuvo la sensación de que estaba a punto de caer en algo importante. Y mientras una parte de él intentaba convencerse de que lo que estaba comenzando a insinuar era un pensamiento absurdo, resultado de una noche de mal sueño, otra parte se asustó al sentir que el más reciente y profundo de sus miedos podía estar justificado.

—Ha sido mi culpa —dijo a la habitación vacía.

Y de alguna forma, la taza de café bailó en el borde de la mesa y cayó al suelo.

6

Leo

Lunes, 21 de julio de 2008

Victoria pasó por delante de la habitación de Leo. Se agachó para comprobar si emergía alguna luz por la ranura inferior de la puerta. En la mano derecha sujetaba sus zapatos de tacón; en la otra, el sobre de correo aéreo. Pegó la oreja a la puerta y contuvo la respiración. Dedujo que Leo estaría dormido.

Recorrió el pasillo hacia la habitación de matrimonio. Sus medias chispearon con electricidad estática al rozarse a la altura de los muslos. Abrió la puerta sin importarle el ruido que eso produjera, sabía que Amador estaba despierto. No lo encontró desnudo y tapado hasta la cintura con las sábanas —como había hecho tantas noches al principio de su matrimonio, después sólo los sábados—, sino sentado a los pies de la cama, inclinado hacia delante. Tenía los codos apoyados sobre los muslos, las manos entrelazadas moviendo los pulgares en círculo. «No creas que no vamos a hablar de esto», significaba siempre esa postura. Como la noche, hacía tres meses, que ella no regresó a casa porque tenía que «revisar unas declaraciones». O como cuando él pensó que afrontar con palabras la ausencia de sexo durante casi medio año podía ser el primer paso para arreglar la situación.

Victoria se acercó a su marido, lanzó los zapatos a la cama

y se sentó a su lado con los brazos extendidos hacia atrás, las piernas cruzadas una sobre otra. Tras mirarse unos segundos, él empezó:

—¿Qué ha sido eso?

—Por favor —dijo, exagerando el tono despreciativo—, ¿crees que yo quería hacerle sentir mal? He preguntado por sus amigos sin darme cuenta. Ya sé que tu hijo no es el niño más popular del colegio —añadió, y desenredó sus piernas—. Pero es que estoy segura de que la carta la han escrito ellos.

Se interrumpió y apoyó una de sus manos sobre la rodilla de Amador.

—¿Qué va a ser si no? —preguntó, sin ánimo real de aventurar otras autorías. Cualquier otra posibilidad resultaba demasiado aterradora.

Su marido la miró fijamente. Reconoció en ella el semblante frío que lo fascinó desde la primera vez que se encontraron en aquella aburrida convención de vejestorios cansados de la abogacía en Praga. La mayor parte de los hombres habrían preferido decir que se enamoraron de sus mujeres en alguna romántica escena bajo la lluvia, o después de una mirada curiosa alguna tarde en un transporte público y un café robado al horario laboral, pero cuando Amador quiso recordar por qué amaba a la mujer que le había dado un hijo, sólo una imagen apareció en sus recuerdos. «Esa mujer te interesa», le había indicado su padre, señalando a una tal Victoria Cuevas con el dedo índice de la mano en la que sujetaba un whisky doble. El anguloso rostro de aquella mujer alta, que no sonreía más que con el verde de sus ojos, y que marcaba el ritmo de la agitada conversación que mantenía con tres hombres trajeados mientras sus caderas parecían bailar a otro ritmo, el del corazón acelerado de Amador, lo miró mientras los cubitos de hielo de su padre tintineaban contra el cristal del vaso. Y en efecto, Amador Cruz sintió que Victoria Cuevas le interesaba.

En aquel instante, sentados ambos sobre la cama, Amador se sintió incapaz de recordar si en algún momento se enamoró de su esposa más allá de aquella atracción que sintió por la mujer que su padre había considerado que le interesaba.

—Sé que no querías hacerle daño —le dijo.

Acarició su mejilla de forma inesperada, algo patosa, como la del médico que aún no ha aprendido a mantenerse al margen cuando comunica a alguien la muerte de un ser querido. Victoria giró la cara y desvió la mirada. La bajó en busca del sobre. Extrajo la carta para colocarla entre las piernas de ambos en lo que suponía una exhausta invitación a una nueva lectura.

—¿Cómo es posible que alguien haga esto? —dijo él.

Realizó una extraña inflexión en el pronombre, sin terminar de creerse que una persona, una persona normal, pudiera querer asustar a un niño de una forma tan cruel.

—Han sido esos compañeros suyos. —Victoria quiso sonar convencida—. El susto que nos estamos llevando, y seguro que es una tontería de cuatro niños malcriados. —Apretó una de las rodillas de su marido y le sacudió la pierna—. Seguro que es eso.

—¿De verdad crees que llegarían a tanto?

—Cariño, les he visto burlarse de él. Cuando voy a buscarle por las tardes, siempre está solo. Ahí, en el colegio —agitó una mano en el aire—, como apartado de los demás. Están todos en la tienda que hay enfrente.

—¿En el Open?

—Sí, la tienda del americano, la de la gasolinera, la que… —tardó apenas unos segundos en captar el sentido de la pregunta—, el sitio que nombran en la carta. —Construyó la frase palabra por palabra, como si la estuviera traduciendo de otro idioma—. ¿Ves? Han sido ellos.

Se levantó de golpe. Se llevó la mano a la frente para masajearla ante la inminencia de una jaqueca.

74

Todo parecía cobrar sentido.

Hacía menos de diez años que había muerto aquel chico en la tienda del americano. El Open, como la llamaban todos. Un chico cuya madre seguía encerrada en casa, sin fuerzas para salir. Sólo se levantaba cuando sabía que era de noche para besar la foto de su hijo, siempre en el mismo lugar. El roce de sus labios secos y casi muertos había borrado con los años parte del rostro, igual que de su alma se borraban pequeños detalles de la memoria de su hijo. Pero fuera de la habitación de esa madre, la historia se había convertido en el cuento de terror favorito de los críos del pueblo. Los mayores se lo contaban a los más pequeños y las versiones se intoxicaban en el patio del colegio y el campo de fútbol, en las meriendas con churros y chocolate que cada 20 de agosto, día festivo en Arenas, se celebraban en el lago, en las charlas al salir de clase, a las puertas del mismo Open. Los disparos de aquella noche se habían convertido ya en folclore urbano, en una Historia de la Cripta que los niños reinventaban año tras año en los campamentos de verano, intercambiando relatos terroríficos junto a una hoguera mientras se pasaban una linterna para iluminarse la cara desde abajo. Los más pequeños no se atrevían a acercarse a la tienda del americano. Por eso, quienes pasaban la tarde frente a su puerta, con la bici apoyada sobre el césped, ya habían dejado de ser niños a los ojos de los demás. Y por eso Leo seguía siendo sólo un gallina, un meón al que recogían del lado de los bebés. Un estúpido niñato que no sabía defenderse de las bromas. Un crío raro al que le podían meter una rana en los zapatos. Un inadaptado que tenía la cabeza en otro sitio y levantaba la mano en clase siempre el primero. Un patán incapaz de saltar el potro del gimnasio, preocupado siempre por llevar la corbata en su sitio. Un imbécil al que asustar fácilmente con la historia del asesinato en el Open. El cabeza de turco perfecto para una broma en la que una carta anónima lo avisara de que a él también lo iban a matar allí. Un mierda al que podían mantener asustado el curso entero, dos a poder ser, tres años con suerte.

—Sé que han sido esos críos —susurró Victoria; pero su pensamiento volvió a traicionarla: *lo que no explica por qué la letra parece la de un adulto, ¿no crees?*

Amador releyó la carta, en busca de algún detalle que hubiera podido pasarles desapercibido.

—Esto se puede llevar a la policía —dijo al fin, elevando la cabeza para mirar a su mujer. Extendió la barbilla hacia delante para que se le marcara el mentón, un gesto que hacía mucho tiempo excitaba a Victoria—. Es una prueba.

Victoria caminaba frente a él, dando pequeños pasos, de un lado para otro. Presionaba de forma circular una de sus sienes. Imaginaba cómo iba a poner las cosas en su sitio con las madres de aquellos críos. Y si por el camino caía alguna que no tuviera nada que ver, mejor aún. Ya estaba bien de que esos demonios se metieran con su hijo. Ya iba siendo hora de poner un poco de orden. A su lado, ya fuera el izquierdo o el derecho, pues variaba a medida que ella caminaba sobre la misma línea en sentidos inversos, Amador continuaba examinando el papel, el dorso del papel, el sobre y el interior del sobre. Su CSI de aficionado, el ruido de la hoja al doblarla y desdoblarla una y otra vez, el del sobre al abrirlo y cerrarlo, el del dedo repasando cada una de las líneas, todos aquellos ruidos de detective inexperto resonaron en los oídos de Victoria como si fueran los de un pésimo telefilme de sobremesa puesto a volumen máximo. Unos ruidos que no le permitían concentrarse en el discurso que pensaba soltarle a cada una de esas parejitas de padres que habían traído al mundo a niños retorcidos, capaces de atemorizar a un compañero de clase y disfrutar con ello.

—¡Amador! —El sonido se interrumpió de golpe tras el grito—. Para, por favor. Para. Para con eso.

76

Le habló a él pero miró al suelo, señalándolo con la mano con que se había estado masajeando la cabeza y los dedos pulgar e índice extendidos. Habían sido esos críos. Ella lo sabía. Por mucho que Amador examinara esa carta, la tinta no iba a escribir el nombre de su autor. Y Victoria prefería que fuera así. No quería que su marido siguiera estudiando aquella caligrafía. No quería que se diese cuenta de que parecía la letra de un adulto. Tal vez, si no lo había dicho aún, era porque al fin y al cabo no lo parecía. Si Amador no lo descubría es que ella estaba equivocada. Si Amador no veía nada raro en esa letra era porque no había nada raro en ella. Si dejaba de leer la maldita hoja no se daría cuenta nunca. Y entonces ella podría ir a casa de esas madres y decirles que, si sus hijos volvían a meterse con el suyo, se verían en los juzgados. Todo el mundo había oído hablar ya del *bullying* escolar. Si Amador no decía que esa letra era la de un hombre mayor, Victoria conseguiría que esas madres pagaran por lo que habían hecho sus hijos. Y por eso Victoria apretó los puños hasta sentir cómo las uñas se le clavaban en las palmas cuando el ligero movimiento de espalda de Amador, acompañado por un leve giro de cabeza al incorporarse, le advirtieron de que su marido iba a decir algo que ella no quería oír.

—Lo que no entiendo es por qué no han puesto el nombre de Leo en el sobre.

—Cualquier crío puede imitar… —replicó, sin escuchar siquiera a su marido.

Mientras hablaba, procesó aquella nueva información. De pronto, sintió como si algo enorme la mordiera por ambos lados del cuerpo, algo que le impidió seguir hablando.

—Sus amigos —continuó Amador—, sus compañeros saben cómo se llama, ¿no? Si yo fuera uno de ellos, habría puesto el nombre de Leo bien claro. Vamos, lo habría escrito así de grande en el sobre —marcó una medida con los dedos—, para que se enterara de que la carta era para él.

Amador sabía lo que se decía, porque en su momento él fue uno de ellos. Había sido un verdugo sometiendo a una víctima inocente. Un recuerdo vago, de colores lavados como los de las viejas polaroids que guardaba en cajas de zapatos en el garaje, proyectó en su mente la imagen de Alma Blanco bajo el pupitre. Alma, la actual profesora de Leo. Compañera de Amador en sus primeros cursos en el antiguo colegio de Arenas. Cuando los pocos niños del pueblo, de diferentes edades, daban clase en la misma aula. El paso de los años había deteriorado el recuerdo infantil de Alma, pero Amador visualizó la mano de la niña agarrada a la pata de la mesa, blanca por la presión. Recordó los gritos de sus compañeros instándole a darle con la pelota otra vez, más fuerte todavía. Amador recordó la patada que dio al balón. Y el grito de Alma. Era sólo una de las escenas que tanto se repitieron durante los primeros años escolares de ambos. Hasta que un día, a mitad de quinto o sexto curso, Alma no volvió a aparecer por clase. Como si la película de los recuerdos se hubiera atascado en un antiguo proyector de Súper 8, la imagen de Alma aterrorizada bajo el pupitre comenzó a quemarse. Pero antes de desaparecer, Amador vio durante un segundo el rostro de Leo superpuesto al de aquella niña. Lo oyó gritar bajo el pupitre. Y vio que los balonazos que él y otros cuatro compañeros lanzaban con fuerza chocaban contra el cuerpo de su hijo.

—¿Qué es lo que pone entonces? —preguntó Victoria, aunque lo sabía perfectamente; lo había leído una decena de veces.

—«Para un niño de nueve años» —releyó Amador—. No sé, Leo ni siquiera tiene nueve años. ¿Y si esto no fuera para él? Hace un mes que terminaron las clases, un mes que no ve a sus compañeros. Y no habla con ellos fuera del colegio.

Victoria expulsó el aire por la nariz. Recordó cómo la había mirado su hijo, abajo, en el salón, cuando le preguntó si

78

tenía el teléfono de alguno de ellos. Empeñada en que no perdiera fuerza la inculpación de los amigos, añadió:

—Dijo que la había encontrado en la mochila, puede que llevara ahí bastante tiempo. Y esa fecha que menciona, el... —giró la mano en el aire— tantos de agosto del año que viene. —La mano se detuvo de repente mientras duró la pausa—. Leo tendrá entonces nueve años. Ha sido alguien que le conoce —dedujo en alto.

—Pero hay otra cosa que no me cuadra —siguió Amador—. ¿No es un poco raro que sus amigos se dirijan a él tratándole como a un niño? Ellos también son niños, ¿no? Lo de llamarle así tendría sentido si quien hubiera escrito la nota fuera... Un momento.

Bravo, pensó Victoria.

—Victoria —dijo—, creo que esta letra es la de un adulto.

Victoria dejó de caminar de un lado a otro. Sintió ganas de reír ante la gravedad en la voz de su marido. El dolor de cabeza afloró atronador en la nuca y se extendió hacia la parte izquierda de su cabeza para alojarse en el interior del globo ocular. Se sentó con gesto derrotado. Dirigió una mirada asustada a Amador. Él percibió el acre olor a sudor que ella desprendía sólo a última hora de la noche.

—¿Y qué demonios significa todo esto entonces? —En escorzo, la nariz de Victoria parecía aún más puntiaguda de lo habitual.

Esta vez fue Amador quien se levantó como impulsado por una imaginaria descarga eléctrica liberada en la cama. Arenas, un pueblo de casas de piedra reconvertido en aquel montón de urbanizaciones de fantasía que formaban una pequeña burbuja suburbana de barbacoas de domingo, jardines verdes y vecinos sonrientes que todavía se daban los buenos días, como en una teleserie americana, se transformó súbitamente en un lugar podrido en donde un niño solitario, un niño como Alma, podía convertirse en objeto de burla de alguno de esos individuos con sus falsas sonrisas y sus pervertidos hábitos ocultos.

—Dios mío, ¿y si alguien quiere chantajearnos? —Victoria lo trajo de vuelta a la realidad—. Te dije que no te compraras ese coche tan caro.

Amador tuvo que contenerse para no gritar a su esposa. Apretó los puños. Sintió la sangre concentrarse en sus puños. Ella fue quien quiso comprar aquella enorme casa en la zona más cara del pueblo. Era ella la que presumía del coche nuevo, del BMW que pasó a ser suyo, y de tener una mujer de servicio ante sus compañeras de trabajo, aunque ellas también vivieran en grandes chalés de elitistas urbanizaciones en otros pueblos de la periferia, más o menos cerca de Madrid. Como también presumió durante un tiempo de tener el hijo más listo. Si todo Arenas sabía que la economía del matrimonio era más que boyante, se debía a la actitud presuntuosa de Victoria. A su soberbia al pavonearse por el nuevo estatus que consiguió, no gracias a su trabajo como abogada especializada en litigios de propiedad intelectual, sino al convertirse en la esposa de Amador Cruz hijo. Lo del chantaje podía tener sentido, sobre todo en el nuevo Arenas deformado en la cabeza de Amador, pero no sería por culpa del maldito Aston Martin.

—Voy a llamar a la policía ahora mismo —dijo Amador en voz alta para detener el flujo de imágenes escabrosas que se empeñaban en distorsionar la realidad de Arenas y, de paso, para tratar de canalizar la ira que sentía hacia su mujer.

Rodeó la cama sin esperar la opinión de Victoria, sin dejar de hablar para no darle opción a réplica. Ella siguió a su marido con la mirada. Estaba de acuerdo en que llamar a la policía era lo más sensato.

—Este tipo es muy idiota si piensa que hoy en día no se puede identificar a alguien por su letra —gritó Amador mientras levantaba el auricular del teléfono, situado en la mesilla junto a su lado de la cama—. ¿Cuánta gente será zurda, uno de cada diez? —Miró la carta que aún sujetaba en la otra mano—. Pues la cosa se ha puesto diez veces más fácil.

Con una ligera inclinación del tronco, marcó el 112, que fue el único número que recordó en aquel instante.

Victoria le arrancó con violencia el papel justo en el momento en que presionaba el último dígito. Ella observó la carta con nuevo detenimiento, como si fuera la primera vez que la leía. En efecto, la caligrafía se inclinaba, si no de forma demasiado evidente, sí suficientemente clara, hacia la izquierda. ¿Cómo no se había dado cuenta antes?

Y fue justo al final de ese pensamiento cuando hizo un descubrimiento horrible.

Su cara palideció y sus labios adquirieron una enfermiza tonalidad morada. Su sangre se espesó, como si la sintiera fluir con dificultad. Percibió un hormigueo en ambas manos.

A su lado, una voz femenina emergió del auricular que Amador mantenía pegado a su oreja.

Antes de que Amador dijera nada, vio como la mano de su mujer se apresuraba por llegar hasta la base del teléfono. Con dos dedos, interrumpió la comunicación presionando el botón de colgar. Amador apoyó el teléfono en un hombro. Giró la cara para buscar con su mirada alguna explicación. Sintió una oleada de preocupación cuando advirtió la transformación en el semblante de Victoria.

—Cariño, Leo es zurdo —fue lo que dijo.

7

Aarón

Viernes, 19 de mayo de 2000

Aarón caminó por el aparcamiento vacío del Aquatopia.

En el suelo, junto al tope de cemento de una de las plazas, un vaso de cartón con el logo de Burger King amenazaba con desbordarse. La lluvia lo había llenado de agua hasta un milímetro por encima del borde. La tapa de plástico ensartada por una pajita mordida, se alejaba, empujada por el aire, a través del desértico aparcamiento. Su sonido al rascar el asfalto hizo que Aarón la siguiera con la mirada. Cuando dejó de oírla, adelantó un pie y, con la punta, empujó el vaso de papel. Cayó, y su contenido se derramó sobre el suelo mojado.

Aarón avanzó hacia la puerta de entrada del parque. Estaba cerrada. A través de los barrotes vio varias mesas de picnic vacías y una hilera de máquinas de refrescos, todas apagadas. Más cerca, dos taquillas de venta de entradas tenían las persianas bajadas. Aarón percibió el olor del cloro.

Agarró uno de los barrotes y sacudió la puerta. Las gotas de la tormenta pasajera, que aún resbalaban por el metal, le mojaron el brazo. Las bisagras se quejaron. Una cadena de gruesos eslabones enredada en torno a la cerradura cascabeleó.

—¿Hola? —gritó Aarón.

El silencio fue total durante unos segundos. Después, le pareció oír algo al otro lado de la puerta. Ladeó la cabeza para escuchar mejor.

El sonido lejano se fue concretando en golpes de una regular cadencia. Pasos.

Un hombre de escasa estatura y barba matemáticamente recortada apareció de repente por detrás de las taquillas. Se abotonaba uno de los puños de la camisa. Se recolocó el cuello de la americana antes de llegar hasta la puerta.

—El parque está cerrado —dijo, levantando ambas manos.

—¿Eres Samuel Partida? —preguntó Aarón.

—Depende de para qué.

—Soy... —carraspeó—, soy Aarón. El amigo de David. Hablamos el miércoles por teléfono. Me dijiste que viniera hoy viernes, que estarías menos ocupado.

Samuel reaccionó enseguida y se abalanzó contra la puerta.

—Claro, sí, perdona. —Se echó una mano al bolsillo del pantalón y extrajo un llavero—. Con esto de que abrimos el parque dentro de un mes no dejan de venir comerciales a colocarnos stands, máquinas de *vending*, campañas de no sé qué... Está todo empapado —comentó, mientras abría el candado de la cadena—. Al que pillan siempre es a mí, claro, pero yo sólo soy el jefe de mantenimiento, no estoy para otros rollos.

Samuel se agachó, tiró hacia arriba de unos seguros clavados en el suelo y abrió la puerta apenas lo suficiente para que Aarón pudiera entrar.

—Perdona que te haga venir aquí —se disculpó—, pero como ya digo, con esto de que abrimos el parque para la nueva temporada dentro de poco, no tengo tiempo de nada. Si no, te hubiera invitado a cenar en casa encantado.

Samuel forzó una sonrisa. La mirada se le escapó, sólo por un instante, hacia un lado. Lo que tardó en pensar en lo oscura que parecía su casa ahora.

—Mi mujer trabaja con la tía del chico, de tu amigo. David se llama, ¿no? ¿Cómo está?

—David, sí, todavía no sabemos mucho, sigue en el hospital.

Aarón entró a través del escaso espacio abierto, mojándose la espalda de la camiseta al rozar el metal.

—Tengo que dar una última vuelta de reconocimiento. ¿Te importa acompañarme mientras hablamos? —preguntó Samuel cuando terminó de asegurar otra vez la puerta—. Si no, es que no termino nunca. Y estoy deseando irme a casa.

Sus ojos volvieron a desviarse. Esta vez imaginó a su mujer avanzando en bata por el pasillo con la taza, siempre vacía, en la mano.

—Ven por aquí —indicó a Aarón con un gesto de cabeza—. Y dime, ¿qué es lo que quieres saber de aquel atraco?

Echó a andar en el sentido contrario a las agujas del reloj, el que marcaba un poste con el dibujo de un oso sujetando una flecha. Aarón le siguió. Dejaron a la izquierda una estructura de madera con un enorme mapa del parque. Pasaron por una papelera con forma de hipopótamo. Samuel golpeó la boca del animal, se asomó a través de la trampilla y sacudió la bolsa negra para que su escaso contenido cayera hasta el fondo. Todos sus movimientos tenían una cualidad eléctrica.

—Pues… —comenzó Aarón.

Samuel lo miró sonriente, asintiendo. Entonces se agachó de repente y recogió una piedra que encontró en la senda marcada. La lanzó hacia la zona ajardinada. Acabó cayendo sobre la rampa de uno de los toboganes azules que desembocaba en una piscina redonda. Rodó hacia abajo con un ruido plástico.

84

—Menos mal que no acaban de pintarlo —dijo Samuel—. A eso vienen el lunes. ¿El lunes? Sí, creo que el lunes. Ya no sé ni en qué día vivo —dijo, aunque sabía perfectamente que tenía por delante el fin de semana, dos días enteros en casa. Casi podía oír la aguja del reloj en su salón avanzar lentamente.

—He leído lo que contabas en el periódico —comenzó Aarón—. ¿Tú recuerdas cómo fue aquel atraco exactamente?

—Bueno, estamos hablando de 1971, yo tenía nueve años. No lo recuerdo todo, pero vamos, que con el paso de los años he ido completando la historia con cosas que me han contado unos y otros.

Siguiendo por el camino, rebasaron otra papelera, ésta con forma de rana. Samuel procedió al examen de la bolsa contenedora sin dejar de hablar.

—Por aquel entonces el Open no era una tienda, era una pequeña gasolinera con apenas dos surtidores y alguien encargado de cobrar. Te ponía la gasolina y te cobraba en un garaje, que ahora es la tienda precisamente. El americano fue muy listo al reconvertir aquel espacio en una tienda. —Agitó la mano en el aire—. La poca gente que vivía por aquí tenía que ir a la gasolinera si quería desplazarse en coche para ir a trabajar. Éramos muy pocos en aquellos años. Mis padres se acababan de mudar del pueblo, venían de Galicia. Vinieron cuando se enteraron de que iban a abrir la fábrica de relojes. Ellos se creían que venían a la gran ciudad y acabaron en un pueblo casi más pequeño que el suyo. Pero tuvieron vista, mira en lo que se ha convertido Arenas.

Samuel señaló a su alrededor, como si toda la grandeza urbanística del nuevo Arenas se levantara allí mismo, junto a ellos. En su lugar, Aarón observó los toboganes y las piscinas vacías. El sol agonizante de la tarde, que brillaba de nuevo tras la tormenta pasajera, casi de verano, se reflejaba en los restos de agua, dotando a todas las superficies de un barniz

85

dorado. Había algo sobrecogedor en la soledad de un parque acuático cerrado al público.

—Mis padres también vinieron por esa época —dijo Aarón, repasando con la mirada la siempre imponente pendiente del Giga Splash—. Yo he vivido siempre aquí. Estudié en la universidad y ahora trabajo en una de las farmacias del pueblo.

—¿Ves? Eso sólo pasa en Arenas —dijo Samuel—. Nos hemos quedado con uno de los mejores pueblos de por aquí. Yo, de Madrid ciudad, no quiero saber nada —sentenció mientras se ajustaba la americana—. Te decía que antes la gasolinera tenía poca cosa. Cobraban en el garaje ese. Ya ves tú el botín que se iba a llevar el atracador.

»Fue el día de la famosa nevada. Yo nunca había visto nevar de esa forma en Arenas.

Algo extraño volvió a ocurrir tras los ojos de Samuel, que pareció perder el hilo de la conversación.

—A mi mujer y a mi hija les encanta la nieve —dijo. Después recuperó la normalidad en la mirada y continuó—: Ven, vamos a los baños, que tengo que comprobar una cosa.

Samuel se salió del camino y subió al bordillo, pisando el césped. Aarón lo siguió.

—Yo estaba en la gasolinera con mi padre. Me dio un par de billetes para que fuera con el encargado al garaje y me diera el cambio. Te digo el encargado aunque debía de ser un empleado. Por lo que he sabido más tarde, el chico ni siquiera llegaba a los treinta. —Samuel giró el picaporte de los aseos de caballeros. Estaba cerrado. Volvió a sacar el mismo llavero de antes y abrió la puerta a la primera—. Había otro hombre delante de mí cuando entré. Con un abrigo largo. El chico que cobraba se metió detrás de un mostrador, y yo me quedé un poco alejado para que pudiera verme. Ya ves que no soy muy alto.

—¿No había nadie más dentro? —preguntó Aarón.

Samuel comenzó a abrir y cerrar todos los grifos de la decena de lavabos que había en el interior de los baños. No salió agua de ninguno de ellos.

—Bueno, sí, estaba aquel pobre chico, claro. Al que mataron. Yo es que ni le vi. —Samuel pareció descubrir su reflejo en uno de los espejos del baño. Se miró a sí mismo—. ¿Sabes? —dijo—, fue él quien intentó cubrirme. Y yo ni siquiera me fijé en él.

Se quedó en silencio unos segundos y continuó de repente.

—Hazme un favor, gira la llave esa que tienes encima de la puerta —indicó—. La de la derecha. ¿Puedes?

Aarón se dio media vuelta y se estiró para llegar a la llave. La giró. Samuel abrió de nuevo el grifo de uno de los lavabos. Colocó la mano debajo como si esperara que de allí saliera algo.

—Nada, está cortada la general —explicó—. Pues esto ya se hará otro día, que hoy ya me he puesto la camisa. Vuelve a cerrar ésa —le señaló.

—Decías que un chico intentó cubrirte —repitió Aarón, siguiendo sus instrucciones.

—Ah, sí. —Samuel se limpió las manos en el pantalón—. Vamos fuera.

Cerraron la puerta del baño y regresaron al camino que tantos niños habían recorrido excitados durante tantos veranos seguidos.

—Pues nada —retomó Samuel—, el señor que había delante de mí terminó de pagar y se dio la vuelta, como para ir hacia la puerta. Fue justo en ese momento cuando comenzó el… —dudó un instante, buscando la palabra adecuada— el asunto. Los ojos se le abrieron en una expresión de susto que no he vuelto a ver en nadie.

Aarón volvió a notar algo extraño en la mirada de Samuel. Un ligero desenfoque. Y es que Samuel había mentido. Porque sí había vuelto a ver una expresión asustada de igual o mayor magnitud. En el rostro de Laura, su mujer. Ocurrió el día en que él había salido de la piscina del jardín de casa con la cabellera rubia de su hija pegada al brazo izquierdo. Y adheridas a su pecho, grandes hojas de arce, secas del otoño. Fue el día en que la casa empezó a oscurecer. Y Laura a deambular por ella en bata. Fue el día en que los relojes empezaron a hacer mucho ruido al avanzar.

—Yo giré la cabeza —continuó, disimulando la pequeña interferencia— para ver qué era lo que había impresionado al hombre del abrigo. Pero sólo llegué a ver una sombra que avanzaba rápidamente hacia el mostrador. Mentiría si te dijera que llegué a ver la pistola. Luego sentí un fuerte impacto en la espalda que me hizo caer al suelo. Me abrí la barbilla. ¿Ves?

Samuel se detuvo y señaló la cicatriz que se adivinaba por entre los pelos de la barba.

—Vamos, que se nos hace de noche —dijo enseguida, de esa forma acelerada que parecía hacerle estallar cada cierto tiempo. Retomó la marcha—. El golpe en la espalda me lo dio el chico, al que ni siquiera había visto cuando entré. Dicen que me salvó la vida. Aunque te digo una cosa, yo no creo que aquel ladrón tuviera pensado disparar a un niño. ¿Quién haría eso? Seguramente fue el movimiento del chico lo que le puso nervioso y le hizo disparar. Él no me salvó la vida, quizá se la quité yo a él. Vete tú a saber. Pero la culpa no es algo con lo que se pueda vivir, ¿no crees?

Ha sido tu culpa, resonó en la cabeza de Aarón.

Samuel dijo la última frase sin creérsela del todo; lo había leído en alguna pegatina del grupo de ayuda al que acudía desde hacía dos años. Un grupo que no le estaba ayudando como pretendía a desterrar de su cabeza una idea: la de que si le hubiera hecho caso a Laura y hubiera cubierto la piscina cuando terminó el verano, entonces la otra Laura, la pequeña,

88

la que no sopló las velas de un cuarto cumpleaños al que no llegó por tres días, seguiría aún con vida.

—Para mí —continuó, esforzándose por no pensar en la tarta infantil que guardaron en la nevera durante más de seis meses—, el dolor en la barbilla, el ruido de un montón de latas que cayeron al suelo y el tacto viscoso del aceite que me empapó la cara... —se interrumpió—. Para mí, todo eso, y los dos disparos, ocurrieron a la vez.

Samuel se desvió otra vez del camino y subió al bordillo.

—Ven, que tengo que ir a la piscina del fondo —indicó. Atravesaron otro jardín, un puente de madera, y llegaron a una piscina de poca profundidad. Samuel siguió hablando—: Después, recuerdo que mi padre me levantó en brazos, me taponó la herida con sus dedos y me sacó de allí a toda prisa. Me tumbó en el asiento trasero del coche. Luego llegaron las ambulancias. Mi padre hizo todo lo posible por quitarle importancia al asunto desde el primer momento, y creo que, por suerte, consiguió lo que pretendía. Se nota, ¿no? —Era una pregunta retórica—. Tampoco vi el cuerpo de aquel chico. Sé que se llamaba Roberto, y que la familia aún vive aquí. De la Maza era el apellido. Su madre, Celia, o Cecilia, vino a verme tiempo después. Me pidió que hiciera con mi vida algo por lo que hubiera merecido la pena salvarla. Le dijo eso a un crío de nueve años.

Después de bordear la piscina mientras hablaba, Samuel se quedó inmóvil. En el fondo se había formado un charco de agua verde. Lo observó en silencio.

—¿Te importaría coger esa hoja? —le preguntó, sin separar la vista del agua.

—¿Perdona?

—Si podrías coger esa hoja. Mira. Esa hoja. —Extendió el dedo índice hacia una hoja de arce que flotaba en el interior de la piscina casi vacía—. Tienes una red ahí.

Aarón esperó que Samuel le señalara dónde, pero no lo

hizo, así que buscó a su alrededor. Descubrió el palo metálico tirado en el suelo, no muy lejos de él. Sin entender, Aarón atrapó la hoja con la red. Después la sacudió sobre el césped para hacerla caer.

—Ahora está mejor —dijo Samuel.

Permaneció hipnotizado con el pequeño charco verde unos segundos más.

—Vamos —despertó de repente—, que el parque abre en menos de un mes y tiene que estar todo listo.

—Entonces erais cinco personas en el atraco, contándote a ti —dijo Aarón, arrancando a caminar tras él.

—El chico, el de la caja, el hombre de delante… —enumeró Samuel, disminuyendo progresivamente el volumen de su voz—. Cinco, sí —dijo finalmente, sin detenerse, al tiempo que extendía los dedos de una mano a la altura de su tripa—. El señor que iba delante de mí resultó ser el alcalde del pueblo. Murió hace poco, por cierto. Pero tenía más de cincuenta en aquel entonces, figúrate; yo firmaría ahora mismo por llegar a ochenta. —Al decir aquello, imaginó la aguja de un reloj avanzando con gran esfuerzo.

Casi habían dado la vuelta completa al parque. Aarón vio una nueva papelera con forma de tortuga y pensó en detenerse. Pero esta vez, Samuel pasó de largo sin prestar atención al animal ni al contenido de su bolsa negra.

—Mira —señaló de pronto—, ya hemos terminado de montar el nuevo tobogán de este año. ¿Fuiste a la presentación de febrero?

Aarón observó a su derecha. Descubrió un tobogán rojo con forma de escalera, no muy alto.

—No, ya no voy nunca. Mi madre me llevaba antes, cuando era más pequeño.

—Ah, pues a mí me encanta ese día. Presentando el nuevo tobogán de cada año, con el alcalde, todos los niños del pueblo… —dijo, con tono cantarín, mirando hacia la nueva atracción como si la hubiera diseñado Norman Foster—. Venga, vamos a mi oficina, está ahí.

Reanudaron la marcha en dirección a una pequeña caseta de cemento. La fachada estaba decorada con dibujos de palmeras.

—Al asesino sé que lo cogieron poco tiempo después; por lo visto, tenía varios atracos a sus espaldas. Dijeron que era gitano. Había que estar muy desesperado para hacer algo así en esa época. Ya me entiendes. —Hizo una pausa—. Y bueno, al joven que cobraba en la caja, apenas llegué a verlo. Pero vamos, que está todo en el periódico del día siguiente.

—¿Periódico? —Aarón terminó en alto la palabra.

—Claro. —Samuel empujó la puerta de lo que llamaba oficina y entraron en una estancia pequeña, con una mesa en el centro y poco más—. Hablaron del crimen una o dos veces, primero cuando ocurrió y luego cuando cogieron al gitano.

—No tendrás ese periódico, ¿no?

Samuel se sentó a la mesa y cambió de lugar algunos papeles.

Aarón tuvo la impresión de que lo hizo de forma aleatoria. Sobre el escritorio, dos marcos de fotos estaban vueltos hacia abajo. Un tercero se mantenía en pie. Mostraba una imagen familiar de Samuel sin barba, junto a una mujer de pelo dorado y una niña rubia vestida de rosa abrazada a sus piernas.

Al escuchar la pregunta, levantó la cara.

—¿Cómo no voy a tener ese periódico? —respondió—. Pero lo tengo en casa. —Samuel apartó la manga de su camisa para leer un reloj de pulsera—. Y parece que hoy también me tengo que quedar aquí hasta tarde. Con las ganas que tengo de irme —gruñó, imaginando la silueta de su mujer avanzando por el pasillo—. Fíjate, ya son las ocho y media, y todavía me queda mucho por hacer. Abrimos dentro de un mes, tiene que estar todo perfecto. Venga —dijo mientras se levantaba de la mesa—, te acompaño a la salida.

Aarón salió del parque cuando el sol terminaba de desaparecer detrás de la sierra. El mundo se quedó con luz, pero sin sombras. La puerta se cerró ante él, los barrotes interponiéndose entre el rostro de Samuel y el suyo. Con el movimiento, algunas hojas secas quedaron atrapadas en la parte baja, entre el portón y el suelo.

—¿Te importaría quitarlas? —pidió Samuel, que dio un paso atrás al tiempo que Aarón las barría hacia fuera con el pie.

Cuando terminó, el jefe de mantenimiento del Aquatopia se acercó a la puerta para asegurar de nuevo el candado.

—Voy a cerrar, que todavía no puedo irme. —Mientras maniobraba con el candado, Samuel pensó en la oscuridad de su casa y en la bata de su mujer—. Tengo que dar una última vuelta de reconocimiento.

Habló sin mirarle a los ojos. Aarón frunció el ceño. Recordó las fotos puestas boca abajo y pensó que a lo mejor le daba vergüenza escucharse mentir. Respiró hondo y prefirió no preguntar.

—Sé que el periódico debe de andar por casa —agregó Samuel—. Pásate por aquí en unos días y lo tendré, seguro. —Tiró hacia sí de la cadena. Después, Aarón lo vio dudar unos segundos—. ¿Por qué te interesa tanto ese atraco?

—Bueno —dijo. Durante un instante calibró si tenía sentido contar algo—. Resulta extraño, pero creo que podría haber alguna relación entre los dos atracos. —Desplazó la cara hacia la izquierda para que ningún barrote tapara su cara—. Dos asesinatos en el mismo sitio —dijo, olvidando que David seguía vivo—, en un pueblo tan tranquilo como Arenas...

—¿Dos? —Las cejas de Samuel parecieron elevarse hasta

92

la mitad de la frente—. Vas a tener que echarle un buen vistazo a ese periódico —dijo—. Por lo que yo recuerdo, decían que Roberto fue la tercera persona que mataron en ese lugar.

La tapa de plástico del vaso del Burger King volvió a atravesar el aparcamiento vacío. Aarón la oyó rascar el asfalto.

8

Leo

Martes, 12 de agosto de 2008

Victoria y Amador, sentados ambos al mismo lado de la mesa, miraron fijamente a Leo cuando entró en la cocina. Un rápido vistazo permitió al niño distinguir las manos de su madre apoyadas sobre la portada roja de su cuaderno desaparecido. Entre los dedos de su padre bailaba el sobre de correo aéreo.

—Siéntate, vamos a hablar de esto. —Victoria señaló una silla con la barbilla.

Leo se sentó enfrente de sus padres. Victoria giró el cuaderno sin separar los codos de la mesa, con un hábil juego de muñecas, y lo abrió por una de las páginas: la que llevaba marcada con una nota adhesiva de color amarillo. Alargó los brazos para acercar el cuaderno a Leo. Tampoco levantó los codos esta vez, sino que los deslizó sobre la superficie de la mesa, como el vientre de la cobra que acecha silenciosa a su víctima.

Amador extrajo del sobre la carta manoseada. La colocó sobre la cuadrícula grisácea de una de las páginas, junto al enunciado de un problema de matemáticas cuyo resultado Leo recordó sin pretenderlo. Tampoco le costó entender a qué le estaban invitando. Sostuvo la mirada de su padre. Hizo caso omiso del cuaderno y de la carta.

La noche en que apareció el sobre, hacía unas tres semanas, Leo se había agazapado bajo las sábanas de su cama y había mirado las estrellas que brillaban en el techo. Escuchó a Amador subir primero; la madera bajo la moqueta sólo crujía de esa forma bajo el peso de su padre. Victoria subió después, con pasos cortos y ligeros que acariciaban la moqueta. Leo la notó acercarse a la puerta de su habitación. Hubo un silencio cuando pegó la mejilla a la madera, y un ligero chasquido cuando apoyó la mano sobre el pomo de la puerta. Luego comenzó la discusión, de la que tan sólo pudo oír los desperdicios sonoros que lograron atravesar dos puertas y un pasillo. El tono de voz de sus padres se elevaba en momentos imprevisibles. Leo se echó la sábana por encima de la cabeza. Pensó que habían dejado de gritar cuando se coló sin querer en un sueño frágil como la superficie de una pompa de jabón. Pero en algún momento la pompa se condensó en una gota que impactó contra un suelo imaginario, y Leo creyó distinguir la silueta de su madre moviéndose con destreza por su dormitorio para luego desaparecer en la oleosa irrealidad de un nuevo sueño. Al día siguiente, en su mochila espacial faltaba uno de sus tres cuadernos de clase. El rojo. Ahora ya sabía dónde estaba.

—¿De qué vamos a hablar? —preguntó.

—Escúchame —dijo Amador. No le gustaba la desconfiada mirada que le lanzó su hijo—. Mira tu cuaderno, Leo, mira la carta. Sé que tú también te vas a dar cuenta.

Leo no necesitó mirar nada para entender lo que estaba ocurriendo.

Humillado en su propia casa, prefirió no decir una palabra e intentó levantarse. Amador desvió la vista, incómodo al comprobar el cambio en el brillo de los iris de su hijo.

Leo sintió los dedos de su madre agarrándole la muñeca derecha mientras apoyaba la mano en la mesa para incorporarse. Escuchó, sin mirarla, cómo se dirigía a él.

95

—De aquí no te vas —dijo.

Sus largas uñas se clavaron en la pálida piel de Leo. Él decidió ignorar el dolor.

Buscó sin encontrar los ojos de su padre, que fingía observar algún detalle irrelevante de la superficie del mantel. Linda terminaba de preparar una ensalada. Cuando empezó a sentir la mano entumecida, Leo se recolocó en su silla y apuntó su mirada hacia un punto indeterminado entre la nariz y la boca de su madre. Apreció el brillo del sudor sobre su labio superior. Linda, desenfocada en un segundo plano, salió de la cocina hacia el jardín y cerró la puerta tras de sí.

—Cielo, vas a tener que poner algo de tu parte —dijo Victoria, sin cesar la presión sobre su muñeca—. Mira la letra de la carta, y mira la de tu cuaderno. Está claro que intentabas que no se notara, pero hay detalles que no se pueden ocultar. —Humedeció sus labios con una rápida pasada de la lengua. Cuando continuó hablando, su voz sonó como la de una maestra—: La forma de empezar y acabar la letra «ese» es una de ellas. Leo, necesito que lo mires y nos digas la verdad.

—Papá, no he sido yo.

Notó que los dedos de su madre le apretaban con más fuerza.

—Leo, mira las pes, las emes y las cus —continuó Victoria—. Y no lo decimos nosotros. Un compañero de papá nos ha dado la razón. Acaba de hacerlo. Venimos de hablar con él. —Victoria giró la cabeza hacia su marido—. ¿Verdad, Amador?

Leo escuchó el suspiro de su padre.

—El grafólogo de su despacho —prosiguió ella cuando Amador no levantó la mirada—. La grafología no es un examen sencillo, pero tú, cielo, escucha, lo has pasado con nota. El hombre ha necesitado, qué, ¿diez segundos?, para darnos la razón.

Con la mano libre, Victoria empujó la carta y el cuaderno

96

hacia Leo. Luego inclinó el tronco para acercar más la cara a la de su hijo. Casi en un susurro, dijo:

—Aunque tú ya sabes lo que es la grafología, ¿verdad, cielo?

La presión sobre la muñeca volvió a aumentar. Las uñas se clavaban como alfileres. Leo agitó la cabeza y se negó a responder.

—Cielo, sólo queremos ayudarte.

Leo hubiera querido estallar en carcajadas ante aquella declaración, pero la risa murió en su garganta antes de existir. Si hoy fuera una de esas tardes lluviosas en las que sus compañeros de clase se mojaban la mano en algún charco lleno de barro, para después estamparla sobre su camisa blanca, sus padres formarían parte del salvaje grupo. La mano de Amador le golpearía la espalda y gotas marrones de lodo salpicarían su nuca. Su madre se reiría entonces de él, jaleando la última broma junto a los otros niños. Si sus padres eran capaces de creer que él era el autor de la nota, que él podría haberse inventado todo aquello, entonces nada les diferenciaba de quienes siempre le dejaban solo a la salida del colegio o se despedían lanzándole una bola de papel. A veces con una piedra dentro.

Leo intentó tirar de la mano atrapada sin apartar la vista de su madre.

—La de tu cuaderno y la de la carta son la misma letra. Te guste o no —dijo ella. Cuando hizo una pausa para respirar, cedió por fin la presión. Victoria sacudió los hombros, un gesto nervioso que creyó haber disimulado.

La sangre recorrió en un caliente cosquilleo la mano dormida de Leo, quien se masajeó la palma con el pulgar de la otra. Sobre el cristal de la mesa se dibujó, húmeda, una tercera mano. Se evaporó lentamente de fuera hacia dentro.

—Leo, no vas a esconderte. Y vas a explicarnos ahora mismo de qué va todo esto —siguió Victoria—. Es normal

97

que chicos como tú… —se detuvo un instante buscando una definición adecuada—, tan listos como tú, se aburran en clase y dejen volar su imaginación. A lo mejor todo esto no es más que…

Y entonces se quedó sin palabras. Aún mantuvo la boca abierta unos segundos, el discurso interrumpido en algún lugar entre su cerebro y sus cuerdas vocales. Cuando parecía que no iba a decir nada más, la conexión perdida se restauró, y giró la cabeza hacia su marido.

—Y tú no me dejes siempre sola frente al niño —dijo.

Amador no contestó.

Leo aprovechó el silencio para levantarse y escapar a su habitación.

Permaneció encerrado en su cuarto toda la tarde, desterrando de su mente cualquier pensamiento sobre lo ocurrido con sus padres. No quería que nada estropease esa noche. Si los periódicos y la gente con la que hablaba a través de internet no se equivocaban, las Perseidas de 2008 iban a ser las más espectaculares de los últimos tiempos. La prensa había anunciado que la lluvia de estrellas comenzaría en la madrugada del día 12 de agosto. Dentro de unas horas.

Cuando empezó a anochecer, Leo presionó el botón de subida automática de la persiana, abrió la puerta que daba acceso a la terraza y colocó el telescopio en la marca: una equis formada con dos trozos de cinta adhesiva negra. La habían calculado él y su padre días antes. «Si ves a ET, avísame», había dicho Amador cuando ajustaron el aparato y Leo pegó un ojo inquisitivo al visor. «¿Y quién es ET?», había contestado el niño.

Tras comprobar la marca, Leo dio dos palmadas rápidas, lleno de emoción. Miró al cielo nocturno y sonrió imaginando lo que vería más tarde. Iba a ser su primera lluvia de estrellas. Llevaba todo el verano aguardando el acontecimiento.

Abajo, en la cocina, Victoria y Amador aún discutían.

98

—Este niño no se va a salir con la suya —dijo ella—. Vamos a tener que castigarle. Castigarle de verdad. —Sin pretenderlo, uno de sus puños se cerró con suavidad—. Espera —hizo una pausa al caer en la cuenta—, ¿no es esta noche eso de las estrellas que lleva tanto tiempo esperando?

Amador recordó cómo había abrazado con fuerza a su hijo mientras preparaban el telescopio, enternecido por el comentario que había hecho sobre ET. «Era un extraterrestre muy feo, y por lo que se ve, muy antiguo», le había explicado. Ahora, al escuchar la idea de Victoria, se le encogió el corazón. Pero no supo oponerse. Ni siquiera cuando la mirada de su mujer insinuó que no iba a ser ella quien se enfrentaría a Leo otra vez.

—¿Siempre tengo que ser yo la mala? —preguntó.

Por eso fue Amador quien abrió la puerta de la habitación de Leo esa noche y, sin apenas mirar a su hijo, sin mediar palabra, se dirigió directamente a la terraza.

—¡Ya he comprobado yo la marca, está todo bien colocado! —gritó Leo desde la cama, colmado de anticipación.

Amador lo escuchó, miró la equis de cinta adhesiva negra que habían pegado al suelo, y sintió cómo la garganta se le secaba al levantar y plegar el telescopio. Regresó a la habitación desde donde Leo lo observaba. Estaba agarrado al marco de la puerta que daba acceso a la terraza. Se frotaba los pies desnudos uno contra otro.

—Papá, no…

Haciendo como si no le hubiera escuchado, Amador presionó el interruptor que bajaba automáticamente la persiana hasta el suelo.

—Voy a desconectar la luz para que no puedas subir la persiana —dijo.

Luego, atravesó la habitación y cerró la puerta.

Cuando Amador llegó al dormitorio donde Victoria esperaba sentada en el borde de la cama, lanzó con violencia el telescopio al colchón, al lado del cuerpo de su mujer. Después se encerró en el baño. Abrió el grifo del lavabo para refrescarse la frente y el cuello antes de mirarse en el espejo y decir:

—Tu hijo es completamente normal, todo va a aclararse.

Leo pasó la noche tumbado en el suelo de su habitación, mirando a través del pequeño espacio que consiguió abrir tras forzar la persiana y sujetar su peso con un libro de astronomía. Dirigió la vista al cielo, imaginando más que observando el asombroso baile de luz y color que debió de acontecer sobre Arenas la noche sin luna en la que Leo dejó de confiar en sus padres. En algún momento del espectáculo, la oscura corporalidad de Pi cayó del tejado y anduvo sigilosa hasta esa pequeña abertura a través de la cual su dueño trataba de ver lo que el gato hubiera visto si hubiese alzado su cabeza al cielo, cosa que no hizo porque prefirió acurrucarse y dormirse escuchando la entrecortada respiración de Leo.

—Mira las estrellas, Pi —le dijo—. Tú que puedes.

Después del incidente del telescopio, Leo apenas salió de casa en lo que restaba de verano. Tan sólo visitó Lago Arenas en la fiesta del 20 de agosto para quedarse agazapado sobre la toalla, bajo un árbol, y acabar con la paciencia de su madre. Victoria lo miraba a él, y luego al grupo de críos encaramados al sauce llorón que crecía junto a la orilla; los más osados se atrevían a tirarse al agua desde sus ramas. Ese día en el que todo el pueblo de Arenas se reunía para comer raciones infinitas de churros y chocolate servido en frágiles vasos de plástico, Leo no había abandonado su solitaria posición a la sombra de aquel árbol. Ni siquiera llegó a quitarse la camiseta. Y Victoria sintió varias veces ese pinchazo en el estómago que ya había aprendido a reconocer.

El verano acabó y, con él, terminaron también los noventa días que Leo había disfrutado sin escuchar risas a su costa. Sin ver cómo pasaba la hora del recreo, minuto tras minuto, sin que nadie se acercara a hablar con él. Sin tener que soportar las miradas de sus compañeros desde el otro lado de la calle. E igual que los minutos de la hora del recreo, los días de aquellas vacaciones de verano se le habían escapado por entre las rendijas de la misma persiana automática que le impidió ver la lluvia de estrellas. Días que se agotaron en forma de puntos luminosos que avanzaron de un extremo a otro del cuarto que era su refugio: desde la pared de un nuevo amanecer lleno de posibilidades, hasta la pared opuesta del ocaso de otro día invertido sólo entre las páginas de un libro. De vez en cuando, las voces alborotadas de algún grupo de niños que golpeaban con palos las alambradas cubiertas de brezo de las casas, camino del lago o la piscina, se habían colado a través de las ventanas de su habitación. Leo se asomaba entonces para ver pasar una fugaz y escandalosa nube de colores, risas y vaqueros. Para la mayoría de sus compañeros, había sido un verano de raspones en las rodillas jugando al fútbol hasta la caída de la noche. De picaduras de avispa al salir de la piscina. De Coca-Cola saliendo por la nariz en ataques de risa. De acampadas ocasionales en el jardín trasero de alguna casa. Para Leo, habían sido tres meses de lectura, de tardes navegando por internet y de escuchar a escondidas las conversaciones de sus padres.

La última noche de las vacaciones de verano, Leo deambulaba por la casa con el estómago robado. Intentaba sobrellevar la inquietud que le provocaba el inicio del nuevo curso. Linda y él esperaban a que llegaran sus padres para empezar a cenar.

Una oleada de intranquilidad golpeó el delgado cuerpo de Leo cuando él y Linda escucharon la llave introducirse en la cerradura de la puerta de entrada.

—Sus papás ya andan acá —dijo ella.

Leo se sentó a la mesa.

Su madre apareció enseguida. Se dirigió a la nevera. Se sirvió un vaso de agua a rebosar de hielo picado. Miró a su hijo como lo miraba desde la discusión en aquella misma mesa, cuando atrapó su mano bajo sus uñas. Se acercó a él, le dio un beso en la mejilla. Le preguntó si ya había preparado la mochila y si tenía listo el uniforme para el día siguiente.

—Sí, señora —intervino Linda—. Lo dejé todo planchadito. Está colgado en el armario.

Victoria no contestó. Amador entró entonces en la estancia, revolvió el pelo de su hijo y saludó a Linda.

—Sea lo que sea lo que estás haciendo, huele estupendamente —le dijo.

También quiso saber si Leo estaba nervioso por el inicio del nuevo curso.

—Me gustaría que el verano durara mucho más —contestó el niño.

—Leo —apoyó una mano caliente sobre la de su hijo al sentarse—, tu madre ha decidido que vamos a devolverte hoy el telescopio —mintió. Había resultado complicado convencer a Victoria de que quizá deberían cambiar de estrategia si querían obtener respuestas del niño—. Estamos de tu lado. Lo sabes, ¿verdad, comandante?

Dirigió una mirada a su mujer, en una invitación para que ella continuara.

—Somos tus padres, y vamos a intentarlo todo para entender qué es lo que te está pasando. —Fue su forma de proceder. El hielo del vaso tintineó contra el cristal cuando dio un trago.

Amador sintió escabullirse bajo su mano la de su hijo.

—Sabemos que la lluvia de estrellas era muy importante para ti —añadió Victoria—, pero tienes que entender por qué lo hicimos. Vas a tener que ayudarnos con esto. No está siendo fácil para nosotros tampoco. Y sabemos que falta comunicación contigo.

A Leo le sorprendió el empeño de ambos por decirlo todo en plural.

—Ya me da igual el telescopio. No lo quiero —dijo—. Y podéis seguir pensando que yo escribí la nota. —Se recordó asomado a la persiana de la terraza, con Pi dormitando al otro lado—. En realidad ya lo hacéis.

Victoria chasqueó la lengua. Hizo ademán de hablar, pero se interrumpió al ver que Leo se levantaba de su silla sin apoyar ninguna mano sobre la mesa.

—No hace falta que me digáis que me quedo sin cenar. No tengo hambre.

Y era cierto. Sin darles tiempo a reaccionar, salió de la cocina y se dirigió a su habitación.

Sobre su cama descansaba el telescopio plegado. Entendió por qué papá había llegado a la cocina más tarde que Victoria. Cerró la puerta. Sacó del armario las dos perchas de las que colgaba su uniforme. Sintió un sudor frío al ver el pantalón gris y la corbata granate. Lo colocó todo encima del escritorio, y se metió en la cama.

En la cocina, Amador y Victoria terminaron de cenar en silencio. Amador supo lo que iba a decir su mujer tras darle un último bocado a una manzana.

—Tenemos que llevar a tu hijo al doctor Huertas.

Él se levantó sin responder. Sacó un paquete de galletas Oreo de la despensa y se dirigió al cuarto de Leo. Cuando vio el telescopio en el suelo, frente a la puerta cerrada, casi pudo oír otra vez las palabras de su hijo al inicio del verano: «Papá, dicen que este año la lluvia de estrellas será espectacular, ¿la verás conmigo?».

Amador tuvo que sentarse en uno de los escalones.

9

Aarón

Viernes, 26 de mayo de 2000

Andrea golpeó su hombro.

Aarón, sentado en el suelo a la salida de la universidad, giró el cuello y miró hacia arriba. Una oleada de bienestar le envolvió cuando su cara rozó el cabello de Andrea, que colgaba hacia él desde su rostro. El olor a manzanilla recorrió su cuerpo y penetró en su piel como hacía más de una semana que no ocurría. Se levantó y enredó con la correa de la bolsa que cargaba, que terminó colgada de su cintura mientras miraba a los ojos y la boca de Andrea. Esquivó la inercia que le ordenaba besar sus labios. La abrazó.

—Drea —dijo su nombre espirado en un aliento que acarició el cuello de ella e hizo que el vello de su nuca, y también sus pezones, se tensara.

Durante los segundos que duró el abrazo, Andrea recordó sin razón la noche de un cumpleaños de Aarón. Él se había desnudado por completo en el salón para probarse los calzoncillos con el símbolo de Superman que ella le había regalado medio en broma, y a ella le había excitado el contraste entre lo infantil de la prenda y la masculina postura de superhéroe que él adoptó.

El patoso reencuentro les hizo sonreír. Andrea advirtió la sequedad de los labios de Aarón, enmarcados por la descuidada barba de quien sólo se afeitaba la parte superior de las mejillas y el pliegue del cuello para lucir una sombra capilar de algunos días.

—Aarón —colocó ambas manos bajo sus mandíbulas—, me vas a contar ahora mismo qué es lo que te está pasando. —Lo dijo en el tono que utiliza una madre cuando quiere sonsacarle a un hijo travieso de dónde ha sacado las galletas, o quizá también el que utilizaría esa misma madre si en lugar de galletas fuera una amenaza de muerte lo que su hijo hubiera escondido en la mochila—. Soy yo, ¿vale? Necesito saberlo.

Una sonrisa contenida rubricó de forma inesperada la autoritaria presentación.

—Además, tengo una sorpresa.

Su voz chispeó de excitación. Aarón casi pudo sentir que Andrea era aún su novia, que David le llamaría en un rato para ver qué hacían ese viernes, y que todo seguiría siendo como siempre. Ella se agachó para apoyar su bolso en el suelo. De su interior extrajo una manta. Era marrón, adornada con flores blancas. En algún momento habría sido gruesa y esponjosa, pero ya no era más que una tela desinflada.

—Nos vamos a cenar al lago.

Era la misma manta sobre la que Aarón se había declarado a Andrea por primera vez antes de meterse en el lago hasta la cintura y decirle «ven al agua». El bonito recuerdo se interrumpió con la imagen de David deseándole suerte antes de subir al coche aquella noche. Aarón tuvo que respirar hondo.

—No estoy bien… —intentó disuadirla.

—Tú estás bien para lo que yo diga, y punto —contestó ella, conteniendo una sonrisa que se le escapó de igual forma—. ¿Cuántos días llevamos sin hablar? ¿Dos semanas? Héctor me ha dicho que no has ido a ver a David. Y no sé yo durante cuánto tiempo seguirá siendo comprensivo vuestro jefe. Sabe que estás mal, entiende la situación y todo eso, pero antes o después tienes que ir a trabajar. Él solo no da abasto en la farmacia. Y un día va a acabar explotando, ya verás. ¿Qué es lo que haces todo el día metido en casa?

—No hago nada... —empezó a decir.

—Pues ya es hora de hacer algo. —Apoyó una mano sobre su abdomen—. No puedes encerrarte en casa y hacer como si lo de David no hubiera pasado. Me vas a contar qué te ocurre, ¿eh? —Le pinchó dos veces con el dedo índice—. ¿Eh?

Andrea consiguió que Aarón sonriera. La respuesta de él fue otro abrazo. Agarró la mano de Andrea y echaron a andar calle arriba. Ambos en manga corta, sintieron cómo se refrescaba su piel con la progresiva desaparición del sol. Aspiraron el olor del césped recién regado y el de las madreselvas que crecían sobre las cercas de los chalés que flanqueaban el camino. Varios niños cruzaron frente a ellos a lomos de sus bicicletas, que no tenían motor pero lo parecía por el ruido que hacían los naipes enganchados a las ruedas delanteras al rozarse con los radios. Era una de esas tardes que, según defendían casi todos los habitantes de Arenas, sólo existían en aquel pueblo. Era el último viernes de mayo. La mayoría de los estudiantes dejaban ya la universidad aquella semana y corrían calle arriba en dirección a la tienda del americano.

—¡Hasta el lunes, profesora! —le gritaron a Andrea.

Las clases de la profesora Sandiego eran de las pocas a las que no faltaba ninguno de los alumnos. Y no porque les interesara la geometría descriptiva.

Los tres chicos pasaron corriendo mientras contenían la risa y golpeaban con el codo al que iba en el centro. Se alejaron camino del Open para comprarle al americano sus primeras cervezas de la noche.

El señor Palmer ya había regresado a su puesto después de pasar diez días recuperándose en el hospital, a dos plantas

106

de distancia de la habitación de David. La noche del décimo día, el señor Palmer durmió en casa. A la mañana del decimoprimero, anunció al doctor su intención de regresar al Open. «Ya he sobrevivido a un atraco, ¿qué probabilidades hay de que vuelva a ocurrir algo parecido en un pueblo como Arenas?», preguntó al médico mientras rechazaba una baja que lo hubiera mantenido en casa durante un mes entero. Cuando el señor Palmer miró a su mujer y levantó una ceja para preguntar qué opinaba al respecto, ella dijo: «*I just wanna go back to Kansas*». Y cada vez que su mujer repetía aquella frase, el señor Palmer se sentía culpable de no haber podido darle los hijos que ella tanto había deseado y a los que renunció sin saberlo por querer estar con él, el hombre que más la había hecho reír desde que lo conoció nada más cumplir los veinte. El hombre que la había convencido de buscar un nuevo futuro en Europa. El hombre que a veces creía no poder resistir la tristeza que le producía verla esmerarse con cada nueva labor, un jersey para el nieto de alguna de sus vecinas y no para el suyo propio. Nietos europeos y sofisticados que le prometió en Galena pero que nunca llegaron, porque ni siquiera tuvieron hijos, y que hubieran llenado de sonidos infantiles el habitual silencio que en la casa de ambos sólo rompía el ruido del televisor. Un televisor que cada vez escuchaban más alto porque, con el paso del tiempo, por mucho que intentaran disfrazarlo, el señor y la señora Palmer hablaban menos entre ellos.

Los tres alumnos de la profesora Sandiego iniciaron una carrera.

—David sigue igual —dijo Andrea, mientras dejaban atrás la última calle asfaltada del pueblo y se adentraban en el camino de tierra que llevaba hasta el parque donde se encontraba el lago.

—Lo sé, he hablado con Héctor —contestó él—. Yo aún no me atrevo a ir.

Llegaron a la orilla de Lago Arenas aún de la mano, ya de noche, sin luna todavía. Era uno de los lagos artificiales más grandes de la comunidad, auténtico orgullo del Ayuntamiento de Arenas. Mientras caminaban por el césped, algún animal saltó al agua. Los grillos callaron durante unos segundos antes de continuar su conversación. Otras parejas habían tenido la misma idea. Se adivinaban sus siluetas y se intuían sus movimientos.

—¿Te acuerdas? —preguntó Aarón sin esperar respuesta.

Andrea extendió la colcha en la parte más elevada del terreno, el lugar desde donde repartían churros y chocolate cada 20 de agosto, posición privilegiada para divisar el enorme sauce que crecía junto a la orilla. Las luces de Arenas quedaban lejos, convertido el pueblo en la guirnalda luminosa de unas fiestas de verano. Los toboganes del Aquatopia confundían el relieve del horizonte como en una ilusión óptica. Cuando terminó de preparar el picnic, Andrea invitó a Aarón a sentarse dando unas palmadas sobre el terreno.

—¿Qué es lo que pasa?

Andrea sacó del bolso un par de sándwiches que había comprado por la tarde en la tienda del americano.

—Tú sabes lo que pasa. David, nosotros… Creo que tengo derecho a estar mal, ¿no?

Andrea soltó el aire por la nariz. Quería que él lo oyera.

—No eres el único que está sufriendo, ¿eh? ¿Sabes que el otro día tuve que salir en mitad de la clase a llorar al pasillo? —Miró al frente, pero no enfocó la vista—. Vi a dos chicos besándose en la fila de atrás y, claro, ¿te acuerdas? —Agarró la mano de Aarón en un gesto automático que no quiso contener—. Y tú no has visto a David en el hospital. Su madre no se mueve de su lado. La tuya está mucho tiempo con ella. Me preguntaron por ti las dos.

108

Aarón recordó la última conversación con su madre. «Lo de David ha sido un accidente, tú no has tenido nada que ver, así que déjate de tonterías», le había regañado por teléfono cuando se enteró de que había dejado de ir a trabajar a la farmacia. Lo que no supo su madre es que, tras colgar, Aarón se había desnudado en la sala, se había dirigido con la mirada perdida hacia el baño y se había colocado bajo el agua fría de la ducha. No salió ni cuando empezaron a dolerle la cabeza y las articulaciones, satisfecho de poder concentrarse en un dolor físico y desviar su pensamiento de la culpa.

—No he hablado con nadie. Sólo con Héctor —dijo.

Una risa masculina, seguida de un grito agudo de mujer, llegó hasta ellos desde no muy lejos.

—Aarón —dijo Andrea—, sé que has ido a ver a Samuel Partida.

Él se calló unos segundos. Pensó en negarlo o inventar alguna excusa, pero desechó la idea.

—Samuel es el niño que estaba en el Open —empezó a explicar—. ¿Te acuerdas de lo que ponía en el periódico? La mañana que te fuiste de casa. Samuel era el niño de aquel atraco que se parece tanto al de Davo.

—Sé quién es. Al final yo también he leído los periódicos. Odio cuando ponen las iniciales de Davo. —Andrea vio que la luna comenzaba a aparecer por el este, como si no quisiera que los toboganes cortaran su superficie—. Pero dime por qué has ido a ver a Samuel y no a Davo. El atraco que casi mata a tu amigo ocurrió hace dos semanas, no hace treinta años —dijo.

Luego, hizo una pausa y preguntó:

—¿Es el padre al que se le ahogó una hija en la piscina?

Aarón recordó la foto de familia que había visto en la caseta de Samuel en el Aquatopia. A la niña rubia abrazada a sus piernas. Asintió.

—He llamado a Héctor casi todos los días, saben que estoy preocupado.

—Claro que lo saben. Y yo lo sé también. Es tu mejor amigo, ¿cómo no vas a estarlo? —Pareció escupir las últimas palabras—. Pero tienes que ir a verle. No puedes quedarte en casa.

Alargó el brazo y acarició su barba.

—Si ni siquiera te has afeitado.

En vez de sonreír, Aarón resopló con fuerza.

—Y se acabó lo de pensar que esto ha sido culpa tuya —agregó Andrea—. No puedes castigarte pensando eso.

Se agarró a uno de sus brazos para impulsarse y acercarse más a él.

—Tú no puedes tener la culpa de algo así, ¿me oyes? La culpa la tiene el que disparó.

—Eso es lo malo —dijo Aarón, tratando de leer en su rostro antes de continuar—. Que creo que debió haberme disparado a mí.

Andrea se levantó para evitar que siguiera hablando. De pie, dándole la espalda, miró al lago con las manos apoyadas en las caderas. Aarón se deleitó con su silueta perfectamente definida, recortándose contra la luna cada vez más alta. El aspaviento resultó exagerado. La gente sólo discutía así en las películas. Andrea regresó a su sitio sobre la manta.

—¿De verdad piensas eso? Mírame. —Clavó sus ojos en él—. Aarón, nadie podía saber que eso iba a ocurrir. Nadie. Tú no has tenido la culpa de nada —dijo, y acto seguido desvió la vista al sándwich intacto en sus manos.

—Yo tampoco sé cómo explicarlo, pero hay algo... Creo que esto no ha sido casualidad. —Hablaba despacio, como si las palabras se fueran haciendo realidad al tiempo que las pronunciaba—. Fui a ver a Samuel Partida porque lo que le pasó a él y lo de David son dos historias demasiado parecidas. —Marcaba el ritmo con su mano izquierda, un puño con el índice extendido—. Son dos asesinatos prácticamente iguales.

—Aarón —el rostro de ella se endureció—, Davo no ha muerto.

—Ya lo sé. ¡Pero se parecen tanto! Es casi... como si fuera la misma escena repetida en el mismo sitio.

Andrea posó los dedos sobre sus labios para hacerle callar. Aarón giró la cabeza y apartó la boca.

—Me da igual que se parezcan —dijo ella—. Lo único que me interesa es que Davo está en el hospital. Y quiero que tú estés bien. Deja de buscar un sentido a lo que ha sucedido. No lo tiene. Estas cosas pasan. Ocurrió hace treinta años y ha ocurrido ahora. Punto.

—¿Estás segura? —replicó. Hizo una pausa, consciente del golpe de efecto que iban a suponer sus palabras—. Porque no sólo pasó hace treinta años. Pasó también en 1950. Y mucho antes, en 1909. Me lo dijo Samuel. ¿Te parece una casualidad que haya habido cuatro muertos...? —Reaccionó cuando ella hizo un gesto con la cabeza—: Vale, Davo no está muerto, pero ¿te parece una casualidad que se hayan cometido tres asesinatos, exactamente en el mismo sitio, en un pueblo como Arenas?

—Me he perdido.

—Espera —dijo él—. Mira.

Giró el tronco y extrajo de su bolsa las fotocopias del periódico que Samuel le había conseguido. Dejó sobre la manta el sándwich, aún sin tocar. Andrea lo recogió y lo mordió volviendo la cara antes de asomarse al mar de información en blanco y negro que Aarón le mostraba.

—En toda esta parte —dijo, señalando los dos tercios superiores de las dos primeras páginas— hablan de lo de Samuel. Él ya me lo contó más o menos todo, que es lo mismo que dicen aquí. Un gitano entró a atracar la gasolinera, otro chico quiso proteger al niño y... bueno, ya sabes, como lo de Davo. Pero aquí abajo —rozó su pierna y algo se manifestó en el interior de Andrea— cuentan que aquel chico, que tenía sólo veintiún años, fue la tercera víctima en ese lugar. Dicen que antes el local había sido una relojería, y que la atracaron dos veces.

—¿Antes? —preguntó Andrea—. ¿Había algo en Arenas antes de los setenta?

Aarón mantuvo la mirada fija sobre su rostro sin decir nada.

—¡Qué! —añadió ella—, lo pregunto en serio. Cuando mis padres llegaron aquí, esto no era más que un montón de casas en medio del campo.

—Pues ya lo era a principios de siglo. De hecho, Arenas de la Despernada existe como pueblo desde hace un huevo. Pero mucho, en plan siglo quince —explicó Aarón, como si fuera un pecado no saberlo, cuando en realidad a él le había sorprendido de igual manera imaginarse la vida en aquel pueblo más allá de los cincuenta—. La Guerra Civil lo dejó hecho un asco, pero antes, desde 1900 o así, ya vivían en el pueblo más de mil personas. ¡Si el primer atraco del que hablan aquí ocurrió en 1909!

—¿Y dónde has dicho que fue? —preguntó Andrea, fascinada al imaginarse Arenas, la urbanización de urbanizaciones, como un pueblo añejo, con carros tirados por caballos—. ¿En una joyería? ¿De verdad había una joyería en Arenas en 1909? —La incredulidad hizo que sus palabras sonaran más agudas de lo habitual.

—Una relojería, sí —confirmó Aarón.

—¿Relojería? Pues entonces, a lo mejor tiene algo que ver con la fábrica de relojes de la carretera, ¿no?

Aarón colocó su móvil sobre las hojas del periódico de 1971, para iluminarlas con el resplandor de la pantalla, y leyó:

No es la primera vez que este establecimiento, situado en la calle principal de Arenas de la Despernada, es testigo de actos violentos poco característicos en una localidad de tan pequeñas dimensiones. La familia propietaria del local, de apellido Canal, decidió cesar en el anterior negocio tras la muerte de Isaac Canal, asesinado por impacto de bala tras el mostrador de su tienda el 29 de enero de 1950, lugar en el que también había perdido la vida el fundador de la relojería, padre del anterior, y que resultó herido en circunstancias similares el 14 de septiembre de 1909. Dos generaciones de una misma familia destrozadas por dos intentos de robo en un intervalo de cuarenta años, y que sirven de sangriento precedente a lo acontecido anoche en la gasolinera de la localidad.

Aarón se detuvo y miró a Andrea.

—No me parece tan raro que roben dos veces en una relojería en cuarenta años —dijo ella. Terminó de tragar y retiró la mano—. Eso es mucho tiempo. Y lo normal es que ataquen al dueño de la tienda, ¿no? Son los que están allí. Me sigue pareciendo más fuerte que hubiera una relojería en Arenas a principios de siglo —señaló, para desviar la conversación—. En serio, te estás obsesionando y viendo cosas donde no las hay.

Pegada como estaba a él, alargó el brazo derecho tras su espalda y el izquierdo por delante de su cuerpo. Acompañó el abrazo apoyando la cara sobre su pecho. Sin soltar las páginas, Aarón se dejó abrazar.

—Drea, esto es importante para mí.

—Y tú eres importante para mí. —Agarró los papeles por la parte superior y tiró de ellos. Aarón los sujetó con fuerza—. Dime en qué nos afecta que hace casi cien años atracaran dos veces una joyería.

—Relojería.

—Lo que sea. ¿Qué tiene que ver con Davo? —preguntó con firmeza. Utilizó el mismo tono que la primera vez que le preguntó si le había sido infiel con aquella estudiante en prácticas que le ayudó en la farmacia durante unos meses—. ¿Qué tiene eso que ver con Davo? —insistió.

Mientras recordaba a Rebeca, Aarón se sintió incapaz de explicarse.

—No lo sé. No tengo ni idea de qué significa. Pero ¿qué hago entonces? ¿Cierro los ojos a lo que tengo delante? Van cuatro muertos... —chasqueó la lengua y agitó la cabeza—, tres muertos, en el mismo sitio de un pueblo de fantasía como Arenas.

Al mencionar el pueblo extendió el brazo en un gesto teatral, abarcando la idílica imagen que la noche de primavera les devolvía: la de las parejas que retozaban y se decían al oído cosas sin mayor significado que el de la piel reaccionando al aliento del otro sobre un césped convertido en cama de humedad y deseo. El lago reflejaba la luz de una luna casi dibujada con compás como un charco de plata fundida.

—Sé lo mismo que tú —continuó Aarón—, pero no es posible que esto sea casualidad. Ha ocurrido lo mismo cuatro veces en ese lugar. Tiene que haber alguna explicación. Y no me voy a quedar tranquilo hasta que la descubra. Porque creo que yo debería haber sido el cuarto, no Davo.

—Deja de decir que tú deberías...

—No, Andrea, deja tú de decir que yo no tuve nada que ver —la interrumpió Aarón—. No repitas como una máquina lo que me dicen todos los demás. ¿Por qué estaba Davo esa noche en el Open? Pues porque yo se lo pedí. Es mi culpa. Me da igual que mi madre me diga que yo no disparé la pistola, sigo siendo yo quien lo llevó allí. Y eso lo sé yo, lo sabes tú y lo piensa toda su familia, por mucho que me digan lo contrario. Ese atraco se iba a producir en el Open esa noche. Y necesito saber por qué. —La voz se le quebró en la garganta y quedó reducida a un susurro—. Necesito una explicación.

—¿Para qué, Aarón? ¿Te va a servir para salvar a Davo?

—No, Drea, claro que no.

De súbito, todo dejó de tener sentido. Las vueltas en la cama sin poder dormir, pensando en cómo él y David estarían, a estas alturas, preparando el viaje a Cuba. Las horas leyendo una y otra vez los recortes de Samuel Partida. La certeza de que algo más poderoso que la casualidad había llevado a todas esas personas a encontrar la muerte en el mismo sitio. Los dolores de cabeza. Los temblores. El odio que sentía hacia sí mismo por haber desencadenado con una llamada de teléfono la progresiva destrucción de todo lo que era importante en su vida. La culpa. Morder un trapo y gritar hasta que doliera la garganta. La frenética búsqueda de un porqué para aquel caprichoso giro del destino. Un porqué al que Andrea, con una sencilla pregunta, había desprovisto de significado. ¿Y si encontraba una explicación? ¿Iba a servir acaso para salvar la vida a David?

—Claro que no —repitió en voz baja.

Quiso agazaparse junto a ella, cerrar los ojos y dejar de pensar.

Pero fue entonces cuando un pensamiento nítido, tan resplandeciente como la luz de la luna que iluminaba aquella perfecta noche primaveral en Arenas, se encendió en su mente y brilló ante sus ojos.

—A él ya no —dijo, o creyó decir—. Al próximo, quizá sí.

Andrea no escuchó nada.

10

Leo

Sábado, 28 de febrero de 2009

—Vamos, coge la toalla y baja.

Victoria esperaba fuera del coche, con la mano alzada y el pulgar sobre el llavero.

—Te dejaré encerrado. —Extendió el dedo dándole una última oportunidad.

Leo salió de la parte trasera del BMW blanco. Se colgó la toalla sobre los hombros, cerró con un movimiento de todo el cuerpo y miró a su alrededor.

Victoria señaló a lo lejos, a la colosal entrada engalanada con banderas que recibía hordas de niños acompañados por sus padres.

—Venga, mira la cola que se va a formar.

Decenas de coches aparcaban guiados por las líneas diagonales apenas visibles en el suelo del aparcamiento del Aquatopia.

—¿Leo? —insistió su madre.

Era el último sábado de febrero, la fecha que siempre elegía la organización del parque para presentar la nueva atracción de cada año. Meses antes de la temporada veraniega, el Aquatopia reabría sus puertas durante un único día, en un evento casi tan importante como las celebraciones del 20 de agosto. Nadie en el pueblo se perdía el acontecimiento. Con la llegada del otoño, un antiguo tobogán del parque era destruido. En su lugar, comenzaba a construirse un nuevo proyecto. Los niños observaban, apoyados en sus bicis desde el otro lado de las vallas, cómo transcurrían las obras durante todo el invierno. El último sábado de febrero, el alcalde reunía a todos los vecinos para hacer público el nombre de la nueva atracción. También mostraba una gran foto con el aspecto final que tendría. Todos los años se repetían las mismas frases incrédulas de quienes no confiaban en que la obra pudiera estar finalizada para junio. Todos los años, la obra se terminaba justo a tiempo.

—¿Para qué venimos hoy si mañana nos lo puede contar cualquiera? —preguntó Leo, caminando detrás de su madre.

Leo había rechazado la idea de ir al parque desde el primer momento, pero terminó accediendo por la misma razón por la que había accedido durante los últimos meses a casi todo lo que sus padres le habían impuesto. Tras los incidentes del verano pasado, los de la carta y el telescopio, Victoria y Amador le habían amenazado con llevarle a la consulta del psicólogo. Y Leo no podía permitirlo. Porque sabía que la noticia acabaría llegando hasta Edgar, Brecha, o cualquiera de los otros. Y eso era lo único que le faltaba a Leo. Ser considerado un tarado de verdad.

—Cielo, ciertas cosas hay que vivirlas —dijo Victoria. Se colocó las gafas de sol que llevaba sobre la cabeza y frunció los labios—. Venimos porque hoy es el gran día. Seguro que están todos tus compañeros de colegio.

Apoyó una mano en la espalda de su hijo y se dirigieron hacia la puerta. El día había amanecido soleado pero frío. Aun así, era tradición en Arenas acudir a la presentación de la nueva atracción con complementos veraniegos. Por eso la mayoría de la gente cargaba con toallas. Algunos llevaban flotadores. Y sólo los más atrevidos hacían cola en bañador y chanclas. «En Aquatopia siempre es verano», solía finalizar el discurso el alcalde todos los años, como si fuera la primera vez que lo decía.

Leo iba con la mirada dirigida al suelo. No deseaba toparse con ningún conocido. Tras avanzar unos metros, descubrió un cable serpenteando sobre la arena. Avisó a su madre, que caminaba con el cuello erguido, como un ave zancuda, escrutando el gentío.

—¿Que hay un qué? —preguntó, antes de descubrir el cable—. Pero ¿qué demonios?

Tambaleándose sobre sus tacones, esquivó la inquieta víbora de estaño.

—Anda, pero si es gente de la tele. ¡Ven, cielo! —gritó, agitando una mano.

Victoria se acercó a una joven de tobillos hinchados que blandía un micrófono frente a los visitantes, el brazo extendido hacia atrás dando indicaciones a un hombre de pelo largo recogido en una coleta.

—Disculpa —se presentó Victoria—, puedes hacerme una pregunta a mí si quieres.

La atención de la reportera se centraba en los niños que se arremolinaban junto a ella. Saludaban con rapidez a la cámara, apagada la mayor parte del tiempo.

—Que no estamos en directo, chavales —aclaró, antes de prestar atención a Victoria, girando la cabeza sobre un cuello inexistente.

—He venido con mi hijo —dijo Victoria señalando a Leo, que se había quedado varios pasos rezagado y daba la espalda a todo cuanto acontecía alrededor de la pareja televisiva—. Tiene ocho años, está allí.

Una mujer pelirroja, de pelo largo y andar errático, chocó con el poste en que se había convertido Leo. Se disculpó mientras buscaba el rostro de aquel niño que no dejaba de mirar al suelo.

—¡Cielo, ven, que te van a sacar por la tele! —gritó Victo-

118

ria—. ¿Le importa que salga yo también con él? —preguntó—. Me gustaría que nos viera mi marido. Él trabaja este fin de semana. Es abogado, de una firma importante —comentó, dejando caer la información, como tantas otras veces—. Hoy no ha podido venir.

—No hay problema, señora, claro que no. Hoy es un día familiar —respondió la chica, regalándole una luminosa sonrisa.

Victoria pensó que las mujeres que no tenían buen físico estaban obligadas a ser tan simpáticas como lo era la reportera. Estiró las comisuras de los labios para devolverle una sonrisa forzada.

Leo se acercó hasta su madre arrastrando los pies, levantando pequeñas nubes del polvo a cada paso.

—Preparados —confirmó Victoria antes de erguir la espalda, echarse el pelo hacia atrás y colocarse correctamente la chaqueta sobre sus hombros. El gesto despertó en el cámara pensamientos lujuriosos—. ¿Preguntas tú o hablamos nosotros?

Leo aclaró en voz alta, para que los de la tele lo escucharan también, que no quería participar. Que no quería salir ni responder preguntas.

—Pero lo vas a hacer —replicó Victoria sin dejar de mirar a la reportera—. Verás tus amigos del colegio, la envidia que te van a tener. Todos van a querer hablar contigo.

La mano derecha de su madre cayó como una tenaza sobre su hombro. Leo sintió que se le encogía la garganta. La rabia amenazó con humedecer sus ojos, pero logró contener el impulso. La reportera sin cuello hizo entonces una señal al cámara y le acercó el micrófono.

—Hola, chico, ¿cómo te llamas y cuántos años tienes?

—Me llamo Leo —dijo—. Y nací el 12 de junio de 2000, haz tú la cuenta.

Victoria identificó el enfado en la voz arisca de su hijo, pero decidió ignorarlo.

—Hemos venido a disfrutar del parque en un día como hoy —se agachó, para ir recuperando la postura a medida que la reportera subía el micrófono—, porque creemos que Arenas es una gran localidad, pensada para las familias, y tenemos que apoyar las campañas de nuestro ayuntamiento. Yo soy abogada, y no me viene nada mal un día de descanso para dejar a un lado todo el estrés laboral —dijo Victoria como si recitara de memoria algún anuncio.

—Y tú, Leo, ¿tienes ganas de saber cómo será el nuevo tobogán para este verano? —preguntó la reportera, volviendo a dirigir la atención al niño.

—No. Sólo vengo porque mi madre ha querido traerme. Dice que tengo que hacer amigos. —La mano de su madre se tensó sobre su hombro, junto al cuello, sin atreverse a apretar.

—¡Venga ya, no te creo! —bromeó la joven—. Pero si tú tienes que tener un montón de amigos, con lo simpático que pareces.

Un calor invisible atravesó a Leo desde arriba. El calor de una mirada, la de Victoria. Aunque acabara pasando todas las tardes de lo que quedaba de curso encerrado con un extraño en una consulta llena de muebles tapizados en piel y olor a madera, y teniendo que convencerse a sí mismo de que algo andaba mal en su cabeza, esa mirada de su madre que no veía pero sentía iba a ser la última que Leo iba a dejarse encajar.

—Es que soy un poco raro —dijo.

En apariencia, la frase se escapó de su boca, pero en realidad había surgido de lo más profundo de su alma. Cuando Victoria gritó su nombre, Leo lo saboreó como un triunfo. La mano sobre su hombro lo empujó hacia abajo y lo obligó a girarse. Su madre se arrodilló para poder mirarle a los ojos. Aunque durante un momento pareció que iba a regañarle allí mismo, de su boca no salió ni una sola palabra. Leo advirtió un ligero temblor en su barbilla. Victoria se incorporó, lo soltó y se adelantó. Le dio la espalda para acercarse a la reportera. La intención de la mujer sin cuello había sido sonreír ante la inesperada respuesta de Leo, pero finalmente había dado un paso atrás para no verse involucrada en aquella regañina.

Leo vio a su madre intercambiar palabras inaudibles con la chica del micrófono. También vio cómo sacaba dos billetes de diez euros de su bolso. Supuso, sin error, lo que en efecto estaba ocurriendo.

—Os doy uno a cada a uno —dijo Victoria con el dinero en la mano. Leo era tan sólo una figura de cera tras ellos—. Uno para ti, y otro para ti, si me prometéis que no emitiréis nuestra entrevista.

La reportera estaba acostumbrada a las miradas de mujeres como aquélla, mujeres que habían sido las más guapas de la clase en el instituto y aún no habían aprendido a disimular el semblante de superioridad que se dibujaba en sus rostros cuando se encontraban frente a una mujer fea y gorda, como ella misma admitía que era su caso. Sólo por eso, aceptó los billetes justo antes de responder:

—Señora, somos de la cadena local. No lo habríamos emitido si simplemente nos lo hubiera pedido por favor.

La reportera le dedicó una fugaz sonrisa a Victoria. Se guardó el dinero en un bolsillo. Después, le guiñó un ojo a Leo y se dio la vuelta.

Cuando Victoria regresó con su hijo, ni siquiera lo miró.

—Nos vamos a casa —dijo al aire.

Entonces recordó que Leo no había querido ir al Aquatopia. Que temía encontrarse con sus compañeros de clase. Pensó en cómo caminaba avergonzado entre la gente, con la mirada dirigida al suelo. Victoria se arrodilló de nuevo ante su hijo, lo miró fijamente a los ojos y susurró:

—No, cielo, mejor nos quedamos.

Avanzaron hacia la cola, donde familias enteras aguardaban su turno. Se detuvieron y ocuparon el último lugar. Delante de ellos, el rostro de un bebé los miró sonriente desde el hombro de su padre. La mujer pelirroja que había tropezado antes con Leo pasó otra vez junto a ellos. Rozó el hombro de Victoria en su camino de vuelta al aparcamiento.

—Una que ya se ha cansado —dijo, con desdén.

Victoria cambió el peso de su cuerpo de una pierna a otra. Volvió a hacerlo a los pocos segundos. Y otra vez más. Cuando chasqueó la lengua, Leo supo lo que iba a ocurrir. Lo agarró de la mano y tiró de él. Salieron de la cola por la derecha.

—Algún conocido habrá por ahí delante que nos ahorre esta estúpida cola.

Se adelantaron hasta la entrada y allí dieron media vuelta para recorrer la fila hacia atrás. Victoria centró su atención en las caras aburridas de los padres, soslayando la expresión ilusionada de los niños. Una locución anunció que el parque abriría en breves momentos. Fue recibida con aplausos por quienes imaginaban que la nueva atracción superaría incluso al célebre Giga Splash.

Muchas caras le resultaban familiares a Victoria. Reconoció a uno de sus vecinos, de escasa estatura y barba matemáticamente recortada. Se movía por la cola de forma eléctrica, hablando con todo el mundo y sin dejar de sonreír. Victoria no recordaba su nombre. Le saludó con un altivo gesto del mentón, acompañado por un ligero arqueo de cejas, apenas un forzado ademán de cortesía suburbana.

A Leo también lo reconocieron. Oyó su nombre pronunciado por la voz aguda de una niña que lo repitió al menos tres veces.

—Mira, esa niña quiere saludarte —dijo Victoria—. ¿Cómo es que no nos has contado que tienes novia?

Victoria agarró la barbilla de Leo y la dirigió hacia el lugar donde la cría, con la nariz llena de pecas, agitaba una mano. Sonreía mostrando la lengua por el hueco que había dejado la caída de un diente de leche.

Claudia se sentaba en clase tres filas detrás de Leo. Habló con ella por primera vez el día en que la ayudó a levantarse del suelo y a colocarse bien la falda. Algunos chicos habían intentado subírsela, y el forcejeo la había hecho caer de rodillas. Sus gafas quedaron colgadas por una de las patillas mientras los chicos huían de la escena del crimen gritando cosas como «zanahoria» o «cuatro ojos». Leo llegó a tiempo de agarrar las gafas que resbalaban sobre el sudor que cubría a Claudia. La niña se levantó, se miró las palmas de las manos y las rodillas raspadas contra el suelo. Las heridas eran sólo un poco de piel levantada y sangre más intuida que real, pero Claudia huyó de allí llorando, con el pelo pegado a la cara y sin dirigir una sola palabra a Leo, para chivarse de lo ocurrido a Alma Blanco.

—¿Vienes con tu madre? —preguntó Claudia cuando se acercaron a ella.

El hombre que la mantenía agarrada de la mano dirigió un educado saludo a Victoria.

—Sí, ella ha querido venir —dijo Leo.

—Bueno, y él también —explicó Victoria a quien supuso era el padre de la niña, señalando a Leo con los ojos.

—Hay muchos de la clase, los hemos visto ponerse a la cola. Son de esos, ya sabes —contó Claudia, utilizando la palabra «esos» de una forma que Leo entendió a la perfección—. Ya le he dicho a papá que no quiero saludarles.

—Y papá sólo recibe órdenes de su coronel —dijo el padre de Claudia, al tiempo que se llevaba la mano a la frente en un gesto militar que a Victoria le pareció ridículo. Tenía el pelo completamente blanco a pesar de su evidente juventud—. Le dije que se trajera a sus amigas, pero esta niña me quiere sólo para ella.

—¿Y dónde están esos chicos? —preguntó Victoria.

—Alto secreto —continuó jugando a los soldados—. Este cabo no puede hablar sin autorización de su coronel. Y no le

123

recomiendo enfadarla porque tiene muy mal carácter. —Hablaba sin apenas vocalizar y modulando la voz para que sonara como a dibujo animado. Su hija se moría de risa allá abajo. Victoria no sabía dónde mirar.

—¿Me lo dices tú, compañera de Leo? ¿Claudia?

—Llegaron más tarde que nosotros —dijo la niña, balanceándose agarrada a las piernas de su padre—. Están aquí detrás, en la cola.

—¿Vosotros no estáis haciendo la fila? —quiso saber el padre soldado, hablando como una persona normal esta vez—. Podéis quedaros aquí si queréis.

Le guiñó un ojo a Victoria.

—No, gracias, vamos a ir a que Leo salude a sus otros compañeros. Seguro que están deseando verlo —dijo Victoria.

Fue entonces cuando Leo se separó de su madre y echó a correr.

El ruido del arranque de su hijo, pero sobre todo las piedrecillas que golpearon sus tobillos, alertaron a Victoria apenas unos segundos después.

—Bueno, os dejo, voy a ver qué le pasa —dijo de forma contenida.

No estaba entre los planes de Victoria correr y montar el espectáculo delante de toda esa gente. Por ello comenzó a caminar tranquilamente detrás de su hijo, convertido ya en una nube de polvo muchos metros por delante. Aún llegó a escuchar a aquel joven padre de pelo blanco decir algo como «alerta roja en el campamento, huida de un cabo en pleno…», antes de hacer un sonido húmedo con la nariz que distrajo sus oídos de aquella pantomima.

Cuando Victoria regresó al coche, se encontró a Leo sentado junto a la rueda delantera del BMW. Escondía la cabeza entre las rodillas y se tapaba los oídos con ambas manos.

—Venga, levanta —ordenó.

Leo no reaccionó.

—No me hagas enfadar más.

A pesar del tono urgente de su madre, Leo permaneció impasible.

—Ya sabes la que te estás buscando —amenazó Victoria esta vez, mientras se arrodillaba junto a Leo—. No lo estropees todo, llevamos unos meses muy buenos.

Lo agarró de un brazo. Tuvo que sacudirlo para conseguir que levantara la cabeza, abriera los ojos y la mirara.

Entonces Victoria se asustó.

Leo tenía la cara llena de polvo. Sobre su rostro amarillento destacaban los ríos de color carne surcados por las lágrimas.

—Cielo, ¿qué te has hecho? —Examinó con los dedos la cabeza del niño justo detrás de las orejas—. Tienes sangre.

Leo empezó a temblar como el día que había bajado las escaleras con el sobre de correo aéreo en la mano.

—Dime. —Victoria tragó saliva en un último intento de contenerse—. ¡Dime qué es lo que pasa! —gritó por fin. Después, sujetó la cara del niño con ambas manos. Extendió el cuello para mirar por encima del coche en todas direcciones.

El grito hizo reaccionar a Leo, que inspiró de golpe por la boca. Le molestó el sabor a polvo en la lengua. Tosió. Continuó respirando de forma entrecortada hasta que logró calmarse. Se encogió y colocó ambas manos entre las piernas. Sus ojos enfocaron a su madre, como si acabara de darse cuenta de que estaba allí. Victoria le secó la boca y los ojos con la toalla que tenía sobre los hombros. Le apartó el pelo pegado a la frente hacia las orejas. Esperó a que el niño hablara.

Pero Leo la miró y bajó la cabeza.

Apoyó la barbilla sobre el pecho. Vio el talón de su madre fuera de uno de sus zapatos. Vio su rodilla raspándose contra la arena del suelo, rasgando la media. Vio uno de sus gemelos en tensión.

—Háblame, cielo, ¿qué ha pasado? —La voz le temblaba en la garganta. De alguna manera, perdió el equilibrio y la rodilla apoyada en el suelo se deslizó. Varios guijarros diminutos se abrieron camino a través del tejido y la piel.

—Mamá —empezó a decir Leo.

—¿Qué pasa, qué...? —contestó ella sin poder terminar la pregunta.

—Otra vez.

—¿Otra vez qué?

Victoria se dejó caer para sentarse. No se dio cuenta de la herida que sangraba en su rodilla. Agarró las mejillas de su hijo con las palmas de ambas manos, y utilizó los pulgares para secarle los párpados. Leo buscó los ojos de su madre. Sentía el calor que aún desprendía la rueda del coche a su espalda. Apretó las manos entre sus piernas. Sus codos puntiagudos se le clavaron en el estómago. Notó la suciedad en la cara, los dedos de mamá raspaban con el polvo. Olió el aliento cálido de zumo de naranja que salía de entre sus labios. Dudó una última vez. Le reconfortó el calor que desprendían las manos y el cuerpo de su madre. Y dijo:

—Mamá, otra vez. —Tragó saliva, escuchó el chasquido en su garganta—. El 14 de agosto.

Un frío repentino cubrió sus mejillas. Su madre había retirado las manos de golpe. Dejó de oler su aliento. Pero decidió continuar.

—Una mujer... ha venido... tenía el pelo rojo. —Se sorbió los mocos y una agridulce mezcla de sabores bajó por su garganta—. Ha venido y... y me ha dicho su nombre... no me acuerdo... no me acuerdo de su nombre, mamá. Pero ha dicho lo mismo que la carta. —Contuvo un sollozo, dos lágrimas empezaron a formarse en las comisuras de sus ojos—. Ha dicho... la misma fecha. Y... y se ha ido corriendo. Mamá, me ha dicho el mismo día... ha repetido lo del catorce de agos...

La bofetada le hizo bajar la cara antes de poder terminar. De forma involuntaria, se encogió de hombros. El oído izquierdo empezó a pitarle. Tres surcos rojos que las uñas de Victoria habían marcado en su rostro tardarían aún un poco en resultar visibles.

Cuando abrió los ojos vio a su madre con la cara apoyada sobre su mano derecha. Nerviosa, lo miraba a él, al suelo y a algún otro lado. Tenía la boca cerrada con fuerza, los labios agrietados casi blancos. El sollozo que Leo había contenido se desbordó en su garganta. La mirada de Victoria se detuvo entonces en él sin que ella moviera un solo músculo. Lo observó durante algunos segundos que pudieron ser varios minutos.

—Una mujer, ¿eh? —explotó. Su voz sonó grave—. Una mujer pelirroja ha venido y te ha dicho lo mismo que la carta que escribiste. ¿Es eso lo que me estás diciendo? Es eso, ¿verdad? —Había bajado el tono pero seguía hablando más rápido de lo normal—. Estupendo. —Adornó el final de la frase con una palmada—. Pues vamos a buscarla, que no ha podido ir muy lejos. Porque supongo que esa mujer no puede volar, ¿no?

Lo pensó dos veces y añadió:

—¿O sí puede, cielo? Eres tú el que se lo está inventando todo, así que dime si esa mujer puede volar o no.

Victoria se incorporó con dificultad. Advirtió el agujero en la media y la herida en su rodilla al sacudirse el polvo, pero no le prestó atención. Tiró de los hombros de la camisa. Ajustó el talón de sus zapatos. Se recolocó las gafas de sol que habían bailado sobre su cabeza. Extendió la mano frente a Leo. Ante la pasividad del niño, que la miraba hacia arriba agazapado junto al neumático, lo agarró por una muñeca y tiró de él sin pararse a medir las fuerzas. Abrió la puerta del copiloto y le obligó a subir al coche. Cerró la puerta. Leo respiró el olor a cuero condensado en el interior. Victoria rodeó el coche por detrás y se puso al volante. Se quitó la chaqueta. La lanzó a los asientos traseros. Arrancó sin abrocharse el cinturón. Una nube de polvo se levantó tras ellos cuando aceleró.

—Venga, cielo, mira, búscala. —Victoria hizo algo con su mano izquierda, las ventanillas delanteras comenzaron a bajar automáticamente—. Dime dónde está.

Avanzaban por la calle de acceso al Aquatopia. Algunos coches rezagados aún acudían al evento.

—¿Dónde está esa mujer? —Victoria movía la cabeza de un lado a otro—. ¿Es aquella vieja? —La señaló con la barbilla—. Ah no, que ésa tiene el pelo blanco. Ésa no es. Buscamos una pelirroja. ¡Se busca una pelirroja! —gritó.

Victoria hundió el pie en el acelerador.

—Mamá, por favor —dijo Leo.

—Venga cielo, si yo te creo. —Sonreía con fuerza para remarcar la ironía en una mueca exagerada que asustó aún más a Leo—. Me creo todo lo que me dices. Por eso quiero ver a esa mujer, ¡dime dónde está esa mujer!

Respiró hondo para calmarse. Apenas susurró las siguientes palabras:

—Tu madre quiere hablar con ella.

Carlos Ferrero y Héctor Mirabal, que patrullaban en aquel soleado día de febrero las tranquilas calles de Arenas, vieron un BMW blanco entrar demasiado rápido en una rotonda.

—¿No va demasiado rápido? —dijo Carlos.

—Tampoco tanto —respondió Héctor, quien terminó de masticar algo y tragó—. Sale del Aqua. No le habrá gustado la foto de la nueva atracción.

Ambos rieron, deseando que el coche cogiera la carretera para salir del pueblo. Así podrían olvidarse del problema.

128

Hubo un tiempo en que Héctor pensó que perdería la capacidad de reír. Ahora aprovechaba cualquier oportunidad para hacerlo. Era un día demasiado bonito para estropearlo multando a algún visitante de la ciudad.

Victoria enfiló la carretera que salía del pueblo. Pisó aún más el pedal.

—¡Cielo, no te oigo decir nada! ¿Dónde demonios está esa mujer? —gritó aún más fuerte, para que su voz se oyera por encima del estruendo que producía el aire al circular por las ventanillas abiertas. Su pelo golpeaba con violencia el techo y el reposacabezas. Sus gafas de sol cayeron entre la puerta y el asiento. Su camisa inflada ondeaba descolocada sobre sus hombros.

Recorrieron tres o cuatro kilómetros. La aguja de la velocidad avanzó sesenta grados. El coche protestó con un molesto zumbido del motor. El volante empezó a temblar. Victoria no estaba atenta al cambio de marchas.

Y entonces, de pronto, frenó en seco sin mirar por el espejo retrovisor. Sonó como si relincharan varios caballos. Una marca negra de goma tardaría mucho tiempo en desaparecer del asfalto. Victoria desvió el coche y lo paró en el arcén, justo antes de llegar al cartel que les hubiera despedido de Arenas de la Despernada. El tiempo lo había maltratado haciendo legible sólo la parte superior de cada letra, como si en efecto esas letras estuvieran enterradas en arena.

Tenía ambas manos agarradas con fuerza a lo alto del volante. La mirada clavada en el asfalto. Victoria pidió a su hijo que se bajara del coche.

—¿Me vas a dejar aquí? —preguntó Leo.

—No me voy a ir —dijo, subiendo el volumen de voz—. ¿Qué tipo de madre te crees que soy? Pero necesito que bajes del coche. Ahora. —Pronunció la última palabra como si fueran dos.

La puerta no se cerró del todo cuando Leo salió en silencio. Victoria alargó el brazo y tiró de ella hacia dentro. Escondió la cara entre ambas manos.

Cubierto de polvo, Leo rompió a sudar en el arcén. Enseguida tuvo frío. Tres arañazos color carmesí se encendieron en su mejilla. De pie junto al coche, vio por la ventanilla cómo se sacudían los hombros de su madre.

11

Aarón

Lunes, 29 de mayo de 2000

En la ficha de plástico enganchada a la solapa de su camisa apenas podían leerse las últimas letras de la palabra «Canal», y de la inicial que algún día estuvo seguida de un punto apenas quedaba una serifa inferior de color rojo gastado.

—Llevo dos años queriendo renovar la mierda esta —se le adelantó Isaac cuando vio que Aarón escrutaba su identificación—. No sé ni para qué la llevo. Todo el mundo en esta fábrica sabe que aquí mando yo. Pero ¿cómo es esa chorrada de predicar con el ejemplo? Si no me la pongo yo, imagínate los *cucos* —dijo—. Oye, que no es fácil para mí sacar media hora libre. Te recomiendo que aproveches tu tiempo, chico. Sé medirlo bien.

Aarón hizo un rápido repaso a las muñecas de Canal.

—¿De verdad crees que tengo ganas de ponerme uno después de llevar treinta años fabricándolos?

Sobre la superficie de la mesa a la que ambos estaban sentados, colocada en una esquina de la nave industrial que Isaac Canal utilizaba como despacho, se distribuían de forma caótica un montón de papeles, tornillos de diferentes tamaños, marcos circulares y rectangulares, centenares de manecillas contenidas en una caja de alfileres y demás parafernalia relojera. Detrás de la nave se levantaba la fábrica de relojes.

Durante mucho tiempo fue la única construcción en aquella parte olvidada de la carretera. Pero tras la explosión urbanística de Arenas, numerosas industrias y empresas habían asentado centrales o delegaciones en torno a la fábrica, hasta convertir el lugar en uno de los más activos polígonos industriales de la zona noroeste de la comunidad.

—Le agradezco mucho… —empezó a decir Aarón.

—Ni gracias ni hostias. Hacía tiempo que nadie llamaba preguntando por mi padre. Ni por mi abuelo. Te recibo por eso, no por otra cosa. —Señaló más allá de Aarón—. Sólo la pared del fondo de esta fábrica pertenece técnicamente a Arenas, y eso es todo lo que quiero tener que ver con ese pueblo. Es feo ese sitio, ¿eh? —No era una pregunta—. Y aun así, doy trabajo a cincuenta de vosotros. Ya es más de lo que el pueblo ha hecho por mí. El director de Recursos Humanos es de allí y no hace más que colarme a su gente. —Dio un trago a una sustancia marrón, que podía ser café, contenida en un vaso de plástico blanco—. Un toque voy a tener que darle a ese tipo.

—A mí —Aarón carraspeó—, a mí me trajeron a la fábrica en tercero de EGB. Una excursión del colegio de Arenas. —Golpeó la mesa con el pie al querer cruzar una pierna sobre otra—. ¿La siguen haciendo?

—¡Qué va! —exclamó Isaac. Lo absurdo de la idea le hizo chasquear la lengua—. Eso era cosa de mi madre, que en paz descanse. Ella volvía a Arenas todas las semanas a visitar la tumba de mi padre. Después de todo lo que pasó, aún recordaba el pueblo con cariño. Una santa. Era vieja y le hacía ilusión ver a los críos de la escuela. Cuando murió, cancelé aquel circo. Mis tres hijos ya son más niños de los que quiero tener cerca. Si quieres te doy uno. —Aarón no supo qué responder—. Te lo regalo. —Ni siquiera sabía si debía responder—. Que sí, hombre. De verdad.

Durante unos segundos se quedaron en silencio. Aarón

desvió la mirada. Descubrió otra parte de la nave que parecía utilizarse como almacén de viejas máquinas.

—Esa parte dejó de servirnos —explicó Isaac—. Un día se cayó el techo —señaló hacia arriba con ambos pulgares— y mató a un tipo que llevaba dos días en la fábrica. —Golpeó la mesa con la palma abierta. Algunas manecillas se salieron de la caja de alfileres—. Con mujer y dos críos. Una jodida lástima. Para la esposa, claro; a mí me la sudó desde que resolví el papeleo. Los abogados, que para algo están. Ahora lo tengo todo montado en la nave de al lado. Y mucho mejor. Mira, un poco de distancia con los *cucos* no me viene mal.

Se recostó en el sofá e hizo una panorámica como si a través de sus ojos aquel mugriento y desordenado polvorín fuera un acogedor refugio de montaña.

—Les llamo así porque siempre quieren salir a su hora. Y los que más, los de Arenas. No sé, tendrán prisa por ir a bañarse al lago. ¿De verdad estáis tan orgullosos de esa charca?

De nuevo Aarón no supo qué responder. Finalmente, se echó hacia delante, la barbilla apoyada en ambos pulgares, los codos sobre la mesa. La cercanía de su nueva postura le permitió percibir el ácido olor a sudor que Isaac desprendía.

—Hace unas semanas dispararon a un amigo mío —dijo Aarón—. Fue en el mismo local donde a su padre y a su abuelo... donde...

—Donde los mataron. ¿Y qué más? —Dio un último trago al vaso de plástico y lo lanzó a la papelera, salpicándose la camisa—. Tres puntos —dijo.

—El atraco ocurrió en el mismo sitio, en el mismo local. Ahora es una gasolinera, de ésas con tienda. —Aarón se rascó el cuello, la barba empezaba a molestarle—. La lleva un americano que...

—Sé lo que es. Y sé lo que pasó —le interrumpió Isaac—. Te he dicho que aquí trabaja mucha de gente de Arenas. Ya les he oído hablar del tema. Lo de ese sitio es la hostia. Les sigue sorprendiendo, y siguen empeñados en olvidar. La maldición de los Canal, lo llamaron al principio. Supongo que dejarían de hacerlo cuando mataron al siguiente. Porque luego se zumbaron a otro tipo a balazos, lo sabes, ¿no?

—Lo sé, en los setenta. Y ahora a David, a mi amigo. —Se frotó los ojos con fuerza—. Aunque él no ha muerto. Está en coma, en el hospital universitario.

Aarón se detuvo a la espera de algunas palabras de condolencia. Isaac permaneció callado.

—Me parece raro que haya ocurrido cuatro veces lo mismo en un mismo lugar.

—Mira, chico, prefiero no pensarlo. Paso del tema. Lo de mi padre fue traumático. Fue una putada. Una gran putada. Mi madre vendió la tienda. Y nos fuimos de ese pueblo de mierda.

Se le encendió la cara al hablar de su madre. Aprovechó la sonrisa para extraer, con ayuda del dedo meñique, algún resto de comida de una muela. Observó el pequeño residuo oscuro adherido a uno de los lados de la uña. La chupó y el fragmento volvió a desaparecer en el interior de su boca. Continuó:

—Mi madre sí que le echó cojones. Empezó con esta fábrica. Había trabajado con mi padre en la tienda y se prometió a sí misma sacar adelante el negocio a pesar de todo. No sólo siguió con él, también lo hizo más grande.

Aarón miraba el trozo de comida que ahora se había quedado adherido entre dos dientes superiores. Se imaginó a Isaac comprando sal de frutas en su farmacia, la experiencia le decía que aquel hombre sufría de acidez estomacal.

—Los relojes, cuando haces uno, ya puedes hacer mil. Como con las tías del antro ese de la carretera. Tú ya me entiendes. —Esperó la confirmación de Aarón, quien asintió por obligación—. Mi abuelo hacía relojes de los buenos, con sus manos. Su alma les ponía a veces, pero yo ahora los fabrico en serie. La mayoría son para empresillas que luego les estampan su logo y los regalan a los curritos. Una baratija.

—Isaac —dijo Aaron, y pronunció su nombre como dibujando un punto y aparte que separara lo que iba a preguntar de todo lo anterior—, ¿cuánto tiempo pasó desde… —carraspeó por tercera vez— desde lo de su abuelo hasta lo de su padre?

—Cuarenta años, cuatro meses y quince días. Así de bien lo recuerdo. Mi madre lo repetía continuamente en sus oraciones. Todo el puto día. Ay Dios todopoderoso, decía la pobre, que sólo le diste a mi buen hombre cuarenta años, cuatro meses y quince días. Una santa, mi madre.

—No entiendo, ¿cómo que…?

—¿No entiendes qué, chico? Un día mataron a mi abuelo y, al cabo de todo ese tiempo después, a mi padre. —Con las manos firmes, golpeó y marcó primero un punto, y luego otro, sobre la mesa, con una distancia algo superior a la de sus hombros—. Y ese tiempo fue el que vivió mi padre. ¿No ves que él nació el mismo día que mataron a mi abuelo? —Cuando acabó de decir eso, se miró la mano que había apoyado en primer lugar.

—No tenía ni idea. Entonces, ¿su abuelo no llegó a conocer a su propio hijo?

—No.

Isaac respiró profundamente por la nariz y expulsó el aire por la boca. Aarón no quiso identificar el nuevo olor que detectó.

—Mi abuelo estaba en la tienda, atendiendo a unos clientes. Imagínate cómo sería el pueblo en 1909. —Hizo algún cálculo mental y prosiguió—: Es que hace casi cien años de eso, joder. No sé yo si tendrían ni farolas.

—Sí tenían, pusieron alumbrado eléctrico en el pueblo en 1905 —contestó Aarón.

Isaac abrió mucho los ojos.

—He estado leyendo algunas cosas —explicó Aarón.

—Mi familia estuvo siempre peleada con los dueños de un horno de pan, de esa época también. Discutiendo por ver cuál era el negocio más antiguo del pueblo. Y era la relojería de mi abuelo, me juego el cuello. —Isaac levantó una mano extendida y alzó la voz—. Arenas parecía el mejor lugar para abrir un negocio de relojes, ¿no crees?

Aarón captó enseguida el sentido de la frase al imaginar un reloj de arena.

—Había tres clientes —continuó Isaac—. Uno era un crío que se debió de llevar un susto de cojones. Si lo sabré yo. Alguien avisó a mi abuelo de que su mujer iba a dar a luz al décimo de sus hijos. Él se quedó a terminar de atender el negocio, uno ya no sale corriendo por el décimo hijo. —Aarón pensó que era un chiste, pero como Isaac no sonrió, permaneció impasible—. Entonces entró el cabrón que acabaría matándolo. Por lo que contaba mi familia, le amenazó con un cuchillo. La hoja era del tamaño de un brazo. Quería los relojes más valiosos. Tonto no era, no. Ya te digo que mi abuelo hacía relojes de los buenos, habría mucha pasta en aquella tienda. Mucha.

Isaac se echó hacia delante y preguntó:

—¿Qué pasa? ¿Ahora vas a apuntar lo que digo?

Aarón ni siquiera había terminado de sacar un cuaderno de su bolsa.

—¿Le molesta?

Aarón recordó el día de su conversación con Samuel Partida. Cómo, después de salir del Aquatopia, había regresado corriendo al coche y había anotado los datos del asesinato de Roberto con una caligrafía aún peor que la de los médicos, de los que tanto se quejaba al recibir algunas recetas. No le había resultado fácil escribir a la velocidad a la que pensaba su cabeza, presa de uno de esos accesos de pensamiento acelerado que no sabía controlar. Tampoco ayudó el hecho de

136

estar sentado frente al volante, golpeándose el codo contra la puerta a cada cambio de renglón.

Isaac se lo pensó unos segundos. Después negó con la cabeza.

—Le clavaron el cuchillo ahí mismo. Mi abuela se quedó esperando en casa. No fue mi abuelo el que llamó a la puerta dos horas después. Fue otro viejo del pueblo. Le comunicó a mi abuela la muerte de su marido antes incluso de que el niño, mi padre, llorara por primera vez. Así que no, mi abuelo no conoció a su hijo. Yo tuve más suerte. Al menos conocí al mío. Poco, pero lo suficiente para recordar su cara.

Isaac debió de darse cuenta de cómo había bajado el volumen de su voz hasta hacer creer a Aarón que el Isaac de las manchas en la camisa y las prisas no era más que una fachada tras la que se escondía un buen hombre endurecido por la vida.

Se incorporó de repente, recuperó el aplomo en sus palabras, trató de agarrar el cuaderno de Aarón, y dijo:

—Me dijiste que no eras periodista.

—Y no lo soy, no. Trabajo en una farmacia de Arenas. Es... —se mordió el interior de los labios— largo de explicar. Y usted sólo tiene media hora. Pero si quiere se lo cuento.

—Deja, chico, deja.

—¿Ha dicho que había tres clientes cuando atracaron a su abuelo?

—Sí, eso he dicho. Creo que eran tres.

—Cinco en total. Con el de la pistola y el abuelo. —Aarón repitió la información en un murmullo mientras apuntaba—. Uno de ellos un niño.

—Seguro que ahora me vendrás con que también quieres que te cuente lo de mi padre.

—Por favor.

—Entonces voy a necesitar otro café. Pero tu tiempo sigue siendo el mismo. Reza para que la máquina se porte bien.

Isaac se levantó impulsando la tripa hacia delante y arriba,

137

obligando al resto del cuerpo a seguirla. Caminó hasta la esquina opuesta de la estancia. Su silueta se recortó contra las partículas de polvo que brillaban azuzadas por los rayos de sol y que atravesaban la nave en diagonal desde las sucias y escasas ventanas superiores. Se subió los pantalones tirando de la hebilla del cinturón en dos ocasiones antes de llegar a la máquina, y una tercera en su camino de vuelta. El aparato se portó bien, pero el paso cansado de Canal alargó la espera de Aarón.

—No te he preguntado si querías. Pero ya te digo yo que no. No te lo recomiendo, es agua con mierda de rata. Me juego el cuello a que son estos cafés los que me dan acidez toda la noche. —Se frotó la barriga—. Veamos. —Expulsó el aire, apoyó ambas manos sobre la mesa, y se dejó caer sobre la silla—. La historia de cómo mataron a mi padre.

—Siento tener que hacerle recordar.

—Te he dicho que ni gracias ni hostias. Y sobre todo no me digas que lo sientes. A mi padre lo mató otro cabrón. El mundo está lleno de ésos, ¿verdad? Un ladrón de mierda que no supo ni hacer bien su trabajo. Muy caro lo tuvo que pagar. Nunca salió de la cárcel. Él mismo se lo buscó. Y yo me alegro. —Isaac tosió en varias sacudidas, la última de las cuales sonó ahogada en alguna mucosidad. Giró la cara sin ánimo de esconderla para escupir algo espeso en la misma papelera, sobre el vaso de plástico blanco—. No sé para qué he dejado el tabaco. Sólo estoy peor. —Pegó un trago largo a su segundo café, que bien podía ser el décimo—. El tipo se pudrió en la cárcel. Espero que su madre siguiera viva entonces, para que sufriera como sufrió la mía. Pobre mujer. Alguna vez le dijo a mi padre que le preocupaba que siguiera trabajando en la misma tienda donde había pasado lo de mi abuelo. Pero él siempre le respondía preguntando qué probabilidad había de que ocurriera lo mismo en el mismo lugar. Y ya vamos por cuatro muertos, ¿no?

138

—Mi amigo no está muerto, aún sigue…

—Pensé que habías dicho que era tu hermano. Cuatro veces ya. Como los puntos negros de las carreteras, la hostia de gente cascando en el mismo sitio. Joder. Hace que a uno se le pongan los pelos de punta. —Pasó la palma de una mano por su brazo derecho. El vello quedó adherido a la piel por el sudor en un efecto opuesto al que el hombre describía—. Mi madre se lo avisó —continuó—, pero en los años cuarenta todavía no se hacía caso a la parienta. Bueno, qué coño estoy diciendo, si yo tampoco le hago caso a la mía.

—Tenía entendido que esto ocurrió en 1950 —le corrigió Aarón.

—El 29 de enero de 1950 pertenece más a los cuarenta que a los cincuenta, chico. Hace falta más de un mes para que la gente se sacuda de encima el peso de diez años. Te digo que mi madre tenía miedo. Pero vivíamos felices en Arenas. Hasta aquel día de invierno.

Pensativo, tamborileó con los dedos sobre la mesa.

—Mi padre atendía el negocio siguiendo los valores que habían hecho famosos a los Canal en todo el pueblo desde hacía años. Dedicación y amabilidad absoluta. Vendía los relojes, pero también los arreglaba. Aún le recuerdo, encorvado sobre su mesa de trabajo muchas noches. Y yo a su lado. Me gustaba estar con él en la tienda. Recuerdo el olor a madera y esmalte. —Aarón aspiró inconscientemente, como si pudiera percibir los aromas de los que hablaba Isaac, para encontrarse de nuevo con la desagradable esencia del propio Isaac—. Me gustaba estar en la tienda, pero me cansaba mucho antes que él. El tiempo es lo más importante que tiene la gente, solía decirme. Luego volvía a concentrarse en el trabajo, en el reloj de algún vecino.

Esta vez Isaac no se dio cuenta de que su entonación y su ritmo habían descendido de nuevo. Su rostro incluso parecía más redondo. Aarón observó con detenimiento al hombre

139

sin disfraces que antes vislumbró durante unos segundos. Continuó escribiendo sin decir nada.

—Aquella noche ya había cerrado. Quedaban dos personas en la tienda, pero mi padre había apagado la luz del escaparate. Arenas tendría ya una decena de tiendas. Un hombre golpeó el cristal y le enseñó a mi padre un reloj. Un Perrelet clásico. Joder, como para no abrir la puerta ante eso. —Se rió, y Aarón hizo lo mismo sin entender a costa de qué—. Una vez dentro, mientras él volvía de detrás del mostrador, el maleante agarró a uno de los hombres que estaban en la tienda, un pastor, amigo de mi padre, y amenazó con volarle la cabeza con el revólver que se sacó de alguna parte en un segundo. Eso sí lo hizo bien el cabrón, como en las películas. —Isaac levantó un brazo y extendió los dedos imitando un arma—. El pastor no abrió la boca. El otro hombre, más ancho que un armario, trabajaba en la frutería o algo así, no sé, levantó las manos como una niña. Mi padre le ofreció al caco todo el dinero que tenía. Era mucha pasta, casi la de toda una semana. El ladrón le dijo que lo metiera en una bolsa con todos los relojes que pudiera. Él obedeció. El de la pistola soltó entonces al pastor, lo empujó contra mi padre y el frutero, o lo que fuera, detrás del mostrador, y trató de escapar. Todo podría haber acabado ahí, ojalá hubiera sido así. Pero las cosas se torcieron. En algún momento después de dejar pasar al ladrón a la tienda, mi padre había echado la llave, lo hacía a veces por las noches. Ya sabes, con mi madre siempre diciéndole que aquél era un lugar peligroso...

Isaac hablaba con la mirada desenfocada, como si en algún lugar detrás de Aarón se estuvieran proyectando las imágenes de lo ocurrido.

—El de la pistola pegó un par de patadas a la puerta antes de perder los nervios y gritar a mi padre para acojonarle. Mi padre se echó las manos a los bolsillos, buscando la llave. La tenía en un llavero junto con otro montón. Cuando consi-

140

guió sacarlo, el otro se lo arrancó de las manos. Mi padre estaba temblando. Los dos estaban temblando.

Dejó de tamborilear y apretó el puño.

—El cabrón le apuntaba con la pistola y le gritaba. Que no jugara con él, que se había pasado de listo, y todo eso. No dejó de chillar mientras probaba cada una de las llaves del jodido llavero. Entonces apareció por allí la Guardia Civil. Ni siquiera estaban allí por el robo, no tenían ni puta idea, claro. Pero pasaron por la calle y mi padre gritó. Ése fue su error. El ladrón, acorralado, empezó a insultar a mi padre. Al final de alguno de esos insultos fue cuando disparó. Le dio en un ojo. Se lo cargó ahí mismo, encerrado, con los oficiales de la Guardia Civil al otro lado y el montón de llaves en el suelo. Y se quedó encerrado para siempre. De la tienda a la cárcel, hasta que se murió, creo que lo mataron también. Sólo deseo que su madre siguiera viva entonces.

Durante unos segundos, se asomó al rostro de Isaac el gesto duro de antes. Aarón temió que se diera cuenta de que había pasado ya la media hora. Para su sorpresa, Canal se recostó aún más en la silla y prosiguió su relato.

—El segundo miembro de la familia Canal que mataban en el mismo sitio. La gente de Arenas comenzó a hablar de la maldición de los Canal, y mi madre vendió el establecimiento. Estuvo cerrado mucho tiempo, hasta que alguien lo compró para abrir la gasolinera. Antes que el americano. Para mí, Arenas dejó de existir. La maldición de los Canal, decían. La maldición de Arenas, la llamaría yo.

—¿Sólo había dos personas aparte de su padre en la tienda? ¿El pastor y el frutero? ¿Sólo eran cuatro?

Sentado con la libreta en la mano, Aarón se sintió ridículo. Tan irreconocible para sí mismo que hubiera deseado poder desaparecer en aquel mismo momento. Se imaginó afeitándose. Rompiendo los periódicos, las fotocopias y los recortes para dejar de buscar paralelismos e hilvanar teorías

141

que al final acababan siendo estúpidas. Como la teoría de que siempre había cinco personas en aquella escena mortal que se representaba en el mismo sitio con una frecuencia impredecible. Una de ellas un niño. Isaac Canal acababa de dejar claro que en 1950 habían sido sólo cuatro los actores. Ninguno de ellos un niño. Adiós a la estupidez del número cinco.

—No he dicho que fuéramos cuatro. Yo vi cómo mataban a mi padre.

El rostro de Aarón empalideció de golpe. Abrió la boca y tuvo que hacer un esfuerzo enorme para no tartamudear.

—¿Quiere decir que… usted estaba ahí?

—Sería difícil recordarlo con tanto detalle si no. Estaba sentado en el lado opuesto de la tienda, me quedé detrás del de la pistola cuando entró. Mi padre me guiñó un ojo junto a la caja. Tenía la situación controlada.

Isaac bajó la cabeza. Miró los círculos que dibujaba con un dedo sobre la mesa.

—Pero bueno, es una gilipollez seguir dándole vueltas. —Parpadeó con fuerza, casi como quien despierta—. Y al final me has sacado mucho más de media hora. Sé medir bien el tiempo, no creas que no me he dado cuenta.

Volvió a levantarse guiado por su tripa. La silla crujió, como si suspirara aliviada.

—Me voy a ver a los *cucos*. Que la gente de Arenas no es de fiar. ¿Ninguno de aquellos dos tíos pudo hacer algo para reducir al asesino? No sabes lo grande que era el frutero aquel. En fin. Tú también te vas. Ya sabes dónde está la puerta —dijo, volviendo a ser el Canal de siempre, aunque el verdadero se las apañaba para demostrar que también existía—. Verás como tu hermano se pone bien.

—Sólo una cosa. La última —dijo Aarón. Tras levantarse, se quedó con la mano en el aire cuando Isaac no se la estrechó—. ¿Qué edad tenía usted entonces?

—Nueve. Nueve años, tres meses y dos días. De mi padre

aprendí a hacer relojes. Pero de mi madre aprendí algo mucho más importante: a contar y valorar el tiempo —dijo.

Se alejó sin volver a mirar a Aarón.

—Chico —gritó Isaac en algún momento—, tu pueblo apesta.

12

Andrea

Viernes, 27 de febrero de 2009

Andrea se quitó la camiseta. Se desabrochó el sujetador. Notó que el frescor aliviaba el pliegue inferior de sus pechos y las axilas. Si hubiera conducido un poco más, habría encontrado un hostal mejor en donde parar, incluso podría haber llegado hasta Arenas; pero la necesidad de un baño y una cama había agotado su paciencia. Además, prefería no pasar la noche en el pueblo. Estiró la espalda y el cuello. Dibujó una mueca de dolor cuando los oyó crujir. Eso era lo que se conseguía al conducir ocho horas seguidas sin apenas descanso. Con el sujetador en la mano y los brazos extendidos, se dejó caer de espaldas sobre una cama blanda cuyas sábanas sabía que no abriría. Entonces su teléfono móvil comenzó a sonar.

Miró la pantalla y suspiró al leer el nombre de Emilio.

—¿Te vas de casa y sólo me dejas una nota? —dijo él—. Dime por lo menos que no me has abandonado para siempre. —La voz de Emilio sonaba entrecortada, pero Andrea intuyó el tono bromista en las palabras de su marido—. Te dejaste el desayuno en la mesa y la radio encendida.

—Ya, perdona por haberme ido así. Pero llamó mi madre esta mañana —mintió—, para preguntarme cuándo podía ir a vernos. Y decidí darle una sorpresa. Creo que es justo que vaya yo a verla a Arenas alguna vez, ¿no? Siempre la hago venir a ella. Y ya sabes lo poco que le gusta estar en la misma ciudad que mi padre.

—Haces bien, Andrea. —Ella le había prohibido que la llamara Drea desde la primera vez que lo intentó—. Ya era hora de que regresaras. Antes o después ibas a tener que volver.

Andrea odiaba a Emilio cuando era tan comprensivo. Su reacción ante cualquier situación era siempre la misma pose de normalidad y entendimiento. Sintió ganas de gritarle que en realidad su madre ni siquiera sabía que iba. Pero entonces pensó en que aquel hombre, al que conoció en una entrevista para un estudio español de arquitectos en Toulouse (optaban ambos al mismo empleo, que al final obtuvo él), había sido el único rayo de luz en la agónica oscuridad que se cernió sobre su vida durante los dos años posteriores a lo de Aarón. Un hombre, Emilio, que nunca le hizo sentir en la cama, ni compartiendo una copa de vino, lo que Aarón era capaz de conseguir con un sencillo movimiento de su labio inferior. Pero también un hombre que le había salvado la vida cuando ella huyó de Arenas para refugiarse en casa de su padre en Francia. Su progenitor la acogió como si continuara siendo la niña de siete años a quien dejó agarrada a la jamba de la puerta un día, llorando en el porche mientras su madre intentaba disuadirla con un vaso de refresco y ella veía cómo su padre se marchaba de casa, sin entender por qué mamá era incapaz de perdonar a papá.

—Gracias por ser tan comprensivo —se contradijo Andrea, como solía hacer cuando se daba cuenta de que siempre estaría en deuda con Emilio, el hombre cuya corrección a veces la exasperaba.

—Pero ¿tenías que ir en coche? Son casi ochocientos kilómetros. Si hubieras cogido un vuelo por la tarde, ya habrías llegado.

Andrea no supo qué responder. Ni cómo explicarle que le había aterrado la llegada del año 2009. Y que una mañana cualquiera de ese año que un día tuvo que empezar, justo en el momento en que daba el primer mordisco a una tostada mientras la radio pronosticaba frío para el fin de semana, tuvo que levantarse, coger el coche y conducir hacia Arenas. Sólo que no era una mañana cualquiera, porque al día siguiente era el último sábado de febrero. Y Andrea sabía que todos los niños del pueblo estarían en el Aquatopia. Notó un sabor amargo en la boca.

—Quería volver como me fui. Por tierra —improvisó, tumbada boca arriba sobre la cama. Alejó el teléfono de su cara extendiendo el brazo en toda su longitud, como si el aparato pudiera quemarle el rostro.

—Estupendo entonces. —Escuchó la voz metálica de Emilio a lo lejos.

Andrea sintió ganas de vomitar.

—Hablamos mañana. Estoy deseando darme una ducha —consiguió decir.

Ahora que estaba tan cerca de Arenas, hacía un esfuerzo brutal por acallar la avalancha de recuerdos que martilleaban su frente casi como algo físico. No iba a poder decir ni una sola palabra más.

—Está bien, pero conduce con cuidado —aconsejó él—, y llámame cuando llegues. Te quiero.

Emilio colgó sin esperar respuesta. Por eso no oyó el gemido que surgió en el estómago de Andrea, que sonó como el de las tenistas femeninas al golpear la bola.

Cuando Andrea despertó a la mañana siguiente, fue incapaz de recordar si había dormido o no. Salió del hotel, a la soleada mañana de sábado, sin siquiera mirarse al espejo, y subió al coche. Agarró el volante con fuerza. Pegó la nariz a su hombro izquierdo y se olió. Al final no se había duchado. «Pues quítate la camiseta, me gustaría verte conducir en sujetador», imaginó en la voz de Aarón. Emilio no decía ese tipo de cosas. El pobre Emilio.

Andrea arrancó el coche.

Menos de una hora después, a su izquierda apareció la antigua fábrica de relojes Canal. Las líneas recién pintadas de la carretera ya le habían hecho entender que nueve años era tiempo suficiente para sentirse como una extraña en el pueblo que fue su hogar, pero fueron el montón de letras rotas colgando del letrero de la fábrica las que revivieron los últimos recuerdos que guardaba de Arenas. Recuerdos abismales que relampaguearon en su mente, y que a punto estuvieron, hacía tanto tiempo, de borrar todos los años de felicidad vividos en aquel pueblo. Días sin apetito ni ganas de vivir que la hicieron salir huyendo de Arenas antes de que los últimos acontecimientos terminaran por pudrir todo lo que de ella tuvo alguna vez que ver con el pueblo.

Ven al agua.

Pisó con fuerza el acelerador para no dejarse escapar, incapaz de recordar ahora ninguna de las razones que de forma tan poderosa la habían empujado la mañana anterior a dejar el desayuno sobre la mesa, escribir una nota a Emilio y echarse a la carretera dejando la radio encendida.

Justo después de la fábrica apareció, esta vez a la derecha, el cartel que anunciaba la entrada a Arenas de la Despernada. La presión del pie sobre el acelerador disminuyó de forma inconsciente. Andrea bajó las ventanillas. Disfrutó del repentino golpe de aire frío. Necesitaba distraer su pensamiento con sensaciones físicas. *Estás hablando como las adolescentes que se hacen cortes en los antebrazos*, pensó. Y necesitó también repetirse por qué estaba ahí.

—Vas a buscar a ese niño. Le vas a decir lo que Aarón quería decirle. Y te vas a ir. No quieres saber más —dijo.

Necesitaba escucharse para hacerlo real—. Lo haces por Aarón. Y por ti. Porque si no, te ibas a volver loca si de verdad pasaba algo. Que no va a pasar.

El coche que iba delante frenó en seco. Andrea tuvo que hacer lo mismo. Casi golpeó el volante con la cabeza, el pelo se le echó sobre la cara. Hacía años que había dejado de oler a manzanilla. La fila de coches llegaba hasta ese punto de la carretera, casi quinientos metros antes de la salida que llevaba hasta el parque acuático.

—Todo el mundo estará en el Aqua —se convenció—. Todo el pueblo.

Como ocurría año tras año durante la presentación de la nueva atracción para la temporada de verano. Como Andrea había esperado que ocurriera. Todo el mundo asistía al evento.

—Estará allí —dijo en un suspiro.

Miró desde el coche a ambos lados del pueblo, evocando con cada parpadeo recuerdos e imágenes de cualquier rincón sobre el que posara la mirada. Al fondo, a lo lejos, descubrió la silueta de varias urbanizaciones nuevas que estaban proyectadas cuando se marchó. Antes de poder evitarlo, pues de verdad quería evitarlo, giró el cuello y sus ojos se detuvieron en el edificio de tres alturas donde había estado el apartamento de Aarón. Sólo pensar en él, en la última vez que abrió la puerta de aquella casa, la hizo marearse.

La salida hacia el parque llegó por fin. Pero Andrea la dejó a su derecha y aceleró con fuerza. Tenía que hacer algo antes.

El Hospital Universitario de Arenas la recibió con el golpe de olores a desinfectante y medicamento. No había nadie esperando para ser atendido en la recepción. Caminó por los asépticos suelos de mármol. Al fondo vio a un anciano renquear flanqueado por dos hombres vestidos de verde. Se dirigió al mostrador. Tras él encontró a un hombre, el rostro todo pómulos, con el pelo rapado para disimular la calvicie y las orejas demasiado perpendiculares a la cara.

—Buenos días, ¿en qué puedo ayudarla? —preguntó tras colgar el teléfono para cortar una conversación que a Andrea le pareció personal, por el modo en que enredaba con los dedos el cable en espiral del aparato. La miró de arriba abajo y se corrigió—: ¿En qué puedo ayudarte?

Andrea dudó si le había mirado o no el escote. Avergonzada, apoyó el codo derecho en la mano izquierda y se acarició el cuello con fuerza. Permaneció callada sin saber qué decir. Se había presentado en el hospital sin ninguna historia preparada. Sin excusa ni coartada para dar sentido a la pregunta que iba a hacer.

—Hola... —seguía pellizcándose la piel del cuello y deseó llevar algún collar para retorcerlo entre los dedos—, quería saber... —desvió la mirada para no ver la cara de incredulidad que se dibujaría en el rostro de aquel hombre—, necesitaría...

Entonces alzó los ojos y los dirigió directamente a los de él.

—¿Usted me podría decir si nació un niño en este hospital un día determinado? —soltó, sin más.

Y supo que había metido la pata. Que las ocho horas de conducción y de duelo con la cordura quedaban reducidas a esa pregunta estúpida.

—Y tú, ¿qué me darías a cambio? —replicó el recepcionista. Se humedeció el labio inferior con la lengua y se echó hacia delante—. Y no me hables de usted. —Volvió a su posición original—. Llevo diez años en esta recepción y, créeme, he visto de todo. Una vez un tío me agarró del cuello y casi llegó a pegarme. Pero eso no me convierte en alguien respetable.

Miró a los lados, se colocó una mano junto a la boca y susurró:

—Hasta mi título de administrativo es falso. —Rubricó la frase con un guiño del ojo izquierdo.

Andrea respondió con una sonrisa nerviosa.

—Sobre lo que me pides —continuó hablando el hombre—, no sé si puedo hacerlo. —Hizo una pausa larga que Andrea consideró teatral—. Pero ¿sabes qué? Que tardaría más en llamar al supervisor, eso si está y no se ha ido a lo del parque acuático de Arenas, pedir un permiso formal, hacerte firmar algún papel, porque algo habría que firmar seguro...

Gesticulaba haciendo girar su mano derecha sin parar, y Andrea comprendió lo equivocada que había estado al pensar que aquel tipo pretendía ligar con ella.

—Entiendes lo que quiero decir, ¿verdad? Va a ser mucho más fácil y rápido para todos que me cuentes qué es eso que quieres saber, y que yo te lo diga si me aparece en los archivos. Luego tú te callarás, y yo me callaré también. El crimen perfecto. —Tras pensarlo unos segundos, añadió—: Si te parece, me enseñas alguna identificación, para que parezca oficial, y lo dejamos así. —Alzó ambos hombros a la vez, ladeando la cabeza—. ¿Eres de aquí, de Arenas?

—Sí. Fui profesora en la universidad algunos años, ahora vivo lejos —respondió mientras le mostraba el carné de conducir.

—¿De Arenas? Entonces me dejas más tranquilo. Aquí somos todos muy majos. —Sonrió y ojeó el carné—. Vaya, te quedaba bien el pelo rubio. —Pasó el dedo índice sobre su nombre—. Andrea. Y ahora que todo queda en familia, dime, ¿qué es eso que necesitas saber?

—Verás —dijo ella, bajando el volumen de voz sin darse cuenta—, quiero comprobar si nació aquí un niño el 12 de mayo del año 2000.

—No me lo digas: no estás segura de cuándo debes hacerle el regalo al hijo de alguna amiga. A mí también me pasa.

150

Olvido las fechas con facilidad. Por suerte, mis amigos no son de tener hijos, así que sólo olvido las de ellos.

Mientras el hombre hablaba, tecleó una palabra corta en el ordenador que había bajo el mostrador. Andrea observó cómo Miguel, según rezaba la ficha enganchada al bolsillo de su bata blanca, miraba diferentes zonas de la pantalla presionando el botón izquierdo de su ratón a intervalos en apariencia caprichosos.

—Año 2000... —murmuró—, mes de mayo... —Hizo un ruido con los labios—. No, no hay nada —resolvió finalmente.

Andrea apoyó la frente sobre el brazo que tenía extendido hacia el mostrador. Disimuló frotándosela contra el hombro como si se secara el sudor. Miguel mantuvo la mirada fija en la pantalla. Algo cambió en las arrugas de su frente.

—De hecho —su voz sonó más grave ahora, además de hablar más despacio—, no hubo ningún nacimiento en el pueblo hasta el... —Su frente se alisó por completo, sus ojos delataron un descubrimiento.

Miguel recordó al hombre del derrame en el ojo. La única agresión que había sufrido. Alzó la vista y fulminó a Andrea con una mirada en la que no quedaba ni rastro de amabilidad.

—Ahora voy a pedirle que se marche —dijo.

Andrea abandonó el hospital sin entender. Aarón se equivocó en todo, pensó mientras golpeaba la puerta automática con el brazo.

Dentro, Miguel dirigió la mirada a su pantalla. En verde limón sobre verde oscuro destacaban los resultados de la búsqueda que acababa de realizar a petición de la extraña. Justo antes de relacionar la pregunta con el hombre del derrame en el ojo. La misma fecha y la misma pregunta. La misma pregunta y la misma inquietud. La sincera preocupación en la mirada. Eran los datos del único bebé nacido en el Hospital Universitario de Arenas entre los meses de mayo y junio del año 2000. Miguel quiso apartar su mirada del cursor y del nombre sobre el que parpadeaba: Leonardo Cruz. Recordó la historia que le había contado aquel loco. Había hablado de agosto de 2009. Agosto de ese mismo año.

¿Qué podía perder? Nada. ¿Y qué podía ganar? La vida de un niño.

Sin pensarlo demasiado, abrió el procesador de textos del ordenador. Empezó a escribir. Enseguida la idea le pareció absurda. Dejó una frase a la mitad. Aun así, pulsó la opción de imprimir. Leyó el texto inacabado. Negó con la cabeza. Deseó tirar aquel papel a la basura. En su lugar, buscó un sobre en los cajones del mostrador. Encontró uno blanco y alargado. Sin ningún logotipo ni distintivo del hospital. En el procesador de textos escribió ahora el nombre de Leonardo Cruz. Colocó el sobre en la impresora. Casi al final de la impresión, el sobre se quedó atascado. Miguel tiró de él. Una esquina se rompió y quedó atrapada en los rodillos del aparato. Miguel volvió a mirar al cursor en la pantalla. Parpadeaba en verde limón sobre verde oscuro junto al inicio del domicilio de los Cruz.

Entonces Miguel sintió que aquella idea era realmente absurda. Metió la hoja en el sobre sin esquina, y lo apiló en el montón de cosas por archivar.

Media hora después, Andrea aparcaba el coche en el Aquatopia, en diagonal, siguiendo las líneas del suelo, apenas visibles.

—¿Qué estoy haciendo? —preguntó al coche vacío—. Esto no tiene ningún sentido. Te equivocaste en todo…

Apagó la calefacción, salió del vehículo y cerró la portezuela. Notó el frío en las mejillas. Caminó hacia la cola de entrada entre la gente que abarrotaba el parque. Anduvo de un lado a otro. Cambió de dirección varias veces para evitar encontrarse con rostros que le resultaron familiares. Huyó de una cámara y una chica con un micrófono. Observó sin embargo a los críos que revoloteaban a su alrededor. Buscó entre ellos alguna vibración. Chocó con uno y trató de verle la cara. Después recorrió la cola y llegó hasta la puerta de entrada. Entonces decidió que ya era suficiente. Regresó al coche.

—Pero ¿qué estoy haciendo? —repitió, más al volante que a ella misma.

Las lágrimas resbalaron por sus mejillas. Desde las arrugas que tanto se le habían marcado alrededor de los ojos en los últimos años, hasta las comisuras de unos labios que nunca habían vuelto a sonreír como antes.

Justo cuando comenzaba a reconocer el sabor salado de la tristeza en la garganta, escuchó los pasos acelerados de un niño que llegó corriendo hasta el BMW aparcado detrás. A través del espejo retrovisor, lo vio sentarse junto a la rueda delantera y taparse la cara con una toalla roja que llevaba colgada al cuello.

Andrea salió del coche, no le importó dejar las llaves puestas ni el bolso en el asiento del copiloto. Se acercó al niño cubierto de sudor frío y polvo que miraba al suelo del aparcamiento. Flexionó las rodillas, apoyó ambas manos sobre ellas y se echó el pelo a un lado por detrás de la nuca.

—¿Hola? —dijo. La voz le tembló al preguntar.

El niño mantuvo la cabeza agachada. Andrea esperó unos segundos. Luego, alargó el brazo y acercó su mano al hombro del crío. Una chispa de electricidad estática estalló al tocarle.

El corazón de Andrea se aceleró.

Lentamente, se arrodilló frente a él. Se sorprendió al descubrir cómo le temblaba la mano cuando la alzó en dirección a su barbilla. Agarró el mentón del niño y le invitó a levantar el rostro.

—¿Estás aquí solo? —preguntó Andrea—. ¿No estás con tu madre?

—Yo no tengo madre —respondió el niño.

Y entonces levantó la cara con fuerza y miró a Andrea.

El niño frunció el ceño, manteniendo un ojo más abierto que el otro. El gesto resultó inconfundible.

Un escalofrío que hacía mucho que no sentía recorrió el cuerpo de Andrea.

El niño también lo sintió. Como una descarga. Durante un instante le invadió una oleada de bienestar. Enseguida se transformó en intranquilidad.

De improviso, el niño empezó a temblar y a negar con la cabeza. Con ambas manos, se tapó las orejas.

—¿Por qué estás asustado? —preguntó Andrea.

El niño agitó las piernas levantando una nube de polvo que los envolvió. Miró a Andrea a los ojos.

—Un momento —dijo ella. Un sudor helado la cubrió de repente—. ¿Tú ya sabes algo del 14 de agosto?

Tosió antes de poder continuar. El niño siguió pataleando. Andrea apoyó las rodillas sobre sus tobillos para contenerlo.

—Dime si ya lo sabes —ordenó. El polvo le raspaba la garganta.

—La carta... —gimió Leo—. Lo sé... el 14 de agosto.

—Pero eso es imposible. ¿Cómo...?

Andrea vio a lo lejos una figura acercarse hacia ellos. Supo en ese momento lo que debía hacer. El niño estaba informado de la fecha. Eso era lo único que ella quería saber. Y ya lo sabía.

Andrea se levantó, se metió en el coche y aceleró. Escapó de Arenas por segunda vez.

—¡No me vas a llevar contigo! —gritó al coche.

Pero poco después, mientras conducía, su pie derecho escapó de su control. Y pisó el freno. La obligó a salir de la calle principal del pueblo girando a la derecha. Detuvo el coche.

No podía huir otra vez.

Ni enfrentarse sola a todo esto.

Permaneció en silencio varios minutos, hasta que el ruido de un vehículo que iba demasiado rápido la hizo reaccionar. Andrea lo vio pasar como algo borroso, y maniobró con movimientos exagerados. Le costó meter correctamente la marcha atrás. Regresó a la calle principal y retrocedió en dirección al pueblo. En el retrovisor se hacía cada vez más pequeño el cartel que la hubiera despedido de Arenas de la Despernada. Junto a él, creyó distinguir la silueta de un coche parado y a alguien en el arcén.

Andrea llegó a conducir con los ojos cerrados algunos metros, empeñada en no ver ciertos lugares del pueblo. Cuando al final del camino comenzó a aparecer la silueta de la casa que buscaba, tuvo que respirar hondo.

Detuvo el coche al pie de las escaleras que conducían al porche. Las subió mientras se recogía el pelo. Se lo había teñido de rojo para distanciarse aún más de la Andrea que dejó de existir. Se frotó la cara con ambas manos, como si eso la ayudara a despertar.

Tocó el timbre.

Cuando la mujer mayor de ojos azules abrió la puerta, en su rostro se reflejaron nueve años de preguntas sin respuestas. Andrea no pudo decir nada. Tan sólo dejó escapar el llanto, y la abrazó.

—Tenía ganas de volver a verte —dijo la mujer mayor de ojos azules—. Y él también.

13

Aarón

Martes, 30 de mayo de 2000

Cuando volvió a coger la taza blanca que Andrea y él habían comprado en Ikea, una oscura marca circular quedó impresa en una de las fotocopias del diario que le había enviado Samuel Partida. Nunca uno de esos accesos de pensamiento acelerado había durado tanto tiempo, hasta el punto de agotarle, e iba a necesitar una buena dosis de cafeína para tratar de plasmar en papel aquel montón de cabos sueltos.

Sentado a la mesa del salón de su piso, Aarón separó cuatro folios de la pila que tenía en el cajón a su derecha. Dio un sorbo al café ya frío, los colocó de forma apaisada, y encabezó cada uno de ellos con cada una de las fechas en que se habían producido los cuatro atracos:

14 de septiembre de 1909

29 de enero de 1950

3 de febrero de 1971

12 de mayo de 2000

El último, hacía exactamente dieciocho días. Subrayó los años e hizo un recuadro a su lado, indicando si se trataba de la relojería, la gasolinera antigua o la tienda del americano. Al lado del ordenador portátil, con los bordes ya gastados por el uso, estaba el cuaderno en donde había apuntado las conversaciones con Samuel Partida e Isaac Canal. También tenía el periódico que Andrea pidió prestado al portero y nunca devolvió, y las fotocopias del diario de Samuel. Al principio creyó que sería posible conseguir también algún recorte de 1950 o incluso de 1909. Se había imaginado que la biblioteca del pueblo dispondría de una hemeroteca donde los periódicos de cien años atrás se podrían pasar página a página en una pantalla, pero la cara que puso Gloria mientras agarraba sus gafas por una de las patillas para apoyarlas en la punta de su nariz, y la sonrisa nasal que se le escapó instándole a mirar a su alrededor, a las viejas estanterías entre las que ella pasaba ocho horas cada día, le dejaron las cosas claras.

—Si hay algo que encontrar, esto es lo que tengo —dijo.

Extendió los cuatro folios sobre la mesa, como si fueran las piezas de un puzzle para el que no tenía imagen de referencia. Porque quizá ni siquiera existiera. Ver las cuatro fechas, y cada hoja en blanco representando cada una de las escenas que tantas veces había imaginado en las últimas semanas, fue como asomarse a sus propios pensamientos.

Dibujó cinco círculos en cada una de las hojas.

—Son las personas —dijo en voz alta.

Hugo del Castillo, pegado al flexo de su habitación al otro lado de la calle, vio mover los labios a aquel desconocido sentado a una mesa llena de papeles, y le reconfortó constatar que no era el único que estaba estudiando para los exámenes finales en aquella madrugada de martes.

Aarón dibujó el vigésimo círculo. Miró de nuevo el conjunto de papeles. Como si resultara absurdo no haberlo hecho desde el principio, trazó una línea en cada hoja que separara uno de los círculos de los cuatro restantes.

—Y el mostrador —dijo al terminar.

Una imagen de su infancia, tirado sobre la moqueta del cuarto y uniendo los puntos en el orden que indicaban los números de sus cuadernos de dibujo, apareció en el lugar inexistente donde se proyectan los recuerdos.

Une los puntos, Aarón.

Buscó en el cuaderno. Escudriñó entre su acelerada caligrafía y arrancó siete de sus hojas. Cogió el folio que había encabezado con la fecha de 1909, y se dispuso a escribir en él. Sabía que el muerto de aquel año había sido el abuelo de Isaac Canal. Escribió su nombre dentro de uno de los círculos, el del lado del mostrador. Para diferenciarlo del resto de los familiares —el hijo y el nieto— que se llamaban igual, lo acompañó de un «I» romano. Debajo, anotó la palabra «Víctima». Volvió a mirar las hojas del cuaderno. Leyó en diagonal, como se leen las cosas que ya se han leído, y regresó al papel que representaba la escena para escribir la palabra «Niño» dentro de otro de los círculos. *Un crío que se debió de llevar un susto de cojones,* recordó con el eco de la fábrica de relojes. Debajo de otro de los círculos puso la palabra «Asesino». A falta de más información sobre las otras dos personas, simplemente las etiquetó como «Testigo 1» y «Testigo 2». Revisó los apuntes de la conversación con Isaac Canal, confirmó que no había nada más referente a aquel primer atraco, y colocó de nuevo la hoja en su posición original.

¿De qué te sirve esto?, pensó.

—No lo sé —se respondió en voz alta.

Agarró el papel encabezado con la fecha de 1950. Rellenó los círculos de la misma forma. Escribió «Isaac Canal II» en uno de ellos, el del mostrador otra vez, y debajo, la palabra «Víctima». «A mi padre lo mató otro cabrón», había dicho. También volvió a escribir «Niño» en el segundo, añadiendo

158

además el nombre correspondiente, y «Asesino» en el tercero. Esta vez, a los dos restantes no se limitó a numerarlos como testigos, sino que pudo ser más conciso; Canal había dado más detalles. «Testigo pastor» y «Testigo frutero» fueron sus descripciones. Aarón revisó los apuntes de nuevo y pudo completar la escena. Junto al nombre del muerto, «Isaac Canal II», escribió su edad, «Cuarenta años». Pensó en aquella mujer que se había lamentado hasta la muerte contando al detalle los meses y días que había vivido su marido. También sabía la edad del niño, al que había nombrado como «Isaac Canal III». Tenía nueve años. «Yo vi cómo mataban a mi padre», habían sido sus palabras. Le costó imaginarse de niño a aquel tipo que tanto odiaba Arenas. Aarón encontró el lugar donde había apuntado una de las últimas frases del relojero, y reconoció haber anotado los meses y días que, al estilo de su madre, Isaac tenía casi cronometrados. La rapidez con la que había escrito los números le hizo imposible reconocerlos, pero tampoco podía resultar tan relevante. Escribió «Nueve años» junto al círculo.

Los niños siempre tienen esa edad, fue un pensamiento adelantado.

Miró al conjunto de la hoja, mucho más completa que la de la fecha anterior.

Aarón se rascó el cuello. La barba crujió bajo sus uñas. Se frotó ambos ojos con los puños. Sintió una punzada de hambre pero decidió no atenderla. No podía recordar cuándo había comido por última vez. Tampoco si cuando despertó era de día o de noche. Ni cuánto hacía que no hablaba con Andrea. O con Héctor. Ni con su madre.

Llegó a 1971. Para completar la representación del atraco de ese año tenía información de la conversación con Samuel Partida y de los periódicos. De forma ya mecánica, escribió «Víctima», «Niño» y «Asesino» debajo de tres de los círculos. Los completó con los nombres de Roberto de la Maza, el

159

chico que recibió la bala, el propio Samuel Partida de pequeño, y Antonio Mercado, el gitano que disparó la pistola. También tenía las edades de todos ellos. Nueve años el niño, apenas veintiuno Roberto y cuarenta el asesino. A los dos círculos restantes volvió a rotularlos como «Testigos», aunque esta vez pudo añadir las iniciales de sus nombres, que aparecían en el diario: «L. M.» y «G. C.».

Procedió de la misma forma con la hoja correspondiente al 12 de mayo de 2000. Le golpearon recuerdos de Andrea saliendo del coche, David ofreciéndose a llevar las medicinas, él mojándose la cara frente al espejo y cubriendo el suelo de agua, Héctor negando con la cabeza a la entrada del hospital... Esta vez pudo escribir el nombre y las edades de las cinco personas implicadas. Cuando Andrea visitó a David en el hospital al día siguiente, la familia Mirabal ya tenía toda esa información. Le contó los detalles a Aarón por teléfono, y ambos se sorprendieron al descubrir que Palmer, que aparentaba mucha más edad, apenas tenía cincuenta y tres años. «¿No sabes la edad de tus clientes? Vaya, cualquiera diría que es importante a la hora de medicarles», podría haber sido una broma de Andrea.

Aarón escribió en el papel el nombre del pequeño de la familia Cañizares.

—Nueve años, claro —dijo en alto al escribir la edad del crío que había presenciado el último atraco. El dato le hizo sentir emoción en el estómago.

Anotó también los nombres del aspirante a ladrón y del hombre que socorrió a David e hizo la llamada con el móvil. Se detuvo durante unos segundos antes de escribir «David Mirabal». Su mano izquierda escribió después la palabra «Víctima», como había nombrado a todas las anteriores, pero la tachó enseguida con fuerza.

La misma fuerza con la que retumbó en sus sienes el eco de la culpa.

Aarón dispuso las cuatro hojas sobre la mesa, como una inacabada cuadrícula de tres en raya. Las observó, con la barbilla apoyada en ambos pulgares. Con ellos, presionó bajo el mentón hasta que le dolió la mandíbula. Una cálida ráfaga de aire entró por la ventana abierta. Se secó el sudor de las sienes y la frente. Asomado como estaba a la representación gráfica de los sucesos, sintió un escalofrío recorrer su espalda.

Una imaginaria Andrea apareció a su lado. Aarón casi pudo oler la manzanilla. Ella colocó sobre su hombro una mano que no vio pero sintió, y le dijo sin voz: «¿Qué tiene eso que ver con David?».

—No lo sé, joder —espetó a la mesa.

Se tapó la cara con las manos. Separó los dedos para observar entre ellos los cuatro dibujos, el montón de círculos. Las fechas. Los nombres. Aquello era absurdo. El aroma a manzanilla comenzaba a volatilizarse. De súbito, la sensación de certeza se apoderó otra vez de su estómago. Sin necesidad de explicación, tachó con una gran «X» los círculos que representaban a las víctimas.

—Sí, Davo, tú también.

No esperaba encontrar el dibujo escondido de una estrella invertida, o alguna explicación paranormal de novela de terror, pero le permitió ver de forma más clara lo que ya sabía. Cinco círculos representando a cinco personas en cada atraco. Sólo cuatro «X» representando a las víctimas. Y siempre un niño en la escena. De nueve años.

—Eso lo sé desde hace días, no era necesario montar todo esto para darme cuenta de que...

Un momento, pensó.

Y entonces sus ojos se movieron sin que él los controlara hacia los círculos de Isaac Canal II en 1950, Antonio Mercado en 1971 y el hombre del móvil que intentó salvarle la vida a David. Al lado de todos ellos, esto sí era la primera vez que lo veía, su letra acelerada había escrito lo mismo: «Cuarenta años». Se le aceleró el corazón. Buscó con los ojos entre las edades que había apuntado.

—Me faltan más de la mitad, no creí que… —empezó a decir, pero se detuvo al reconocer dos veces la cifra «veintiuno». Era la edad del ladrón que disparó a David. La misma que Roberto de la Maza, muerto en 1971—. ¿Tienen las cinco personas siempre la misma edad?

Un pinchazo de dolor sacudió la entrepierna de Aarón cuando el calzoncillo estranguló uno de sus testículos. Se levantó de golpe. Casi arrancó los botones del vaquero en el desbocado intento de quitárselos, cosa que resultó difícil por la propia violencia de sus movimientos. Lo logró tirando de ellos hacia abajo con toda la fuerza que pudo. Regresó a la silla con la respiración entrecortada, la frente brillante. Hugo del Castillo pensó que el examen de aquel desconocido debía de ser importante.

Aarón estudió de nuevo las cuatro hojas. Había escrito las edades de todas las personas en el atraco de 2000. Ni una sola en el de 1909.

—Pero tengo tres de 1971 —dijo—. Y se repiten con respecto a las de 2000.

Rebuscó entre los recortes de periódico y las fotocopias. Ayudándose con el dedo índice, volvió a repasar la reconstrucción de los hechos de aquel año. Se detuvo en las iniciales de los dos testigos. Comprobó que las había colocado aleatoriamente sobre los círculos que le quedaron libres: «L. M.» sobre el que representaba a quien atendiera la gasolinera, y «G. C.» sobre el restante. De forma casi eléctrica alargó el brazo para coger la libreta y revisar las anotaciones de su conversación con Samuel Partida. Recordó que le había contado algo sobre el hombre que tuvo delante. «Hombre delante. Abrigo. Alcalde pueblo en ese momento. Muerto hace poco», consiguió leer entre aquellos garabatos que había escrito en el coche, forzando su memoria.

162

«Alcalde Arenas de la Despernada, defunción», fueron las palabras que introdujo en el buscador de internet del portátil. Tuvo que avanzar varias páginas de resultados hasta encontrar algo que se adaptara a lo que buscaba. Encontró una noticia breve, de hacía año y medio, sobre la muerte de Gabriel Calderón, «antiguo alcalde del pueblo madrileño de Arenas de la Despernada», leyó. Aarón echó un rápido vistazo a las iniciales y comprobó que coincidían. «Nacido el 1 de noviembre de 1917», continuó leyendo, y se detuvo. Rápido como había sido siempre con los cálculos, apuntó «Cincuenta y tres años» junto al círculo de «G. C.» en 1971. Sonrió al comprobar que coincidía con la edad del señor Palmer en la fecha del último atraco.

Ya eran cuatro las edades que se repetían en esos dos sucesos. De vuelta al cuaderno, redescubrió otra frase de Samuel Partida para describir al cajero: «Joven, no llega a treinta», había escrito de forma telegramática.

—¿Veintinueve años quizá? —canturreó Aarón al silencio de su apartamento, absorto en sus dibujos—. ¿Como mi amigo Davo y yo mismo? —entonó otra vez.

Y él mismo se hubiera asustado de verse en calzoncillos, con gotas de sudor resbalando por las mejillas y adentrándose en la irregular frondosidad de su barba, mientras escribía «Veintinueve» junto al último círculo libre de 1971.

Une los puntos, Aarón.

Agarró las dos hojas completas, una en cada mano. Las levantó y las sostuvo frente a sus ojos. Miró a la izquierda. Luego a la derecha. Otra vez a la izquierda. Y a la derecha. Estaba claro. Todas las edades se repetían. Pero no los roles. El asesino tenía veintiuno en el año 2000. El asesino de 1971 tenía cuarenta. La misma edad que el hombre del móvil. El chico que atendía el mostrador en 1971 tenía veintinueve. Como veintinueve tenía la víctima de 2000. La víctima en coma que era el mejor amigo de Aarón.

—Los números encajan, pero ¿qué sentido tienen?

Y justo en ese momento de clímax, cuando Aarón sintió que había descubierto algo importante, la certeza volvió a desvanecerse como en el peor coitus interruptus, dejándole vacío y sin fuerzas. La presión de sus dedos sobre las hojas cedió y éstas cayeron sobre la mesa. Pudo oler la manzanilla otra vez. «¿Qué quiere decir todo eso?», le preguntó aquella voz interior empecinada en sonar como la de Andrea. «¿Te va a servir para salvar a David?»

—Ya sé que no —respondió a la nada.

Aarón se levantó y se dejó caer en el sofá, agotado y hambriento. Soñó con campos de manzanilla en flor. En medio, un niño juega y arranca las flores para formar un ramo en su mano izquierda. Es de día mientras lo hace, pero ya es de noche cuando, al ir a coger una última flor, descubre que los tallos están cubiertos de espinas afiladas como cuchillos. Su mano izquierda no es más que una masa de carne chorreante. El niño comienza a llorar, abriendo la boca. La abre cada vez más, hasta que la mandíbula cede y la cabeza se parte en dos, como si en alguna parte de la nuca el niño tuviera una bisagra. Dentro, una tarta con nueve velas con rostro y pelo largo rubio parece fundirse en el interior del cráneo del niño, al que ahora le ha crecido la barba. Está sentado en ropa interior en un charco de gasolina lleno de ondas irisadas. Una de las velas levanta su cara hacia Aarón, que ve sus piernas sumergidas en gasolina hasta la rodilla. El rostro de Andrea, ardiendo, le dice: «Ha sido tu culpa», pero se lo dice tan rápido una y otra vez que apenas puede entenderlo. Aunque lo entiende. Y cuando lo hace, Andrea es de nuevo Drea. Y abraza a Aarón tumbada desnuda junto al lago. Y Aarón siente que la quiere, y se arrepiente de haberla dejado. Sólo que esto último no lo soñó. Sus ojos ya se habían abierto mientras la Andrea del sueño se revolcaba sobre la hierba de Lago Arenas.

Despierto, su mente enlazó enseguida con los papeles llenos de nombres y números que había dejado sobre la mesa, como cuando en las peores noches de estudiante se despertaba recordando la última lección aprendida. El vacío de su estómago aspiró sus entrañas hacia dentro, y casi pudo notar el esófago adherido a su garganta. Pensar en comida le provocó náuseas, pero supo reconocer en ello la señal definitiva de que debía comer algo.

Fuera seguía siendo de noche. Hugo ya no le miraba. Aarón no pudo calcularlo, pero había dormido dos horas. Al levantarse sintió la espalda helada cuando una ráfaga del templado aire arenense golpeó la camiseta empapada del sudor que había chorreado con la pesadilla que no recordaba.

Levantó los dedos de los pies cuando el aire frío de la nevera le alcanzó al abrir la sección de los congelados. Andrea siempre había encontrado graciosa la forma en que se le levantaban los pulgares en cualquier situación. «Mira, mira, ya los tienes otra vez disparados», decía. Sacó una caja de pechugas de pollo empanadas que sólo necesitaban seis minutos de microondas. La escarcha que se desprendió del cartón, y que fue a caer también sobre sus pies, le hizo echar de menos a Andrea hasta el punto de no saber si de verdad era el hambre la causa de esa sensación de vacío. La recordó con aquella camiseta enorme, un hombro descubierto, el mechón de pelo cayéndole sobre la cara, los dedos llenos de pan rallado y huevo batido, preparando pechugas de pollo empanado, como casi todos los sábados que habían pasado juntos en aquel apartamento. «¿Cómo no le voy a hacer su plato favorito a mi depredador favorito?», habría dicho ella, soplando por un lado de la boca para apartarse el pelo de la cara antes de alzar una mejilla esperando el beso de agradecimiento que Aarón siempre le daba, aprovechando para abrazarla por detrás, sentir su sexo entre los glúteos de ella y preguntarle qué película verían esa noche. Ni un millón de hornos microondas como el que ahora descongelaba y malcocinaba la cena de Aarón podrían producir el mágico calor de esas noches junto a Andrea. En aquel momento, con la espalda aún mojada y la escarcha convertida en un diminuto charco bajo el talón, las añoró más que ninguna otra cosa en el mundo. De repente los deseos de libertad habían perdido todo el sentido. Las ganas de conocer otro mundo más allá de Andrea. Los miedos a ser padre con ella.

Cuando sonó el timbre del microondas, fue como si el aparato hubiese puesto banda sonora a sus pensamientos, porque fue entonces cuando una idea salió a flote en el mar de tristeza contra el que un trozo de hielo desprendido de un alimento ultracongelado le había hecho enfrentarse.

—Tengo que llamar a Isaac Canal —dijo a los filetes mientras sacaba el plato caliente.

Tan despierto como si hubiera dormido ocho horas, regresó al montón de papeles. De un rápido vistazo recordó las coincidencias.

—Ese hombre tiene que darme más datos, la edad de sus familiares por lo menos.

Un torbellino de ideas comenzó a manifestarse en lo más profundo de su cabeza. «Yo diría que empieza detrás de los ojos y de ahí se extiende al resto, son ideas que no necesito pensar para entender», le habría contado a un psicólogo que le hubiera pedido una explicación gráfica de aquellos accesos de pensamiento acelerado. Aarón agarró un bolígrafo para hacer cálculos. Recordó haberle preguntado a Isaac el tiempo que había transcurrido entre los dos asaltos a la relojería. Sonrió sobre los papeles como sonreía en la farmacia cuando, con dos sencillas preguntas, descubría que Alma Blanco no necesitaba seguir tomando Prozac por mucho que ella insistiera en seguir haciéndolo. Y sonrió porque aquella pregunta había resultado ser más atinada de lo que hubiera podido pensar.

166

Se levantó mientras escribía, dejando una resta a medias, sin soltar el bolígrafo. Buscó en internet el teléfono de la fábrica de relojes Canal. Aquel hombre no parecía haber caído todavía en la importancia de tener una página web. Aarón recurrió entonces a una edición antigua de las Páginas Amarillas que encontró bajo el fregadero. Ahora sí, memorizó a la primera el teléfono de la fábrica.

Comenzó a marcar el número. Sólo llegó hasta el sexto dígito. Entonces su mirada cayó sobre el reloj del microondas que, sin pelo ni glúteos, había intentado prepararle la cena. Eran las 05.24 de la madrugada. Sus ojos viajaron entonces hasta el plato de comida ya frío que aún no había tocado.

Colgó.

La mano le temblaba. Se abrazó a sí mismo cuando la espalda se le volvió a enfriar. Miró al suelo, a sus piernas desnudas. A sus pies descalzos. Se le retorció el estómago, y esta vez dolió. Pensó en Andrea. Se acercó a la mesa. Se mareó al ver los papeles. Agarró con los dedos una pechuga cuadrada, la mordió, y no reconoció ningún sabor similar al de las que ella preparaba. Se la comió sin ganas. Empezó con la siguiente.

Y prefirió no preguntarse qué le estaba pasando.

Tras varios minutos en los que creía no haber estado pensando en nada, le resultó inviable tragar el último bocado. Volvió a sentir la emoción en el estómago.

—Es imposible que no me haya dado cuenta —susurró al aire.

Girando el cuello, dirigió la mirada al gran «3 de febrero de 1971» que había escrito en una de las hojas. Se golpeó la frente.

La risa sonó lunática.

14

Leo

Viernes, 20 de marzo de 2009

La primera gota de un día de lluvia primaveral en Arenas golpeó a Pi en el hocico. Leo vio cómo el gato cerraba los ojos. Luego acercó la cabeza al suelo y se la frotó con la pata derecha. Cuando otras gotas le golpearon en el lomo y formaron diminutas joyas de cristal sobre su pelo negro, se desenredó de los pies de su amo y corrió al porche. Se acostó sobre el felpudo en el que aparecía estampado un gato blanco, el reflejo en negativo de sí mismo.

—Linda, ten preparada la cena cuando lleguemos —escuchó decir Leo a su madre antes del portazo—. ¿Qué demonios...? Por Dios, Pi, quítate de aquí. —El gato no se inmutó—. ¡Tu padre está llegando! —gritó a Leo mientras avanzaba haciendo sonar sus tacones contra la gravilla del camino—. Sube al coche, que te vas a empapar.

Leo estaba sentado sobre uno de los pilares de piedra que delimitaban el jardín delantero de los Cruz. Recibió el inicio de la lluvia alzando la cara hacia el cielo. Las gotas golpearon sus párpados y las rodillas desnudas entre los calcetines y el pantalón corto del uniforme.

Los cuatro intermitentes del BMW parpadearon a la vez, acompañados de un pitido grave cuando Victoria presionó el llavero. Leo se incorporó. Avanzó por el jardín en dirección al coche. Arrastraba su mochila espacial por una de las correas. De las palabras Space Commander que antes tanto destacaban apenas se leía ya ninguna de las letras. «¿Cuánto dices que te costó?», había preguntado Victoria durante una cena, delante del niño, indiscreta respecto al regalo de cumpleaños de Amador; «¿No está muy gastada para tener menos de un año?». El propio Leo se había adelantado para responder: «Es que la llevo puesta siempre que puedo. Es normal que esté gastada. Y la falta de gravedad también influye». Victoria no entendió por qué Amador tuvo que contener la risa.

Leo subió al coche por la puerta trasera de la derecha. Victoria ocupó el asiento del copiloto. Metió la llave en el contacto. El llavero quedó colgando como un péndulo. Apoyó las manos sobre sus piernas, agarrando el bolso con cuidado de no enganchar las uñas en las medias.

Leo miró por la ventana. Su madre miraba al frente, esperando inquieta, las uñas golpeando entre sí, a que apareciera Amador. Regresaba de un viaje de trabajo. Cuando Victoria le informó por teléfono de que el psicólogo había confirmado la cita con el niño, Amador no dudó en decir: «Prométele a Leo que estaré allí».

La lluvia, aún débil pero ya constante, comenzó a perlar el coche de brillantes. Dentro, sólo se escuchaba el ruido de las gotas al caer. Olía a ropa mojada y cuero. Entonces Victoria recordó algo. Abrió su bolso rectangular.

—Toma, cielo, esto es para ti; por acceder a venir.

Alargó el brazo flexionado hacia atrás, girando un poco el tronco y los hombros, pero no lo suficiente para que el niño entrara en su ángulo de visión. Leo cogió un dispensador de caramelos PEZ con la cabeza de Lisa Simpson tras la segunda sacudida que dio su madre, quien permaneció unos segundos en aquella posición ladeada esperando algún agradecimiento. Escuchó a Leo accionar el artilugio. También lo escuchó chupar uno de los caramelos.

Un taxi apareció al final del camino de grava. Victoria se abrochó el cinturón. Amador se apeó y se despidió de alguien golpeando con los nudillos en la ventanilla trasera del taxi. Se acercó al BMW con la cabeza agachada y sujetando su corbata contra la tripa. Cuando subió e hizo ademán de dejar su maletín y su americana sobre el regazo de Victoria, ella le señaló con las cejas el asiento de atrás.

—Hola, hijo —le dijo a Leo cuando se dio la vuelta—. ¿Preparado?

Leo negó escondiéndose tras el reposacabezas de su madre. Amador quiso sonreír para tranquilizarlo, pero no supo si lo había conseguido. La imagen de su hijo le hizo recordar al Leo de dos años atrás, cuando cumplió los siete.

Se lo había llevado de viaje en coche hasta un pueblecito de la Costa del Sol, para recoger el gato que una antigua compañera de Victoria les regalaba, y al que después bautizarían como Pi. Durante las seis horas que duró el trayecto, ambos escucharon las canciones que Amador programó en el reproductor del coche. «¿Se va a morir el cantante?», había preguntado Leo, atento a la letra de una de ellas. «Vaya, veo que estás aprovechando las clases de inglés», había contestado Amador. «Pero no, hijo, es sólo la letra. El que se muere es el personaje de la canción, por eso se despide de la gente a la que quiere», había explicado sobre el éxito de Terry Jacks. Después había alargado el brazo para tirar del cinturón del niño y comprobar que lo llevaba bien ajustado. Entonces Leo se había mordido el labio inferior y había añadido: «Papá, ¿qué crees que pasa cuando nos morimos…? ¿Nos reencarnamos?». Cuando Amador escuchó la pregunta, sintió vértigo de su hijo por primera vez. De las muchas que vendrían después.

Amador había descubierto de joven, cuando estuvo a punto de ingresar en la Facultad de Matemáticas en lugar de estudiar Derecho como era el deseo de su padre, que la diferencia, cuando es mucha, no suele ser algo bueno. Por eso bastó la mirada de decepción de Amador Cruz padre para apartar de su cabeza la idea de estudiar ciencias. Así, la que hubiera sido una excelente carrera como profesor de matemáticas en la universidad privada que años después abrirían en Arenas, quedó reducida al rutinario hábito de resolver el *sudoku* de los domingos en el periódico. Amador había terminado la carrera de Derecho. Y su padre había utilizado sus influencias para colocarlo, al regreso de su ya previsto máster en Derecho Laboral en San Francisco, en el mismo despacho de la firma internacional de abogados en la que él había trabajado toda su vida. Despacho que ya era suyo cuando, en una convención en Praga, Amador conoció a Victoria Cuevas, la mujer con la que su padre había deseado verle casado, y que en efecto se convirtió en su esposa, para regocijo de ella y de su padre. Porque ninguno de los dos supo cómo Amador había renunciado al que pudo haber sido el amor de su vida, una joven escritora mexicana, toda curvas y sueños de éxito, con la que vivió un loco romance en San Francisco. Se despidió de ella en el aeropuerto, a pesar de sus planes para un futuro que no fue: ésos en los que Amador hubiera sido profesor en la universidad privada de Arenas, y María habría triunfado en tierras extranjeras escribiendo novela rosa.

Por eso, durante aquel viaje a la Costa del Sol, Amador vio en el niño de siete años que le hablaba del destino, la reencarnación y las vidas sucesivas, la valentía de quien se atrevía a ser diferente. La valentía que él nunca había tenido. La del que se sentaba a un lado del campo de fútbol con un libro de trescientas páginas apoyado en las rodillas mientras sus compañeros de clase le imitaban anudándose la corbata de una forma tan impecable como él, o poniéndose la palma de la mano sobre un ojo para burlarse del parche que tuvo que llevar cuando le diagnosticaron un ojo vago. Un niño, su hijo, al que quiso en aquel momento más que nunca, mientras veía en él la imagen mejorada de sí mismo.

—Amador, ¿qué haces? —Victoria lo arrancó de sus pensamientos—. Tenemos que estar allí en diez minutos.

Amador reaccionó, apartó de su mente los recuerdos sobre su padre, Pi y el viaje a Estepona, y agarró el volante con la mano izquierda. Abrió la derecha frente a la cara de su esposa.

—Están puestas —dijo ella.

—Hola, cariño —contestó él sin mirarla—. ¿Por qué vamos en este coche?

—El otro está en el garaje —dijo Victoria—. Además, ¿dónde pensabas llevar a tu hijo? ¿En el maletero?

—A Leo no le importa encoger las piernas a cambio de ir en un Aston Martin. ¿Verdad, campeón? —preguntó, aunque sabía que no habría respuesta porque a Leo no le interesaban los coches.

Arrancó y pisó el acelerador.

Dejaron atrás la urbanización sin decir una sola palabra.

—Nos va a pillar el atasco de los estudiantes al salir —dijo Amador cuando llegaron a la calle que daba acceso a la principal de Arenas—. Traes la carta, ¿no? —añadió, girando la cara hacia su mujer.

Una mirada fija fue su única respuesta.

—Muy bien, Victoria. —Frenó y dejó caer la mano para golpear la palanca de cambios—. Es lo único que tenemos.

—Hoy sólo van a conocerse —intentó justificarse ella—, ya habrá tiempo para todo.

—Y si Leo no quiere hablar, ¿cómo vamos a explicarle lo de la carta? —susurró—, ¿o lo de la mujer pelirroja?

—Yo no llegué a ver a esa mujer —dijo Victoria, proyectando la voz hacia los asientos de atrás antes de continuar—: Qué raro, ¿verdad? —Esperó alguna respuesta de Leo—. Tendrá que contárselo él solito al doctor Huertas. Porque aquella mujer era real, ¿no, cielo? —preguntó—. Y tenía un coche muy rápido —concluyó tras un silencio.

Leo pudo ver la mano de su padre pellizcar la pierna de Victoria.

Cuando Amador llegó a casa aquel sábado, el de la presentación de la nueva atracción del Aquatopia, Leo ya estaba acostado. Había escuchado la gravilla crujir bajo las ruedas del coche de su padre. Después debió de haberse quedado dormido porque no escuchó los pasos acercarse. La puerta de su habitación se abrió despacio. Reconoció su respiración. Leo se dio la vuelta y encendió la luz.

—Sigues despierto —había dicho Amador.

Leo no contestó. Su padre se acercó y se sentó sobre la cama, a la altura de su cintura. Leo se tapó la cara con la sábana. En ella, el robot Wall·E miraba al cielo con ojos interrogantes.

—¿Me quieres contar lo que ha pasado?

Leo negó con la cabeza. Volvió a darse la vuelta, se pegó lo más que pudo a la pared.

—Vamos, hijo. —Zarandeó a Leo agarrándolo por una pierna—. Llevábamos unos meses muy buenos. ¿A qué viene esto ahora? Sabes que este episodio nos va a obligar a llevarte a ese sitio al que no quieres ir.

—Lo sé —respondió—. Tú tampoco me crees.

—¿Y qué debo creer? —Tiró del filo de la sábana—. No me has contado nada de lo que ha pasado.

—Ya te lo ha contado ella. Y pensáis que me lo estoy inventando otra vez.

—Leo, haz el favor, mírame —dijo. De forma autoritaria, añadió—: Mírame, hijo.

Leo se puso boca arriba. Dejó de luchar contra su padre por la sábana. Se incorporó hasta apoyar la espalda en la pared.

—Pero ¿quién te ha hecho…?

Amador acarició con dos dedos los arañazos en la mejilla de Leo. Inmediatamente, giró la cabeza apoyando la barbilla sobre su hombro derecho, como si pudiera ver a través del suelo a su mujer sentada en la cocina, mientras Linda fingía ordenar la vajilla a la espera del visto bueno de la señora para dar por finalizada su jornada.

—¿De verdad se te acercó una mujer y te repitió lo mismo que ponía en la carta? —preguntó.

Leo desvió la mirada hacia la puerta de la terraza. No respondió.

—Bueno, hijo, en cualquier caso, el doctor Huertas sólo va a ayudarnos. —Leo se escondió bajo el dibujo del robot con movimientos exagerados. Al ver el silencioso berrinche del niño, Amador agregó—: Entendido, comandante. Duérmete y mañana hablamos.

Leo guardó silencio.

—Ahora voy a apagarte la luz. Te quiero, Leo —dijo, y besó el pelo de la coronilla de su hijo que sobresalía bajo la sábana, junto a una de las tenazas que Wall·E tenía por manos.

Amador se había levantado con cuidado y había avanzado hacia la puerta guiado tan sólo por el resplandor verdoso del despertador en la mesilla. Iba tan enfrascado en sus pensamientos, en cómo Victoria iba a tener que darle un par de explicaciones sobre esos arañazos que Leo tenía en la cara, que no escuchó a su hijo murmurar: «Yo también, papá». Quizá tan sólo se lo dijera a la sábana. O tal vez sólo lo pensara al inicio del profundo sueño que lo arropó aquella noche de sábado, cuando el polvo del aparcamiento no era ya más que un mal recuerdo sobre su piel.

Como si no hubiera escuchado la broma de su madre sobre lo rápido que era el coche de la mujer pelirroja, Leo se agarró a los asientos delanteros para impulsarse hacia delante. Asomó la cabeza por el espacio entre ambos cabeceros. El semáforo que los retenía se puso en verde. A verde cambió también el color de los charcos sobre el asfalto. Amador pisó el acelerador. Entraron en la calle principal, aún con tráfico fluido. En cinco minutos llegarían a la consulta.

—Papá —dijo Leo, con voz serena—, ¿te acuerdas del viaje que hicimos a la playa para ir a buscar a Pi?

Victoria frunció el ceño. Amador sonrió expulsando el aire por la nariz. Buscó la mirada de su hijo en el retrovisor, imaginando frente a ellos la soleada carretera que los unió durante seiscientos kilómetros y quizá para siempre.

—¿Recuerdas la canción que escuchamos? Esa que me gustó tanto.

—Claro —respondió Amador al espejo—. Claro que sí.

Victoria desvió la mirada a la calle.

—¿Me la pones? —pidió Leo.

Algo se hinchó en el estómago de Amador. Miró a Victoria. Enfrascada en el exterior del coche, movía la cabeza de un lado a otro de forma casi imperceptible. Los tres podían escuchar el ruido de sus uñas al enganchar la del dedo índice en el pulgar, soltarla y volverla a enganchar.

—Fuimos en el coche antiguo, no sé si la tendré aquí.

—Pero el cargador de discos es el mismo —señaló Leo—. Se lo pusiste a éste cuando te compraste el nuevo, ¿no? Tu deportivo ya traía uno.

Amador lo pensó. Después, encendió la radio. Presionando con el dedo índice, la mano apoyada sobre el cambio de marchas, comenzó a avanzar los títulos de los discos.

—De todas formas, estamos llegando ya —intervino Victoria—. No da tiempo. Luego, a la vuelta.

En efecto, el portal en cuyo directorio el doctor Huertas había pegado una placa plateada inscrita en la joyería del pueblo —«No utilice la más cara, que mis pacientes pensarán que me enriquezco a su costa y no quiero que me cojan miedo antes de subir en el ascensor», le había indicado al tipo de las gafas circulares— apareció a la derecha. Amador encontró un sitio para aparcar justo enfrente de la entrada. Maniobró sin dejar de leer los títulos de las canciones que iban apareciendo, escritos con luz brillante y azulada, en la pantalla de la radio.

Los primeros acordes de *Seasons in the sun* comenzaron a sonar segundos antes de que Amador detuviera el coche por completo. Leo sonrió a su padre por el retrovisor. Amador le guiñó un ojo. Victoria se desabrochó el cinturón y dirigió la mano, con el dedo índice extendido, hacia el botón de apagado de la radio. Amador llegó a tiempo de detenerla agarrándola por la muñeca.

—Vamos a llegar tarde, no tenemos tiempo para…

No terminó la frase cuando aumentó la presión de los dedos de Amador. Victoria sacudió el brazo para desprenderse de su marido. Se arregló la falda y salió del coche dando un portazo. Avanzó a través de la acera con el bolso sobre su cabeza, dando pequeños saltitos, hasta que pudo resguardarse junto al portal. Desde allí, miró al coche, chasqueó la lengua y se obligó a pensar en otra cosa.

Dentro, Amador y Leo se recostaron en sus respectivos asientos. Hicieron esperar a Victoria tres minutos y treinta segundos.

—Preparado —le dijo Leo a su padre cuando terminó la canción.

La uña de su dedo índice se quebró a la altura de la carne. Victoria no prestó atención al dolor y señaló al frente con la barbilla.

—Mira, hijo, la matrícula de enfrente es un número capicúa —dijo, lanzando la voz al asiento de atrás—. A lo mejor es un mensaje en clave.

—No le hagas esto —replicó Amador.

Un resplandor rojizo, el del semáforo prohibiendo el

paso, coloreaba la cara de Leo apoyada sobre la ventana trasera del coche, que ofrecía un curioso efecto punteado por el reflejo de las gotas de lluvia.

Victoria cambió de mano e hizo sonar un nuevo par de uñas. Seguía mirando al frente, a la matrícula capicúa de la furgoneta que avanzaba sobre la húmeda calle principal de Arenas, atascada a esa hora de coches conducidos por estudiantes. Chasqueó la lengua, suspiró mucho más fuerte de como lo habría hecho de haber estado sola en el coche y se reacomodó en su asiento. Tiró de la falda hacia abajo y desabrochó un botón más de su chaqueta. Utilizando el retrovisor, echó un rápido vistazo a Leo. Éste agarraba con la mano izquierda el dispensador de caramelos PEZ. Durante un segundo, Victoria se enterneció con los restos rojizos de alguno de los dulces sobre los labios de su hijo.

—¡Qué! ¿No te dice nada esa matrícula? No sé, cielo, mira bien, a lo mejor si ordenas los números de alguna forma significa... —Empezó a mover las manos de forma nerviosa—. No sé, a lo mejor... —Antes de que ella terminara la frase, Amador negó con la cabeza mientras sus nudillos al volante se ponían blancos por la presión—. A lo mejor nos dicen la fecha de tu muerte.

Amador pisó con fuerza el pedal del freno.

Ambos se abalanzaron hacia delante.

Victoria extendió un brazo hacia el salpicadero para detener el movimiento. Un pinchazo de dolor se encendió en su dedo índice. Su marido la miró largo rato sin decir una palabra. Luego buscó a Leo en el reflejo del retrovisor. Lo vio echarse un caramelo PEZ a la boca.

—Así, desde luego no le ayudas —susurró Amador, para evitar que Leo le escuchara.

—No te entiendo si hablas tan bajo —repuso Victoria, enfrascada otra vez en sus uñas—. No te oigo. Y creo que Leo tampoco. ¿Verdad, cielo?

177

—Claro que lo he oído —dijo el niño, jugueteando con el caramelo en la boca—. Y papá, el psicólogo tampoco me ayuda.

—El doctor Huertas no ha podido hacer mucho, contigo respondiendo sí o no a todas las preguntas —dijo Amador, elevando el mentón—. Parecías un niño maleducado. Cuando lleves un mes de visitas, ya veremos qué nos dice —añadió antes de dirigirse de nuevo a su mujer—: ¿Cómo se te ha olvidado traer la carta?

El embotellamiento terminó, como siempre, al final de la calle principal. El coche agradeció la segunda marcha que Amador pudo meter por primera vez en mucho tiempo.

Poco después, detuvo el coche a las puertas de su garaje.

Pi, que oyó el sonido de la gravilla crujir bajo los neumáticos, salió hasta la puerta. Se apostó sobre el felpudo y desde allí dirigió la mirada al BMW, cuya silueta se dibujaba a la perfección, bajo la noche casi negra, contra el verde de los setos que delimitaban el terreno.

El tacón de Victoria fue lo primero que salió del coche.

Un aviso sonoro intermitente, que indicaba que una puerta estaba abierta, pitó hasta que Victoria, de un fuerte portazo, la cerró y comenzó a caminar, sin mirar atrás, a lo largo del jardín en dirección a la puerta de entrada. La abrió con sus llaves. Se encontró a Linda, que llegaba corriendo por el salón.

—Hasta el gato me recibe mejor que tú —dijo—. ¿Es que no nos has oído llegar?

—Discúlpeme, señora, andaba allá arriba abriendo la cama de Leo —se excusó.

—Esta noche subirá antes a dormir —dijo sin detenerse ni mirarla—. No va a cenar.

Atravesó el salón camino de la cocina. Accionó el sistema de la nevera y se sirvió un vaso de agua bien lleno hasta el borde de hielo picado. Masticó antes de beber.

178

Amador tardó más de lo necesario en apagar las luces del coche, poner el freno de mano, revisar la guantera y colocar en su sitio algunos discos que ya estaban en su sitio. Quería dar a Leo la oportunidad de decir algo. Pero Leo no habló. Cuando su padre abrió el seguro desde delante, se bajó del coche arrastrando la mochila por una de las correas. La misma mochila donde había aparecido la carta.

Leo se puso una mano sobre la cabeza en lo que pretendía ser una ineficaz imitación de un paraguas, y avanzó hacia la casa. Comenzó a correr en cuanto vio a Pi sentado sobre el felpudo. Se arrodilló a su lado y sacó del tubo el último caramelo PEZ.

—Tú me crees, ¿verdad? —le dijo.

Pi olisqueó el dulce. Lo empujó con el hocico hasta que cayó al suelo. Allí lo examinó mientras Leo sonreía por primera vez en todo el día.

—No le des azúcar al gato —dijo Amador al cruzar la puerta.

Allí esperaba Linda para recoger su americana y el maletín. Leo le guiñó un ojo a Pi.

—¿Vienes adentro? —le preguntó—. Aquí fuera te vas a mojar, vamos, vamos.

Un pequeño empujón con el pie fue suficiente para que el gato saltara del felpudo a la alfombra. La puerta sonó fuerte al cerrarse, ayudada por el impulso de Leo y la corriente de aire que se creaba entre la entrada de la casa y la ventana de la cocina. Linda la habría dejado abierta para airear algo que se le habría quemado en el horno. El niño se quitó los zapatos y se dirigió a la escalera. Sus pies agradecieron el suave tacto de la moqueta que revestía los escalones de madera. Detestaba los zapatos del uniforme.

Subió la escalera, atento a los movimientos de sus padres.

Su madre le decía algo a Linda en el tono seco que también utilizaba con él cada vez más a menudo. Su padre abría el grifo del aseo de abajo, junto a la cocina, para refrescarse la frente y el cuello antes de mirarse en el espejo y decirse:

—Tu hijo es completamente normal. Todo va a aclararse.

Leo entró en su habitación. Dejó la mochila, la chaqueta, la corbata y el resto del uniforme en un montón junto al escritorio.

No encendió la luz.

Miró al techo. A las estrellas que brillaban en la oscuridad. «Eso será un agujero negro», había inventado papá al ver la cara que puso cuando colocaron la última pegatina de esa Casiopea inacabada. Deseó que su padre pudiera hacer lo mismo ahora, que pudiera inventar alguna razón para explicar los mensajes, la carta y lo de la mujer pelirroja, en vez de enfadarse y llevarle a un doctor en contra de su voluntad.

Oyó unos pasos amortiguados por la moqueta acercarse a la habitación.

—La cena está en la mesa —le dijo Amador—, y huele muy bien.

Leo terminó de desvestirse. Colgó el pantalón y la camisa en el armario. Ordenó el montón que había formado junto al escritorio y se puso el pijama amarillo que Linda había dejado debajo de su almohada. Calzado con unas zapatillas que imitaban la zarpa de un león, comenzó a bajar la escalera.

Cuando llegó hasta la puerta y se asomó, Victoria retiró su plato de la mesa. Hizo un gesto a Linda para que lo recogiera y guardara en la nevera.

—Hoy no hay cena —fue lo único que dijo.

Amador trató de decir algo, pero desistió.

En vez de eso, se dirigió a la nevera, sirvió un vaso de leche, cogió un paquete de galletas Oreo del cajón, apartando a Linda de su paso, y se lo dio a Leo. Victoria hizo sonar sus cubiertos al apoyarlos con fuerza sobre el plato. Linda bajó la cabeza. Leo se giró y volvió a la habitación sobre sus propios pasos. Dejó la leche y las galletas sobre el escritorio. Abajo, sus padres discutían una vez más.

Dos horas más tarde, Leo dormía bajo un incompleto cielo estrellado mientras las espaldas de sus padres ni se tocaban en una cama de matrimonio cada vez más fría y ancha.

Tan sólo Pi, que a esas horas se movía sobre el tejado aún húmedo, vio acercarse la silueta que se detuvo durante unos segundos en la entrada de la casa de los Cruz, junto al buzón, y luego reanudó su camino con paso intranquilo.

15

Aarón

Jueves, 8 de junio de 2000

Cuando Andrea vio el nombre de Aarón escrito en la pantalla del teléfono, creyó reconocer la emoción de las primeras llamadas a casa. «¿Vamos a escuchar la radio al coche?», preguntaba el Aarón de diecinueve años, a lo que ella respondía con una risita ahogada dándole la espalda a la señora Sandiego, quien suspiraba y se hacía la sorda pensando que al final todos los hombres eran como el padre de Andrea: «Te acabará dejando tirada», le solía decir a su hija.

Andrea se regañó a sí misma por dejarse sentir enamorada otra vez, pero atendió la llamada enseguida. A su alrededor, los alumnos de geometría descriptiva abandonaban el aula llenándola de gritos, comentarios sobre la profesora y el ruido constante del rechinar de las sillas contra el suelo. Ella borraba lo que había dibujado en la pizarra durante la clase levantando más polvo de tiza de lo habitual.

—Drea —sonó exaltada al otro lado de la línea la voz de Aarón—. Drea, te espero en casa, tienes que ver esto.

Media hora después, Andrea llegó al apartamento de Aarón.

Abrió la puerta con su llave.

—Lo he hecho sin pensar. Supongo que ahora tengo que llamar —le dijo.

Aarón la miró desde la mesa del salón, vuelto sobre el respaldo de la silla. Se levantó de golpe. Se acercó y la abrazó. Casi podía tocarle el ombligo con los dedos después de rodear su cintura. Ella sintió un olor extraño. A él se le erizó el vello cuando percibió el de la manzanilla.

—¿Estás tonta? Ésta sigue siendo tu casa.

Andrea giró la cara cuando creyó que iba a besarla. Aarón la cogió de la mano y la llevó hasta la mesa. La sentó en una silla frente a la de él. Juntó las piernas de ella para poder encajarlas entre las suyas, abiertas.

—Estoy seguro, tengo razón. —Aarón olía a cama. Tenía el cuello enrojecido por la barba—. Todo lo que yo imaginaba. Es verdad. Y va a servir para algo.

Hablaba con excitación, casi con euforia.

—¿De verdad me has llamado para esto?

—Ya no es palabrería, todo coincide. Esto no ha sido casualidad.

Sin darle tiempo a reaccionar, Aarón desenredó las cuatro piernas, se giró sobre la silla, dejó los papeles que llevaba en la mano sobre la mesa, movió los dedos entre ellos con rapidez y los dispuso en un orden que Andrea consideró estudiado. Al terminar, se levantó. Andrea observó varias manchas en su pantalón de chándal rojo.

—Ven, mira —dijo él desde las alturas—. Levanta.

Andrea se puso de pie con un movimiento que pareció ralentizado. Miró a Aarón con los ojos muy abiertos. Concentrado en los papeles de la mesa, se mordía el labio inferior. Sonreía. Andrea sintió ganas de gritarle. Se preguntó por qué no lo hacía, por qué no le gritaba con todas sus fuerzas. Como hizo tres días después de que Aarón le confesara que se había acostado con Rebeca. Como hizo aquella noche que despertó de madrugada, mientras él dormía a su lado, y le pegó con toda su rabia, insultándole por haberla humillado. Patadas y puñetazos que no se detuvieron hasta que él despertó y se dio cuenta de lo que estaba ocurriendo. Aarón había agarrado entonces a Andrea por las muñecas y se había tumbado sobre ella para inmovilizarla con el peso de su cuerpo. Sus cuerpos se rozaban desnudos en una noche especialmente cálida en Arenas, y Aarón pidió perdón con palabras y caricias. Hicieron el amor de una forma que ambos recordaron en muchas ocasiones, Andrea con un retortijón en el corazón que se guardaba para sí, porque se prometió perdonar y lo cumplió sin rencores.

—No veo —dijo Andrea ahora.

Los largos atardeceres de finales de primavera en Arenas hacían que la noche llegara antes de que las pupilas se enteraran. Al otro lado de la ventana, las estrellas habían empezado a brillar y el mundo era azul marino. Aarón alargó la mano y encendió el flexo. Mucho más que un círculo luminoso apareció sobre la mesa.

—Aarón —se le escapó a Andrea, alargando la última vocal, mientras paseaba sus ojos por los recortes de periódico, los números, las hojas arrancadas del cuaderno, los nombres—. ¿Qué es todo esto?

—O sea que no se entiende. Y yo pensando que, puesto así, se entendería a la primera.

Andrea movió los labios, pero no dijo una palabra.

—Ahora lo veo tan claro que no sé cómo pude tardar tanto en darme cuenta —dijo él—. Ni siquiera la primera vez que hablé con Samuel Partida caí en lo del 3 de febrero de 1971.

Hizo una pausa y señaló a Andrea con el dedo.

—Y tú tampoco. No me salgas ahora con que te diste cuenta la primera vez que te lo conté, la noche en el lago —le recriminó.

—¿En qué se supone que tengo que caer? —preguntó. Caviló un instante—. Ah, vale. —Recordó a Aarón vestido con los calzoncillos de Superman que le regaló por su cumpleaños—. ¿Y qué importa eso?

184

—Más de lo que imaginas —dijo él. Proyectó las palmas de las manos hacia la mesa, sin llegar a apoyarlas—. Puede ser casualidad que yo naciera ese día, vale. El mismo día que Davo. Es más que curioso, sí, pero, bueno, digamos que es casualidad. Pero es que aquí hay algo más. Te conté que fui a ver a Isaac Canal, ¿verdad?

—Llevas dos semanas sin llamarme —respondió Andrea. Durante ese tiempo había preguntado por él a la hija de Dolores Pino cuando iba de compras por el pueblo, al abuelo de los Cañizares al salir de su partida de dominó semanal y a la mujer del señor Palmer, y siempre obtuvo la misma respuesta: nadie había vuelto a ver a Aarón atendiendo la farmacia.

La cara de Aarón se encendió con un gesto de sincera sorpresa, al que siguió un pestañeo de incredulidad. Carraspeó antes de seguir hablando.

—Bueno, pues fui a la fábrica de relojes de la carretera. La del polígono. Hablé con el dueño. Es hijo y nieto de los que tenían la pequeña tienda aquí, en Arenas, hace años. Los mataron a los dos, ¿recuerdas el periódico? —Esperó a que ella asintiera—. Mataron a los dos en el mismo sitio, en la tienda.

—Donde el americano.

—En el Open, sí. ¿Y sabes qué pasó el día que mataron al abuelo del dueño? —Formuló la pregunta sin dar posibilidad a que ella respondiera—. Que nació su padre. Al que luego matarían en la relojería un 29 de enero de 1950. —Dejó caer la mano con el índice extendido sobre uno de los folios—. Andrea, Roberto de la Maza también nació ese día.

—No sé quién es Roberto de la Maza —dijo Andrea. Sus labios dibujaron varias vocales antes de continuar—. ¿De qué me estás hablando?

—Roberto de la Maza, al que mataron en 1971. En el atraco que me contó Samuel Partida. Lo mataron en la gasolinera el día que yo nací —explicó en un tono más agudo de lo normal, extrañado de que Andrea no le siguiera.

185

—Para. —Ella se masajeó las cejas y se colocó el pelo por detrás de las orejas—. Para un segundo. Estoy perdida. Es demasiada información.

Aarón se echó a reír. Hacía dos semanas, él sí había tenido demasiada información que ordenar. Ahora todo le parecía de una coherencia apabullante. Dejó de reír cuando ella se deshizo de la silla con un violento movimiento de piernas, se dirigió al sofá y se dejó caer sobre él de brazos cruzados.

Aarón fue hacia ella. Se aproximó a su cara y la obligó a alzar la barbilla con dos dedos.

—Drea —le dijo—, tienes que verlo. Tienes que decirme que crees lo que te digo porque yo lo veo y es real. Todas las fechas coinciden. No hace falta que entiendas nada, olvídate de los datos —señaló la mesa—, pero confía en lo que te digo. Los Canal, Roberto, Davo… Todos ellos nacieron el mismo día que mataron a la víctima anterior.

Terminó de decirlo y se sintió aliviado. Aflojó la presión de la mano con la que agarraba una de las rodillas de Andrea.

Ella no cambió el gesto. Él desvió la mirada al suelo.

—Aarón. —Agarró su mano y esperó a que él la mirara, como haría la madre que espera en silencio a que su hijo reconozca que se lo está inventando todo—. Aarón, ¿de qué estás hablando? ¿Te estás escuchando?

—No —respondió en voz alta—. Quiero que tú me escuches. Lo que estoy encontrando son matemáticas, uno nace cuando muere el anterior —repitió.

—Y yo te estoy escuchando. Pero no entiendo nada de lo que me dices. No tiene ningún sentido.

Andrea soltó su mano, se levantó y se dirigió al baño. Cerró la puerta tras de sí. Apoyada con las palmas y los brazos extendidos sobre el lavabo, se miró en el espejo. «Cada uno sufre a su manera, déjale que lo haga a la suya», le había dicho una noche Ruth, a los pies de la cama en la que su hijo seguía tumbado boca arriba, respirando con la misma cadencia con que lo había estado haciendo desde hacía casi un mes, y en la penumbra de la habitación de hospital que poco a poco iba convirtiéndose en su nuevo hogar. «Sólo dile que nadie le culpa de nada», había añadido Ruth mientras subía la manta hasta la barbilla de David, apoyaba las manos sobre su pecho y sonreía a Andrea llena de esperanza. «Buenas noches. Y gracias por venir. Yo me voy a quedar a dormir esta noche también. Con él.» Aquella noche Andrea había besado una de las mejillas de Ruth y había decidido que dejaría a Aarón tomarse el tiempo que él creyera necesario. Si quería culparse, que lo hiciera. Si quería agotarse buscando una explicación a lo ocurrido, que lo hiciera.

—¿Drea? —preguntó él desde fuera—. Vamos, tienes que ayudarme con...

Pero Andrea se tapó los oídos, no escuchó el final de la frase. Cuando dejó de apretar, sonaron los nudillos de Aarón contra la puerta.

—Qué, Aarón, qué.

Él la oyó tragar al otro lado.

—Hay mucho más —dijo.

Escuchó el suspiro de ella, el agua del grifo correr. Esperó hasta que la puerta se abrió. El mechón de Andrea salió primero, y tras él, su amplia sonrisa.

—Venga —le dijo, sorbiéndose la nariz y agarrándole la cara—, termina.

Apagaron la luz del baño. El piso regresó a la penumbra de la luz del flexo. Una súbita corriente de aire acarició los papeles. Andrea sintió frío bajo los párpados, en las sienes, la nuca, allí donde se había aliviado con el agua helada que también había dejado correr sobre sus manos hasta que empezaron a dolerle las uñas. Notó un hormigueo ahora que empezaba a recuperar la sensibilidad. Se sentaron de nuevo en el sofá. Aarón cogió varias hojas de la mesa antes de hacerlo. Andrea pensó en el doctor Huertas, el psicólogo del pueblo que acabó haciéndose amigo de su madre tras los dos años de terapia que ella siguió cuando su padre se marchó.

Animado por la sonrisa de Andrea, Aarón dijo:

—El propio Isaac me lo contó el día que le conocí. Su padre había nacido el mismo día que mataron a su abuelo. Pude haber deducido entonces que era algo que se repetía. Pero me llevó algo más de tiempo. —Se recordó empapado en sudor, en calzoncillos, un charco de escarcha bajo el talón—. Tuve que conseguir más fechas, las fechas de las muertes y los nacimientos de casi todos.

—¿Las sacaste de los periódicos?

—Sí. De los periódicos. También volví a hablar con Canal, y llamé a más gente del pueblo. —Aarón hizo un gesto con las cejas que Andrea no reconoció—. Y en el cementerio, claro.

—No me digas que fuiste…

—¿Dónde hubieras ido tú?

Andrea se frotó los labios. Asintió de forma exagerada sin decir nada.

—Cuando comprobé las fechas, lo vi claro. Tantas coincidencias no pueden darse por azar. —Agarró una de las manos de ella, la acarició con un movimiento del pulgar—. Tú me preguntaste una noche si todo esto iba a servirme para salvar a Davo. Eso está claro que no. —El pulgar se detuvo—. Pero puede que al próximo sí. ¿Qué ves aquí? —preguntó de repente, a traición.

Extendió como pudo los cuatro papeles entre el sofá y sobre las piernas de ambos. Andrea miró el montón de círculos, las «X» que tachaban uno de ellos en cada fecha. Se colocó el pelo por detrás de una oreja. Se llevó dos dedos a los labios y negó con la cabeza.

—Mira —dijo él. Señaló las cuatro veces que estaba escrita la palabra «Niño»—. Siempre hay un niño. Un niño diferente. Pero siempre tiene nueve años. Eso me dio el primer

188

aviso. Luego vi que no sólo él tiene la misma edad en todos los atracos. Drea, es increíble, pero las cinco personas, joder, las cinco personas son como personajes que se repiten en una misma escena, con gente diferente cada vez. Las veinte personas que han formado parte de alguno de estos atracos tienen siempre, todas las veces, la misma edad. —Miró a los papeles y a ella. A ella y a los papeles—. ¿Crees que puede ser casualidad?

Andrea despegó la mirada de entre sus piernas. La fijó unos segundos en los ojos de aquel Aarón desconocido. La dejó caer de nuevo sin responder.

—Y no es que coincida la edad del niño en años. —Saltó a la mesa, revolvió algunos papeles y regresó al sofá con el cuaderno de notas en la mano—. Coincide en años, meses y días.

Aarón pensó en Isaac Canal, en su madre en concreto, mientras hacía pasar con el pulgar todas las páginas del bloc, una nube de cifras, tinta y obsesión, frente a los ojos de Andrea.

—El niño que es testigo de los asesinatos siempre tiene nueve años, tres meses y dos días. Siempre. Los ha tenido en las cuatro ocasiones: los tuvo Samuel, los tenía Isaac, el nieto de Cañizares... —Guardó silencio. Sus dientes rechinaron dentro de la boca cerrada—. ¿Sabes lo que eso significa? —Se le marcaron los músculos de la mandíbula—. Que ya sabemos la edad que tendrá el niño cuando pase la próxima vez. Y si contamos desde el 12 de mayo...

—¿El 12 de mayo? ¿Cuando dispararon a David? —espetó Andrea. Resultó más despreciativo de lo que quiso hacerlo sonar—. ¿Qué próxima vez?

—Está claro, esto va a pasar una quinta vez. Y esta vez matarán al niño. Es el único que falta.

—Aarón, no...

—Siempre son cinco personas —elevó la voz—. Cada vez

ha muerto uno de los personajes de distinta edad. Murió el tipo de cincuenta y tres años, que era el abuelo de Isaac Canal, el tío de cuarenta que era su padre, Roberto que tenía veintiuno, y...

—No lo digas, Aarón. No te atrevas a decirlo —suplicó Andrea.

—Y a Davo le dispararon y tenía veintinueve. —Apretó los dientes. Andrea sintió la saliva salpicándole—. Exactamente los mismos que tengo yo. Porque yo debería haber muerto en ese momento y debería haber sido el cuarto porque eso es lo que estaba escrito. —Inspiró con fuerza para recuperar el aliento—. Estaba escrito desde el día que nací. Y como a él no voy a poder salvarlo, tú me lo has dicho muchas veces, tendré que conformarme con salvar al niño, porque esto pasará una quinta vez, y esta vez lo matarán a él. Y Drea, si llega el día en que un niño muera en el Open sin que yo haya hecho todo lo posible por evitarlo, sabiendo lo que...

Se detuvo en seco para tomar aire y seguir hablando.

Pero no continuó.

Bajó el dedo con el que había estado señalando de forma alterna a los papeles y a Andrea. Era la primera vez que decía todo aquello en voz alta. Y le sonó extraño.

—¿Y cómo piensas salvarlo? —preguntó Andrea.

Durante unos segundos, Aarón estuvo seguro de que ella le había dicho que estaba loco. Que la culpa le había vencido. Que ese niño no era más que un invento de su cabeza para sustituir al amigo a quien no había podido salvar de verdad. Pero Andrea no había dicho eso. Andrea le había preguntado cómo iba a salvar al niño.

Porque ese niño existe y ella te cree, pensó Aarón.

—Contando los días —dijo—. Si ese niño va a tener nueve años, tres meses y dos días en la fecha del próximo atraco, lo único que hay que hacer es empezar a contar desde el día en que dispararon a Davo. Puedo saber qué día va a pasar, Drea. —Sonrió—. Podemos saber cuándo ocurrirá la próxima vez.

Sin que ella se diera cuenta, un nuevo folio apareció sobre las piernas de ambos, entre los otros cuatro. Lo encabezaba una fecha que sólo miró de refilón. Suficiente para reconocer que se trataba de algún día de algún mes del año 2009.

—Supongo que el sitio será la tienda del americano.

—No tendría sentido que ocurriera en otro lugar.

—¿Y sabes también por qué pasa esto aquí, a ti, a nosotros?

—No lo sé, Drea. Pero no puedo negar lo que veo. Esto —levantó el montón de hojas escritas—, esto es real.

Andrea tragó saliva. Volvió a pensar en el doctor Huertas. Trató de mantener una media sonrisa. Quiso mirar a Aarón con calma. Observó sus ojos. Le resultaron desconocidos.

—Además, como la víctima siguiente nace cuando muere la anterior —prosiguió, rascándose la barba—, ese niño ya ha nacido. Nació la noche en que dispararon a Davo, el 12 de mayo de este año. —Enseñó los dientes pero no sonrió—. Puedo ir al hospital y comprobarlo. Puedo avisar a los padres de ese niño hoy mismo. Andrea…

Aarón la cogió de las muñecas y se acercó tanto a ella que Andrea pudo ver la piel reseca bajo la barba.

—Puedo… —respiró por la boca— salvarle… —se humedeció los labios con la lengua— la vida.

Y entonces Davo me perdonará.

Siguió apretando sus muñecas.

—Pero no vas a hacerlo —dijo ella.

—¿Cómo que no voy a…?

Andrea liberó sus manos. Recogió cada una de las hojas que había entre ellos. Formó un pequeño montón ajustando las esquinas con habilidad de profesora. Dobló los cinco folios por la mitad. Se cortó un dedo con el filo de uno de ellos.

Se lo llevó a la boca y lo chupó. Puso el cuaderno sobre el montón. Se levantó. Lo colocó todo, de un golpe, sobre la mesa, encima del ordenador portátil.

—Porque no. Porque no te voy a dejar ir al hospital. —Ahora era ella quien señalaba con el dedo—. Mírate qué pinta. No pienso permitir que vayas a preguntar por un niño al que ni siquiera conoces, ni a decirle a unos pobres padres que a su recién nacido lo van a matar dentro de diez años basándote en un montón de tonterías... —sacudió las manos para hacerlo parecer todo más confuso—, en un montón de números e historias raras sobre la reencarnación. Por Dios, Aarón, ¿te das cuenta de lo que dices?

—Yo no he dicho nada de la reencarnación —soltó desde el sofá.

—Pues es a lo que suena. *Uno nace cuando muere el anterior.* —Su boca hablaba por ella y la imitación se le escapó sin pretenderlo—. Lo siento —dijo, cuando se dio cuenta—. Aarón, mírate... No estás bien. Y quiero ayudarte.

Se acercó y le agarró una oreja.

—¿Me vas a dejar? —Le rascó el pelo.

—No has creído nada de lo que te he dicho. —Sacudió la cabeza para librarse de la mano de Andrea.

Ella respiró con fuerza. Dejó escapar el aire dibujando una gran O con los labios e inflando los carrillos.

—No. No te creo. Ni siquiera te he entendido —dijo. Agitó las manos a ambos lados de la cabeza. Su mirada se escapó sin querer a una estantería, en cuya esquina reposaba la piedra del lago—. Y voy a hacer todo lo posible por olvidar esta conversación. Porque me da igual. Y me da igual porque Davo se está muriendo mientras tú y yo hablamos. Y es él quien necesita tu ayuda. No un... un niño del futuro —improvisó—, que ni siquiera sabes si existe.

—Pues es muy fácil saber si *el niño del futuro* —la imitación de Aarón sí fue intencionada— existe o no.

192

No dijo más. Cruzó las piernas en dirección a Andrea y enganchó las manos en sus rodillas.

—Aarón, no vas a hacerlo.

—Intenta detenerme.

Aarón balanceaba la pierna derecha hacia delante y hacia atrás, pivotando sobre la rodilla izquierda. Al estirar el pie, su tobillo chasqueó.

El sonido le resultó repugnante a Andrea.

—Vete a la mierda —le dijo.

Sin pensarlo siquiera, cogió los papeles que acababa de colocar sobre el portátil y se los lanzó a la cara.

La esquina de uno de los folios rasgó la córnea del ojo izquierdo de Aarón. La sangre empezó a encharcarse desde el lagrimal hasta el iris mientras el párpado superior se contraía involuntariamente provocándole pinchazos de dolor. Un chorro de lágrimas anegó su visión.

—No te vayas —dijo Aarón, sin ver a Andrea por última vez.

Y podía estar llorando o no cuando oyó la puerta cerrarse.

16

Leo

Sábado, 21 de marzo de 2009

La mañana sorprendió a Pi dormido en el tejado, desde donde había observado aquella silueta acercarse a la entrada de casa de los Cruz y alejarse con paso intranquilo. El sol había regresado con fuerza. El olor de la humedad escapándose de las tejas de pizarra negra sobre las que el gato descansaba se colaba por la puerta semiabierta de la terraza de la habitación de Leo. Fueron sus pies desnudos los primeros que se despertaron al calor del sol, dando la señal de alarma que hizo que Leo abriera los ojos y encogiera las piernas para resguardarlas en la sombra menguante sobre su cama.

—Sus papás andan desayunando en el jardín —le dijo Linda cuando él se asomó a la puerta de la cocina—. Tienen tostadas.

Se acercó a Leo para acariciarle la mejilla y guiñarle un ojo. Sonrió, pareció querer decir algo, pero cuando Victoria entró en la cocina se interrumpió.

—Ya estás aquí. Iba a sacarte de la cama —dijo. Llevaba en la mano un zumo de naranja servido en copa de champán—. Vamos, cielo, estamos fuera, en el jardín.

Amador leía el periódico. Los aspersores del riego automático dieron la bienvenida a Leo con un silbido cuando emergieron del suelo para dibujar semicírculos de agua sobre el césped aún húmedo de la noche anterior.

—Con lo que llovió ayer, deberíamos pararlos —dijo Victoria, sentada a la mesa. Se puso unas gafas de sol, miró al jardín arrugando la nariz. Su mirada persiguió uno de los aspersores, girando la cabeza en un gesto similar al de un perro hipnotizado con los limpiaparabrisas del coche.

—Casi va a ser más complicado desprogramarlo y luego volverlo a programar —contestó Amador mientras daba un sorbo a su café, sin levantar la mirada del periódico—. No pasa nada. Con el sol que hoy va a hacer se secará enseguida.

Tras devolver la taza a la mesa, cerró el diario y navegó entre las páginas con ambos pulgares. Miraba la esquina superior de cada una de ellas. Finalmente, extrajo una que dobló por la mitad. La dejó enfrente de Leo, al lado del plato con dos tostadas cubiertas de mermelada.

—Buenos días, comandante. Toma, y un bolígrafo. —Lo sacó del bolsillo de su camisa y lo puso sobre el *sudoku*.

—¿En cuánto tiempo crees que lo hago esta vez? —preguntó Leo.

A su lado, Linda vertía cucharadas de cacao soluble en una taza. Leo le indicó que quería otra más con un gesto de asentimiento. Ella llenó una última cuchara formando una montaña desproporcionada y ambos sonrieron. Enseguida, Linda echó encima la leche tibia; sabía que si la señora lo veía el regaño iba a ser para ella.

—Si tardas más de tres minutos es que estás perdiendo facultades.

—Cielo, desayuna primero —interrumpió Victoria—. Ya jugarás luego. Debes de estar muerto de hambre después de no haber querido cenar ayer.

Leo apartó su taza. Cogió el bolígrafo. Encorvado sobre la mesa, apoyó la frente en su mano derecha y comenzó a escribir sobre el periódico números que más tarde tachaba o repasaba con fuerza. Anotaba algunos fuera de la cuadrícula, otros dentro. A veces miraba durante mucho tiempo alguna de las casillas vacías e introducía con seguridad una cifra. Al final recorrió con el bolígrafo cada una de las filas de la tabla, moviendo ligeramente los labios, hasta que lo dejó caer. Golpeó la mesa con la palma de la mano como si accionara el pulsador de un concurso televisivo. Amador revisó las anotaciones de Leo como haría la profesora con el examen de su alumno más brillante. Elevó las cejas para que él lo viera antes de meter la hoja en el resto del periódico.

—Venga, ahora a desayunar, que la mermelada está buenísima.

Leo dio un gran trago a la taza de chocolate. Disfrutó de la fugaz sensación de felicidad que le proporcionaba el olor a cacao. También le ocurría con el de la manzanilla. Con un bigote marrón dibujado sobre su labio, dio un mordisco a la tostada. Notó el frescor del melocotón a ambos lados de la lengua.

—Veo que estás mejor —intervino Victoria—. ¿Has dormido bien?

Leo asintió. Aunque era mentira. Le costó tragar el segundo mordisco.

—Cielo —Victoria se acomodó en la silla, se levantó las gafas y las apoyó sobre su cabeza—, ayer fue sólo el primer día. Tu actitud de no querer hablar con el psicólogo complica...

—Victoria —atajó Amador—. Déjale. Que termine de desayunar.

—Sólo complica las cosas —acabó. Se bajó las gafas. Miró a Amador tras el refugio de los cristales. Tamborileó sobre la mesa. Volvió a entretenerse con el movimiento de los aspersores.

Linda reapareció de repente, sigilosa como siempre. Dejó sobre la mesa el montón de correspondencia diaria; en Arenas, el cartero sólo descansaba los domingos. Lo dejó más cerca de Amador que de Victoria. Entre el gran sobre amarillo del *National Geographic*, al que Amador seguía suscrito porque nunca encontraba tiempo para darse de baja, y el catálogo *Venca* que llegaba a nombre de Victoria Huelva y que siempre acababa en la basura sin abrir, Victoria, Amador y Leo advirtieron el filo marcado en azul y rojo de un sobre de correo aéreo.

Ninguno dijo una palabra.

Victoria se quitó las gafas. Miró al niño. Después, a su marido. Leo miró a su padre con los ojos muy abiertos. El miedo complicó la digestión del desayuno. Amador esperó a que Victoria cogiera el sobre. Ella alargó el brazo sin dejar de mirar a Leo, tratando de descifrar en el rostro del niño, dirigido a Amador, alguna expresión que no fuera la del susto que parecía haberle contraído los músculos de todo el cuerpo. Victoria respiró hondo. Miró el sobre mientras expulsaba el aire por la boca.

Permaneció callada durante un minuto.

Amador seguía sin reaccionar, sin devolver la mirada a Leo.

Por fin, Victoria miró a su marido y dijo:

—Es para ti. —Le lanzó el sobre con un movimiento de muñeca—. ¿Quién demonios te escribe desde San Francisco?

—¿San Francisco? —preguntó él.

Si hubiera estado más atenta, Victoria se habría dado cuenta de que el rostro de su marido se encendía como no lo había hecho en mucho tiempo. Al menos no cuando la miraba a ella.

Amador cogió el sobre. Tenía las manos frías. Para quitarle importancia y evitar sospechas, lo abrió allí mismo. Era una foto. La misma de siempre. Del café en Lombard Street donde conoció a María, la escritora mexicana por la que decidió no apostar. Sólo eso. Ni una palabra escrita.

—Nada, una postal de mi compañero de habitación del máster —mintió Amador—, que se va a casar este verano —improvisó.

Rápidamente, volvió a meter la fotografía en el sobre e hizo desaparecer la carta. Temió que Victoria pidiera que se la enseñara. Más tarde la extraería del bolsillo trasero de su pantalón y la rompería, dejando caer los pedazos en el cubo de basura y removiendo el contenido para que quedaran debajo de los restos del pan tostado del desayuno, al igual que se empeñaba en mantener el recuerdo de aquel romance debajo de un montón de sueños incumplidos. María seguía intentando que Amador no la olvidara. Y lo hacía enviando una vez al año, o quizá cada dos, la misma foto de la misma cafetería.

—Hijo, tú tranquilo, ¿ves cómo no era nada? —desvió la atención hacia Leo.

Leo notó un matiz diferente en la voz de su padre.

—No —dijo Victoria—, si Leo estaba tranquilo. Él ya sabía que esa carta no era para él, ¿verdad? No la habías escrito tú, así que no podía ser otro… ¿cómo podríamos llamarlo?, otro… aviso de muerte.

Pi apareció de la nada. Una sombra negra que cayó de repente. Aterrizó sobre la mesa, a un lado de Leo. Derrapó sobre el mantel. Las tazas sonaron al vibrar sobre los platos. La copa de Victoria, aún llena de zumo de naranja hasta la mitad, se tambaleó sobre la base circular y se desplomó. Vació su contenido sobre la blusa de Victoria, quien se llevó una mano al pecho ahuecado y lanzó la otra hacia el animal. Pi recibió un golpe en el hocico. Regresó al suelo con un grave maullido y un movimiento aún más brusco que terminó de sembrar el caos sobre la mesa.

—¡Leo! —gritó Victoria—. ¡Linda!

La asistenta ya estaba alrededor de la mesa intentando recomponer el desastre del mantel. Leo y Amador la ayudaron.

198

Victoria, alejada unos pasos, metió una servilleta en un vaso de agua y frotó la mancha de la blusa. Colocaron los platos uno encima del otro, con los bordes del pan de molde amontonados en lo alto. Linda recogió el mantel llevando los extremos hacia el centro. Amador hizo ademán de cargar alguna de las torres, pero tiró dos vasos al intentar cogerlos con los dedos. Linda le pidió que no se preocupase.

—Ya me ayudará Leo —dijo. Como todo lo que decía, sonó a disculpa—. ¿Verdad que sí? Venga conmigo a la *cosina* —le indicó—, deje que sus papás disfruten de su mañana libre.

Victoria, demasiado atenta a su propia desgracia textil, ni siquiera intervino en aquel diálogo. Amador, que realmente quería disfrutar de su mañana libre, dejó que Leo ayudara a Linda con los trastos. En dos viajes —en el último Leo llevó a la cocina una caja de cereales que no había tocado pero que le dejó fascinado con la ilusión óptica que hacía parecer que la espiral dibujada en el dorso se movía sola—, la mesa quedó libre y Victoria y Amador regresaron a sus pasatiempos matutinos. Él, a la lectura de la prensa nacional mientras recordaba la camisa blanca de María descubriendo lentamente un pecho cuando cortaba cebolla. Ella, a mirar el jardín mientras repasaba en su cabeza el encuentro con el doctor Huertas del día anterior.

En la cocina, Leo dejó la caja de cereales sobre la barra, junto al resto de los escombros que el ataque de Pi había provocado. Linda interrumpió su labor en el fregadero cuando vio las intenciones de Leo de regresar junto a sus padres. Se secó las manos en el delantal rosa, a juego con el resto del uniforme. Se interpuso en el camino del niño y cerró la puerta de la cocina con la espalda. Miró primero a ambos lados. Luego, le agarró de la mano.

—Venga conmigo —susurró.

Le guió a la otra puerta de la cocina, la que daba acceso a

unas escaleras que bajaban al sótano. Allí tenía Linda su habitación.

El olor a detergente y ropa planchada envolvió a Leo. Notaba húmeda la mano de Linda. Advirtió un matiz extraño en su sudor. La habitación de Linda era una división improvisada al final del cuarto de lavandería, sin ventanas. Disponía de una cama pequeña, una cómoda y un armario. A Leo le resultó divertido ver dos uniformes iguales al que Linda vestía en ese momento. Recordó una viñeta graciosa que mostraba el armario de Batman. Sobre el cabecero de la cama, clavadas en la pared, vio unas fotos de Linda en una playa con dos niñas más pequeñas que él, otra foto de un hombre en uniforme militar, y una pegatina con una bandera azul y blanca.

—¿Ésa es la bandera de El Salvador? —preguntó.

Linda le soltó la mano. Lo sentó en su cama. Se recogió el pelo, liso y negro, por detrás de las orejas. Sus mejillas morenas parecían más carnosas vistas desde tan cerca.

—Leíto, mire, ya vi lo que pasó con sus papás y aquella carta que usted encontró el pasado verano. Y no me gusta verlo triste a usted. Ni que le anden *hasiendo* visitar a un doctor. —Se detuvo un instante—. No sé si *hise* bien —dijo, con su acento robando al idioma siempre el mismo fonema.

De un bolsillo, o quizá de debajo del delantal, extrajo un sobre blanco y alargado.

—La encontré en el *busón* esta mañana junto con las otras cartas. *Dise* que es para usted.

Leo sujetó el sobre que Linda le tendía. En letras impresas esta vez, alguien había escrito claramente su nombre:

LEONARDO CRUZ

Intentó recordar si la mujer pelirroja se había dirigido a él por su nombre. Un sudor frío que reconoció en el acto dibujó un trazo de terror a lo largo de su espina dorsal. La presión en el pecho le obligó a abrir la boca para respirar.

—No la abra —le pidió Linda.

Pero Leo ya había extraído el papel que encontró en el interior.

Alguien quiere advertirte de que algo malo pasará en agosto de 2009. No recuerdo el día. No sé más. Cuéntale esto a un adulto o a tus padres. No puedo hacer más. No puedo jugarme

Eso era todo. Unas líneas mecanografiadas, interrumpidas a mitad de una frase, impresas en un folio convencional. Leo dejó caer las manos sobre sus rodillas. El papel cayó al suelo. El sobre también. Miró a Linda. Ella identificó la expresión. Era la misma que le dirigió su hija menor el día que se despidió de ella en el aeropuerto sin poder explicarle por qué tenía que marcharse tan lejos. Linda abrazó a Leo con fuerza. El olor a suavizante se hizo aún más penetrante. Cuando Leo empezó a temblar, siseó de forma involuntaria como sólo sabe hacerlo una madre, aunque no todas.

El grito llegó con fuerza desde la cocina.

—¡Leo! ¿Dónde demonios estás?

Victoria parecía enfadada. Su voz y el ruido de los tacones la delataban. Linda se asustó por el grito. Y por la forma en que Leo saltó entre sus brazos. La puerta de la cocina se abrió sobre sus cabezas.

—¿Leo? —dijo Victoria al aire de la escalera antes de empezar a bajar—. ¿Linda?

Leo se separó del calor de Linda haciendo un gran esfuerzo, como un cachorro al que destetan antes de tiempo para llevarlo a sacrificar. Se tiró de rodillas al suelo. Cogió la carta. La metió en el sobre. Se dio cuenta ahora de que le faltaba una esquina. Los tacones de Victoria sonaban cada vez más cerca. Linda se puso a estirar las sábanas y a ahuecar la almohada.

Cuando Victoria se asomó a la habitación, se encontró a Leo de espaldas mirando las fotos que Linda tenía sobre el cabecero de la cama.

—¿Ésta es la bandera de El Salvador? —le preguntó de nuevo, ignorando la emoción que pretendía ahogar su voz.

—Sí —contestó Linda—, ésa es.

A ella le patinó la voz en la garganta. Volvió a pensar en sus hijas cuando reconoció el miedo en los ojos del niño. Sentía la presencia de Victoria a sus espaldas.

—Perdonad que interrumpa la clase de geografía. —Entró al cuarto tocando el techo con una mano, como si le agobiara el espacio o se le fuera a caer encima—. ¿Se puede saber qué haces aquí?

—Quería saber cómo era...

—La bandera de Linda —interrumpió Victoria mirando a su alrededor—. Ya. Pero ni tú ni yo tenemos por qué estar en la planta del servicio —dijo. Agarró a Leo por el brazo y añadió—: Ven, quiero que veas lo que ha hecho ahora tu gato.

Leo dedicó una última mirada a Linda, que no se atrevió a dirigirse a Victoria. Subió a la cocina guiado por su madre. Las tres esquinas del sobre, escondido bajo el pantalón y sujeto con la goma del pijama, se le clavaban en la tripa y en las ingles.

Atravesaron la cocina en dirección al jardín. Leo sentía la mano fría de su madre arrastrándole tras ella. El corazón le latía fuerte en el pecho, la amenaza le ardía en la entrepierna, el miedo le quemaba de frío por dentro.

Tenía ganas de gritar y de llorar. Pero no pensaba hacerlo delante de ella. Si Victoria hubiera mirado a la cara de su hijo y no al suelo bajo la mesa en la que habían desayunado, allí donde empezaban las huellas húmedas de leche y cacao que se adentraban en el salón y recorrían, estampándola en marrón, la alfombra persa blanca, habría visto la palidez en el rostro de Leo y la mirada que se perdía como si no fuera capaz de enfocar la realidad que tenía delante. Pero Victoria siguió sin darse cuenta de nada mientras gritaba a Leo, señalando el rastro de marcas que Pi había dejado en su huida del lugar del crimen. Su voz llegó amortiguada a los oídos de Leo, sus gestos ralentizados tras el filtro de pánico que esta vez no dejó estallar a la vista de sus padres. Cuando Victoria terminó con la reprimenda, que Leo capeó como capeaba la lluvia de insultos que podían caerle en cualquier momento en el colegio, alzó la cabeza hacia su madre.

—Lo siento —dijo—. Regañaré a Pi.

—Sobre eso —dijo Victoria, mientras salía al jardín para acercarse a Amador, que seguía sentado en el mismo sitio y había contemplado lo ocurrido con un nudo en el estómago—, tu padre y yo —posó ambas manos sobre el hombro de su marido— hemos pensado que quizá debamos regalar ese gato.

Leo corrió a su habitación, sin detenerse cuando oyó a papá gritar su nombre, y Pi se le unió en algún momento durante el trayecto. Cerró la puerta. Colocó la silla entre el suelo y el picaporte, aunque no hubiera hecho falta hacerlo, porque nadie intentó abrirla. Se dejó caer en la cama, ya completamente expuesta al sol del mediodía. Pi se colocó a su lado de un salto. Apoyó la cabeza sobre el vientre de Leo.

—Espera —le dijo al animal.

Se sacó el sobre del pantalón. El temblor de sus manos hizo que el papel crujiera, como agitado por el viento. Lo miró. Repasó con el dedo el filo de la esquina que faltaba. Tuvo que parpadear para limpiarse las lágrimas. Leyó otra vez su nombre. Lo veía borroso. En el primer sobre, el de correo aéreo, no aparecía su nombre. Creyó recordar que la mujer pelirroja tampoco lo había dicho. De lo que sí estaba seguro era de que aquella mujer se había sorprendido al descubrir que Leo ya estaba al tanto de lo que podía ocurrir el 14 de agosto, así que ella no sabía nada de la primera carta. Leo releyó el contenido de la que tenía ahora entre sus manos. La persona que la había escrito no conocía la fecha exacta que sí sabían el autor del primer mensaje y la mujer pelirroja. Aunque las tres comunicaciones le avisaran de lo mismo, cada una parecía tener diferentes grados de información.

—¿Cuánta gente quiere avisarme?

El reflejo del sol sobre la superficie blanca del papel le cegó. Sintió el vello erizarse en todo su cuerpo. Las lágrimas se desbordaron finalmente de sus ojos.

Leo comenzó a romper la carta en pedazos cada vez más pequeños. Quedaron dispersos sobre él y Pi. Trató de calmarse diciéndose a sí mismo que, a pesar de lo que dijeran papá, mamá y el psicólogo, todo aquello estaba ocurriendo de verdad. Él no había escrito la primera carta. La mujer pelirroja existía, como existió el polvo del aparcamiento del Aquatopia que lo cubrió por completo aquella mañana. Y este sobre había llegado hasta él porque Linda lo había encontrado en el buzón, lo cual significaba que alguien, una persona real, lo había dejado ahí, pues no tenía sello, franqueo, ni dirección. Apretó a Pi con fuerza cuando pensó en lo que pasaría si esos avisos estuvieran en lo cierto.

Hablaban de agosto.

Y ya estaban a finales de marzo.

17

Aarón

Sábado, 10 de junio de 2000

Aarón estaba de pie frente al cubo de basura, en la cocina. Afuera era de noche.

Sostenía entre las manos la carpeta granate con los billetes de avión a Cuba. En uno estaba escrito el nombre de David Mirabal. En otro, el de Aarón Salvador. En ambos, la misma fecha de salida. El 10 de junio. Hoy.

Recordó cómo David había tenido la idea de hacer el viaje para entretener su mente tras la ruptura con Andrea: «Venga, tío, pues hazlo. Cuéntale todo esto que me acabas de decir. Que lo que te pasó con Rebeca puede ser un síntoma, que sientes que te has perdido muchas cosas en estos diez años de relación. Y que no estás preparado para ser padre. Si no lo estás, no lo estás. Eso no se puede forzar. Pedimos luego una semana libre y nos vamos a cualquier lado. Yo qué sé, a Cuba. Para celebrar tu nueva vida. O para llorar juntos. Lo que tú prefieras».

Aarón rompió los billetes por la mitad.

Una lágrima ardió sobre el derrame de su ojo.

Los pedazos cayeron en el interior de la bolsa de basura.

—Ha sido mi culpa —dijo Aarón al apartamento vacío.

Después giró la cabeza y miró la mesa llena de papeles. Sólo había una forma de mitigar esa culpa.

Se acercó a la mesa y se sentó. Buscó en los cajones. En el fondo de uno de ellos encontró lo que buscaba. Tiró de la esquina rayada en azul y rojo de lo que parecía ser un sobre. De lo que era un sobre. Un sobre nuevo, no tan limpio. Lo sacudió. Virutas de lápices afilados cayeron al suelo.

Puso el sobre en la mesa, junto a las hojas que Andrea le había lanzado a la cara hacía unos días. Buscó entre el montón de folios desordenados. Encontró el último que le había mostrado. En la parte de arriba, en letras grandes, él mismo había escrito «14 de agosto de 2009».

—Exactamente nueve años, tres meses y dos días después de que dispararan a Davo el 12 de mayo —dijo al aire—, la fecha que tengo que decirle al niño del futuro —volvió a imitar la forma en que lo había dicho Andrea— para evitar que pase lo que no tiene que pasar.

Abrió la boca y emitió un ruido sordo con la garganta, imitando el sonido de la afición en un estadio de fútbol cuando el equipo anfitrión anotaba un tanto.

—Y si de verdad me he vuelto loco como piensa Drea, y todos estos números no significan nada —dijo con seguridad, como cuando los domingos, al preparar el trabajo de la semana, recitaba en alto los pedidos de medicamentos que debía hacer—, entonces no va a morir ningún niño en el Open, no tenemos de qué preocuparnos, y esta carta no puede hacer tanto mal.

Buscó un bolígrafo sobre la mesa. Dio con uno azul metido en la espiral de un cuaderno. Lo agarró con la mano izquierda.

—Hay mucho que ganar —continuó—, y poco que perder.

Giró el bolígrafo sobre su pulgar y añadió:

—¿Verdad, Davo?

Pronunció el nombre de su amigo sin sobresaltarse.

Cogió una hoja nueva. Se dispuso a escribir.

No necesitaba las palabras de Andrea para saber que la idea de ir al hospital podía salir mal. Quizá no le dieran la información del nacimiento. Y si conseguía localizar a los padres del niño, lo más probable es que llamaran a la policía en cuanto les contara lo que había descubierto. Eso no le preocupaba. Tenía una estrecha relación con la policía local de Arenas. Y lo volvería a intentar más adelante. Pero si no había para Aarón un más adelante lo suficientemente largo como para poder hablar él mismo con ese niño, pues empezaba a asustarle la idea de haber burlado al propio destino, entonces tendría que funcionar la carta. Una carta que pensaba entregar al señor Palmer, el hombre que mejor conocía a todo el pueblo. El hombre en cuya tienda iba a producirse la muerte de ese niño.

—Aunque el americano no estará en ese atraco —soltó a la habitación vacía—, ¿te crees que no lo sé? Tendrá más de sesenta en ese año, y esa edad no forma parte de la escena. —Agitó la cabeza, como si estuviera diciendo verdades elementales—. Pero tendrá tiempo de entregar mi carta. —Agarró el folio con ambas manos, extendió los brazos en paralelo a la mesa, lo examinó—. Mi sistema de seguridad.

De repente, todo resultó de una coherencia perfecta, casi sobrecogedora. Sintió un escalofrío en la parte baja de la espalda, sonrió al papel y escribió:

No pretendo asustarte, pero sería casi imposible explicarlo. Por favor, no vayas a la tienda de la gasolinera de Arenas. La tienda del americano. No vayas el 14 de agosto de 2009. No quiero asustarte, pero podría ser la fecha de tu muerte. No vayas. Lo siento, tenía que avisarte.

Dobló el folio dos veces por la mitad. Lo introdujo en el sobre. Chupó el pegamento. El sabor amargo le hizo arrugar la nariz. Lo cerró con suavidad. Después le dio la vuelta y escribió:

PARA UN NIÑO DE NUEVE AÑOS

Esa noche, Aarón durmió como hacía tiempo que no lo hacía. Cuando giró a la derecha tras atravesar las puertas automáticas, a Aarón le recibió el frío exagerado de la tienda del americano. Un escalofrío recorrió su espalda, parecido al que había sentido la noche anterior antes de escribir la carta. La suela de una de sus zapatillas rechinó contra el suelo. El Open estaba casi vacío. Una mujer caminaba hacia la puerta, agarrada al brazo de su marido. Los tres se intercambiaron un saludo con amabilidad suburbana.

El señor Palmer miraba el televisor escondido bajo la caja registradora. Sonaba con un volumen ensordecedor. Aquel aparato que le hacían llevar sobre su oreja izquierda no funcionaba demasiado bien ni ajustándolo en la muesca que marcaba el máximo. Hasta que Aarón llegó al mostrador y dejó caer las manos con fuerza, el americano no advirtió su presencia. Entonces encogió los hombros. Le miró. Apretó las cejas unos segundos, aquellas dos brochas de pelo cano. Luego sonrió al reconocer su rostro. Agarró el mando a distancia de la tele y bajó el volumen.

—Vaya, me alegro de verte por aquí otra vez. —Tosió, como si aún fumara, para aclararse la voz—. Qué, se te han acabado las pizzas y el pollo congelado, *huh?* Esa comida no es alimento. —Acercó su cara a la de él—. ¿Qué te ha pasado en el ojo?

—No sé, debió de ocurrir mientras dormía. Me desperté así —mintió.

—Pues tienes mala cara. Ya se lo dije a Drea, que estuvo por aquí el otro día. Y le dije que cuidara de ti. ¿Cómo estás? De David, ya sé, sigue igual. ¿Cómo lo llevas? Su hermano

208

pasó por aquí el otro día. Venía con ese otro chico, Carlos, el que va con él. ¿Y sabes qué compraron? Donuts. Policías comprando donuts. No sé para qué me fui de Kansas si aquí todo sigue igual.

Aarón sabía que el señor Palmer pretendía resultar gracioso para animarle, pero no lo logró.

—Yo... —dijo. La sonrisa quedó forzada.

—Deja que te cuide tu chica. Las mujeres saben bien cómo hacerlo. Hazme caso, he vivido el doble que tú. Mira la mía. Yo también estaba en la tienda la noche del disparo, y aquí estoy otra vez. —Palmer pensó en su mujer, sentada con la labor entre las manos, un jersey para el nieto de Dolores Pino y no para el suyo propio.

—Drea y yo... —empezó a explicar Aarón, pero se detuvo.

—Un hombre no vale nada sin una mujer a su lado. ¿Cuándo vuelves al trabajo? Mañana es lunes. Mañana me toca. Ya he mandado a mi señora dos veces a la farmacia. Sabes que no puedo dejar la tienda, y que a ella no le gusta mucho salir de casa...

Aarón entendió de inmediato.

—No te preocupes, mañana te traeré yo tus medicinas. Tenemos un acuerdo, ¿no? —dijo, refiriéndose a la gasolina gratis que el americano le ofrecía como pago por aquel servicio extralaboral.

—No lo decía sólo por eso. Te va a venir bien volver al trabajo. A mí esta tienda es lo que me da vida.

—He estado un poco, ya sabes, desconectado... Pero quiero volver a la normalidad cuanto antes —dijo. No sabía si se notaba que estaba mintiendo.

Se hizo el silencio.

Sólo se oía el ronroneo constante de las neveras. El americano pensó en alargar su mano para agarrar la de Aarón. No lo hizo. A veces, a la hora de la cena, en la mesa, tampoco agarraba la de su mujer, apoyada junto al plato de sopa de cebolla, aunque sabe Dios que se moría por hacerlo. En lugar de hacerlo, sonreía. Ahora, en lugar de hacerlo, sonrió. Aarón miró al suelo, avergonzado. Luego dirigió la mirada a la puerta de entrada. No había nadie a la vista. Alzó la cabeza, miró a los ojos de Palmer. El americano presintió que algo no iba bien.

—Escucha —empezó Aarón—, voy a pedirte... necesito que me hagas un favor.

Metió la mano izquierda en el bolsillo trasero de su pantalón vaquero. Extrajo un sobre y lo depositó sobre el mostrador.

Hacía tiempo que Palmer no veía un sobre de correo aéreo. Recordó las cartas que años atrás escribía a casa, contando a sus padres en Galena lo bonito y diferente que era Europa —a su madre le costó aceptar que España no estuviera al sur de México—. Cartas de varias hojas llenas de promesas de éxito y sueños de fundar una gran familia en el viejo continente. Palmer observó sus propias manos sobre el mostrador de la tienda, más arrugadas de lo que correspondía a su edad. Y suspiró al pensar en su mujer.

Aarón miró otra vez a la puerta de entrada del Open. Una moto cruzó la calle con un molesto zumbido del motor. Miró también al lado opuesto, como si buscara algún acceso secreto por el que pudiera colarse un testigo accidental. Se humedeció los labios e hizo más profunda su mirada.

—Esta carta —alzó el sobre a la altura de los ojos de ambos—. Necesito que se la des a una persona.

—Claro, Aarón, si todos los del pueblo me utilizan para eso —dijo—. *Jeez*, me estabas asustando. Mira, el otro día, la mujer de uno de los Moreno me dejó aquí unas maletas. De su marido. Lo echó de casa. Y ni siquiera esperó a que el hombre llegara...

—No —le cortó—. Esto es importante. Más importante

210

que eso. Puedo explicártelo o podemos dejarlo estar. No sé si prefieres saber o no.

Aarón le invitaba a decidir entre la pastilla roja o la azul. Palmer no lo entendió. Sólo asintió, esperando a que terminara de hablar.

—Tú me conoces —concluyó Aarón al fin—, desde hace mucho. Sabes que no voy inventando cosas raras por ahí. Lo sabes.

El americano asintió. Era verdad. Aunque de repente entendió por qué Andrea se había mostrado tan preocupada por Aarón la última vez que la vio, con su mirada apagada y escondida tras el cabello que no apartó de su rostro.

—Perfecto —continuó—. Porque esta vez tampoco me estoy inventando nada. Quiero que lo tengas claro. Quiero que me mires y escuches mis palabras. Porque tengo que avisarte —otra mirada de ida y vuelta a las puertas automáticas— de que van a volver a atracar la tienda.

Palmer golpeó el aparato sobre su oreja.

—Deja eso —dijo Aarón—, me has oído perfectamente. Habrá otra vez disparos aquí.

—¡Bullshit! —explotó el americano tras unos segundos—. Aarón, sabes que no tengo bien el... —Se señaló el corazón en lugar de nombrarlo. Estaba frente al joven que le llevaba las medicinas cada dos semanas. No creía necesario tener que explicarle nada—. Si es una broma...

—¿Una broma? Vamos, hombre, ¿te gastaría yo una broma sabiendo cómo tienes el corazón? Yo mismo te traigo las medicinas. —Se detuvo para pensar—. Y la última vez no cuenta —canturreó. Sonó como el eslogan promocional de alguna cadena de supermercados.

—Aarón, no sé qué te pasa...

—¡Por favor! —exclamó—. ¡Pero si esto es algo bueno! Por eso te pregunté si preferías saber o no.

El americano sacudió la cabeza, cada vez más confundido.

—Confías en mí, ¿no? —dijo Aarón con su mejor cara, muy parecida a la que le dedicaba a Andrea cuando ella le regañaba por no haber tendido la ropa—. Sé que lo haces. Por eso voy a pedirte que guardes este sobre. ¿Ves lo que pone aquí? —Repasó el destinatario con un dedo—. Pone que es para un niño de nueve años. ¿Sabes por qué? Porque es posible, bueno, estoy seguro, de que van a volver a atracar esta tienda. Ya ha pasado muchas veces antes. Cuatro veces. ¿Lo sabías?

El señor Palmer asintió.

Mientras escuchaba a Aarón, el americano lo recordó de niño, de la mano de su madre, una joven educada de labios gruesos y caderas generosas. Como si hubieran transcurrido pocos días desde entonces, la rememoró arrodillada en el suelo de la tienda, con la falda por encima de las rodillas, para limpiar con la manga los labios de Aarón, que se había comido algunas golosinas sin pasarlas por caja. Debió de ser unos años antes de que se popularizaran las ratas de mentira que los niños devoraban imitando a los lagartos de la tele. Recordó también cómo se disculpó ante él y le ofreció más dinero del que Aarón había podido ingerir, con una sonrisa tímida y la mirada firme, y cómo salió de la tienda, tirando del niño y de la puerta, a la que aún faltaba mucho para ser automática. El Aarón de la barba descuidada que ahora tenía frente a él, era el mismo chaval que se había presentado con un carné falso en la tienda con la idea de comprar unas cervezas para él y para su chica, la Andrea que ya era hermosa entonces, cuando muchas niñas aún no se atrevían a ser mujeres. El mismo chaval que había salido triunfante de la tienda con las latas bajo el brazo, adulto por primera vez en su vida, seguro de haber engañado al americano, aunque el americano supiese que sólo tenía diecisiete años porque le había visto crecer y mancharse los labios con golosinas robadas. El mismo chaval que había besado a su chica a las puertas, entonces giratorias, del Open, celebrando aquellas bebidas con un beso que silueteó el sol anaranjado de una tarde agonizante en Arenas en la foto más perfecta que Palmer observaría nunca del amor adolescente y los veranos llenos de posibilidades. Qué más daba lo que mandaran las leyes de este país, extranjero para él, si aquellos pocos grados de alcohol iban a refrescar el primer calor nocturno de dos sexos jóvenes torpes y ansiosos que se encontraron bajo una noche estrellada para permanecer juntos durante más tiempo del que duró cualquier sistema de apertura de puertas del Open.

—Pues si estabas enterado de los atracos anteriores —dijo Aarón, sacándolo de su ensoñación—, entenderás que podría volver a ocurrir. Es lógico, ¿no te parece? Lo malo es que la próxima vez le dispararán a un niño.

Mientras hablaba, volvió a repasar con el dedo índice lo que había escrito en el sobre. No intentó suavizar sus palabras. No creyó necesario disminuir la gravedad de una frase en la que se conjugaban las palabras Niño, Muerte y Disparos.

El americano volvió a desconfiar del aparato sobre su oreja cuando escuchó aquello. Sacudió la cabeza. Enfocó la mirada. Aún hábil en lo físico, rodeó el mostrador y salió para acercarse a Aarón. Torpe desde siempre en las muestras de afecto, pensó en abrazar a aquel chico; pero lo único que hizo fue agarrarle un brazo a la altura del codo.

—Aarón. —Lo sacudió para que dejara caer el sobre que sujetaba en la mano—. ¿De qué estás hablando? ¿Estás bien? Si es por David, sé que se va a recuperar. El otro día pasó por aquí la hermana de una de las enfermeras que…

—Espera —le interrumpió—. Dime, ¿qué día naciste? —Aarón sabía su edad, la habían publicado en el periódico para sorpresa de todo el pueblo. Cincuenta y tres años, los mismos que siempre tenía una de las personas en todos los atracos anteriores—. Dímelo. Es sólo para reconfirmar unas cosas, unos asuntos. Dime la fecha.

—Pero qué…

—Que qué día nació usted —repitió con exagerado tono cansino. Aarón liberó su brazo del cepo. Hizo con él un movimiento de reverencia, teatral, el gesto desproporcionado que hace un mago para obligar a su invitado a que diga la carta en la que está pensando.

—El 10 de marzo de 1947 —dijo Palmer. Tuvo que pensar unos segundos cómo decir el año, pues instintivamente le salía en inglés—. ¿Qué tiene eso que ver con nada?

Rápido como había sido siempre con los cálculos, algo chirrió en la cabeza de Aarón.

No puede ser.

De repente, no le quedaron ganas de seguir con el espectáculo. El señor Palmer lo observó en silencio. No sabía qué más decir. Aarón advirtió cómo se le arrugaba el entrecejo. Se sintió incómodo. Agarró el sobre de nuevo. Lo colocó entre las manos del americano, apretándolas contra las suyas. La cercanía física violentó a Palmer.

—¿Te acuerdas cuando compré aquí mis primeras cervezas? Lo sabías. Sabías que no llegaba a la edad. Y yo me creí que te había engañado. Qué orgulloso estaba de mi bigote. Por eso este pueblo te quiere tanto. ¿Crees que otro me las hubiera vendido? Yo no, no lo creo. —Aarón bajó el tono de voz y adelantó la cara—. Haz como que me crees otra vez. Sólo confía en mí. Guarda esta carta. Por favor. Lo más seguro es que nunca vayas a necesitarla. Yo me encargaré de este asunto. Pero guárdala. Y no la leas. Así no serás cómplice de lo que pone. No te preocupes. Te aseguro que lo que pone es algo bueno. Algo… —buscó la palabra exacta— algo importante. Es muy posible que nunca tengas que entregarla. —Su voz quedó reducida a un silbido.

Palmer tuvo que acercar su oreja a los labios de Aarón para poder escucharlo.

—Y si llega el día en que tengas que hacerlo —continuó,

214

salpicando de saliva el vello de las orejas del americano—, bueno, supongo entonces... que simplemente lo sabrás.

Aarón permaneció un segundo callado mientras escuchaba en su cabeza: *uno nace cuando muere el anterior*. Acto seguido, añadió:

—Es posible que ese niño te recuerde a Davo.

El rostro de Palmer se desencajó.

Tiró de sus manos para escapar y regresó detrás del mostrador. Sujetaba el sobre arrugado en uno de sus puños cerrados. A la vista de Aarón, colocó el sobre, con desprecio, bajo un montón de papeles apilados en un hueco entre el mostrador y una de las paredes.

Aarón le sonrió. Palmer suspiró y negó con la cabeza.

—Cuídate —le dijo.

Sin esperar respuesta, agarró el mando a distancia y subió el volumen al máximo. Miró a la pantalla del televisor. No quiso saber más.

Aarón le dio las gracias, pero el americano no lo oyó.

—Y dale un beso a tu mujer —agregó.

Con un golpe en el mostrador, una sonrisa involuntaria en la cara y una emoción desconocida en el estómago, Aarón se encaminó hacia la salida.

Sabes que su fecha de nacimiento no... Pero no dejó que terminara el pensamiento.

Antes de cruzar la puerta, hizo visera con la mano izquierda sobre sus ojos. El aire acondicionado era muy exagerado en el Open. Por ese motivo Aarón recibió aliviado el calor de la calle. Al tomar la acera, con la mirada dirigida al suelo huyendo del sol, arrolló con su cuerpo a la mujer que había visto antes dentro de la tienda. Sin querer, las manos de Aarón agarraron su barriga.

Una chispa de electricidad estática saltó al hacerlo.

—Perdone, de verdad, lo siento —dijo.

La mujer lo miró con desprecio exagerado, el labio superior levantado mostrando la encía. Aarón retiró las manos como si le quemaran. Se disculpó otra vez y huyó hacia el coche.

—¡A ver si miras por dónde vas! —le gritó Amador Cruz. Después, se dio la vuelta, colocó una mano sobre la tripa de Victoria, otra sobre su hombro, y preguntó—: ¿Estáis bien?

18

Leo

Viernes, 19 de junio de 2009

El último día de curso, Leo salió del colegio con los zapatos en la mano. En el interior de uno de ellos había metido los calcetines, hechos una bola. Andaba con los pies descalzos, sintiendo el calor del suelo. Su tutora, Alma Blanco, despedía el año observando a los niños desde la ventana de un aula vacía. A ella, desde pequeña, le hacía sentir bien el final de cada curso. Junto al portalón de salida de la escuela, grupos de niños de todos los cursos alborotaban la tarde con gritos, carcajadas, despedidas y los últimos pases de balón del año.

Leo avanzó junto al resto de sus compañeros. Miraba al suelo. Notó cómo algunos se paraban a observarlo. Veía sus zapatos acercarse, detenerse, marcharse. Los de Edgar, Brecha, Jota o cualquiera de los demás. Atravesó el patio frontal en dirección a la calle. Donde siempre esperaba a mamá. En la acera opuesta a la tienda del americano. Quienes le miraron desde atrás advirtieron el color negro de la suciedad en las plantas de sus pies.

—¡Todos al Open! —gritó alguien—. Brecha va a hacer su especial de fin de curso.

El pelotón cambió de dirección. Varios alumnos se cruzaron por delante de Leo en diagonal, de derecha a izquierda, jaleados por Brecha, quien seguía anunciando el espectáculo con desparpajo circense. Madres apresuradas, y mujeres vestidas con uniformes similares al de Linda, tiraban de algunos niños que pataleaban por tener que marcharse.

—Quita de en medio, atontado —le dijeron.

Hubo más colisiones. Hubo más regaños.

Entonces apareció una mano que le agarró de la muñeca. Tiró de ella hacia abajo.

—Leo —dijo la voz—. Leo, soy Claudia.

Claudia dio un traspié hacia delante cuando la empujó uno de los ansiosos espectadores.

—Hola —respondió Leo.

Alzó la mirada. Descubrió a Claudia. Ella miraba los zapatos que él sujetaba en una mano.

—¿Por qué…? —No terminó la pregunta.

—¿Vas al Open? —preguntó él—. Van todos, mira.

Jota pasó entre ellos, huyendo de alguien que le perseguía. Golpeó a Claudia en un hombro. Sus gafas estuvieron a punto de caer. Leo la recordó apoyada en el suelo, con la falda subida hasta la cintura.

—Brecha va a hacer otra vez lo de los Mentos y la Coca-Cola. Dice que este año la espuma llegará más alto que nunca. Dice que su padre le ha traído Mentos de China. Que allí les meten algo de pólvora para que sepan mejor.

—Eso no puede ser. No pueden meterle pólvora a unos caramelos.

—No sé. Es lo que dice él. ¿Tú vienes?

Leo bajó la cabeza. Miró los dedos desnudos de sus pies. Los movía arriba y abajo.

—Yo nunca voy al Open —respondió.

Claudia abrió la boca para decir algo. A unos metros, sus amigas empezaron a cantar algo. Risitas entrecortadas acompañaron la melodía. Claudia las miró entornando los ojos.

—Hasta después del verano —dijo—, a lo mejor nos encontramos otra vez en el Aqua. Mi padre va a llevarme este domingo. Aún no he probado la atracción que vimos en febrero.

Claudia corrió junto a sus amigas, y a una le puso la mano sobre la boca. Las cuatro miraron a Leo y explotaron en una carcajada.

La corriente humana arrastró a Leo hasta el semáforo. El mismo por el que tanto había luchado la Asociación de Padres de Alumnos, exigiendo que el paso de cebra se pintara dos veces al año. Como casi siempre, estaba en verde para los peatones. La bandada de críos, impulsada por la urgencia de otro verano eterno por delante, cruzó la calle como una manada de ñus en busca de agua. Los adoquines de la acera ardían bajo los pies de Leo. Metió la mano en uno de los zapatos. Seguían empapados. Oyó su nombre varias veces. Algunos niños imitaban pistolas con sus manos. Recibió el golpe de una mano abierta sobre la nuca. Agarró las correas de la mochila espacial y se imaginó impulsado hacia la Luna. Aún con la vista clavada en el suelo, deseó que su madre se diera prisa en llegar.

La jauría empezó a disolverse a este lado de las rayas blancas. Los más rezagados cruzaron la calle a velocidad punta. Un chico con la voz asonante ante una inminente adolescencia se tumbó en el asfalto y cruzó ambos carriles rodando sobre sí mismo. Gritaba consignas militares sin ningún sentido. Una pelota viajó de un lado a otro sin botar, lo hizo sobre el techo de un todoterreno estacionado junto a la acera. El último en pasar, un niño más pequeño que Leo, llevaba los brazos extendidos en paralelo al suelo, imitando las alas de un avión. Un proyectil debió de alcanzarle, porque pegó el brazo derecho a un costado y viró su trayectoria. Después, el ruido se alejó. Apenas cincuenta metros separaban a Leo del césped que se extendía a la salida del Open, a un lado de los surtidores de gasolina, pero era una distancia suficiente para que el ruido sonara amortiguado y menos amenazador.

Leo miró a ambos lados.

Los coches aparcados parecían animales perezosos pastando a lo largo de la calle, engullendo la acera con sus grandes bocas de metal. Las puertas automáticas de la tienda del americano se abrían y cerraban al ritmo frenético de las entradas y salidas del torrente de críos sobreexcitados. Algunos adelantaban sólo un pie, regresaban al grupo para abrazar a sus compañeros y celebraban el triunfo de haber engañado al mecanismo. Otros, sin camisa, fingían pelearse. Las chicas los miraban en grupitos. El resto concursaba para descubrir quién podía escupir más lejos o formar el charco de color más extraño con la saliva resultante de masticar diferentes chucherías.

Leo distinguió a Claudia, que chupaba un helado. Brecha llevaba la corbata alrededor de la cabeza. Su nariz resultaba inconfundible. Se paseaba con una gorra en la mano, haciendo que los demás depositaran algunas monedas en su interior. Gritó a uno de los más pequeños, el que había cruzado la calle a bordo de un caza.

Leo sintió lástima por lo que iba a tener que aguantar esa tarde el viejo de la tienda, el que les atendió a él y a su padre cuando fueron a buscar leche una noche del verano anterior. El que no le había cobrado la golosina robada. Entonces, su pensamiento se interrumpió por la fuerza de una imagen que se proyectó con tal luminosidad en algún lugar de su cerebro que le hizo entornar los ojos: la extraña sensación de reconocimiento que experimentó en la mirada de aquel viejo la noche en que su padre se olvidó las monedas.

La noche en que apareció la primera carta.

Un sudor frío cubrió a Leo en aquella calle a treinta grados de temperatura.

Edgar y Brecha estaban en la puerta del Open. No podía

cruzar descalzo el paso de cebra. Todos le mirarían. O harían algo más que mirar.

El suelo quemaba. Leo levantó los pies de forma alterna, primero el izquierdo, luego el derecho, como si tuviera ganas de hacer pis. Le ardían las plantas. Buscó a su alrededor. Se desplazó hasta la línea de sombra que proyectaba el semáforo. Encajó los pies en la exigua banda negra sobre la acera.

Esperó.

Escuchó un clic cuando el semáforo de los peatones cambió a rojo.

Vio a Edgar entrar en la tienda vitoreado por el corrillo que se había formado junto a las puertas. Lo vio salir un minuto después con dos botellas, una a cada lado del cuerpo. Los demás gritaron, rieron, aplaudieron.

El semáforo volvió a cambiar.

Y el pie izquierdo de Leo dio un paso al frente antes de que él hubiera tomado la decisión de hacerlo. Cuando el pie derecho siguió al izquierdo, Leo supo que ya no había marcha atrás. Apretó con fuerza una de las correas de su mochila, casi a la altura de los hombros, con la mano que tenía libre. Pensó en la fina costra que formaron en su mejilla los tres arañazos del bofetón que le dio su madre. Pensó en Pi durmiendo al otro lado de la puerta de su cuarto mientras el cielo de Arenas se encendía en una lluvia de fuego sobre su cabeza. Pensó en otro año buscando el sitio más alejado para sentarse a comer solo en el comedor. Otro año esperando a su madre todas las tardes junto al semáforo cuya angosta sombra protectora acababa de dejar atrás.

Bajó el desnivel de la acera. Colocó el pie sobre la pintura de la primera banda blanca. Estaba igual de caliente. Pisó con fuerza. Mantuvo la mirada al frente. La masa informe que formaban sus compañeros latía más allá, como la del monstruo de aquella película tan vieja que vio con su padre a escondidas de su madre. Pasó por encima de la segunda franja blanca. Se imaginó atravesando un puente de madera sobre un río enfurecido. Si pisaba fuera de los tablones, de las bandas blancas, caería al vacío. Sorteó el asfalto entre la segunda y la tercera.

Alguien gritó:

—¡Eh, mirad! ¡El tarado!

Se produjo un silencio. Enseguida volvieron a estallar las risas. Brecha hizo una señal a Edgar y a Jota. Corrieron hasta el paso de cebra. Animaron a Leo como si fuera un atleta en los últimos metros de una gran carrera.

Leo miró al suelo.

Se obligó a pensar en el viejo. En el sobre de correo aéreo. En las esquinas del otro sobre, el que le había entregado Linda, clavándose en su entrepierna. En los ojos cada vez más vacíos de su madre.

Necesitaba una explicación. Y el viejo podía saber algo.

—¿Qué pasa? —le gritó Brecha desde el otro lado—. ¿Ahora quieres ser normal?

Escuchó los choques de manos felicitándose por el insulto.

—Pues no es muy normal ir a un loquero, tarado. Éste no es tu sitio. A los miedicas sus mamás les recogen en el otro lado. —Edgar hablaba imitando el balbuceo de un bebé.

Leo llegó al otro lado del puente. El dolor estalló como una ráfaga de luz desde el pulgar hasta el tobillo cuando Brecha le pisó. Sorbió saliva de forma sonora.

—¿Vas a llorar? —La cara de Brecha se asomó por debajo. Sus largos rizos negros caían hacia el suelo. Distinguió las pecas de su nariz. En la barbilla, la cicatriz que lo había convertido en un héroe hacía años, desde el ahora lejano primer día de clase.

Leo giró la cabeza.

—Digo que si vas a llorar —repitió, más alto.

Otra sacudida de dolor, o quizá la misma, regresó al pie izquierdo de Leo.

222

—Bah —escupió Brecha—, no es divertido ni para esto.
—Lanzó el dedo índice contra su oreja por detrás—. Vamos.

Los pies desaparecieron.

Leo atravesó la zona de los surtidores. Alargó la zancada para evitar pisar un charco de gasolina y se tambaleó mientras recuperaba el equilibrio. Escuchó más risas. Reconoció los calcetines rosa de Claudia cuando sus pies se acercaron junto a los de otros niños. Luego regresaron con los demás para hacer comentarios.

—¿Adónde va?

—¿Qué está haciendo?

—¿Es verdad que lleva los zapatos en la mano porque...?

—Edgar y Brecha se pasan con él.

—A mí Edgar una vez me...

—Es que es un poco raro.

—Yo siempre le he visto solo.

Tres niños le interrumpieron el paso. Llevaban los dedos extendidos formando pistolas imaginarias.

—¡Pium, pium! —le gritaron—. ¡Recuerda lo que pasó en el Open!

Después, como si lo tuvieran ensayado, cada uno de ellos exclamó una sílaba diferente:

—¡Ta!

—¡Ra!

—¡Do!

El golpe de aire frío congeló el sudor de la frente de Leo, de las sienes y los lados de la cara. Las puertas del Open se cerraron tras él. Tres figuras ahora cristalinas enfundaron sus pistolas. Se tiraron al suelo con las manos agarradas al pecho. El más dramático fingió algunos espasmos antes de dar un estirón final y quedarse quieto. Los pies de Leo recibieron el frescor del suelo pulido de la tienda como debe de recibir el último beso un hombre agonizante que jamás pensó que aguantaría vivo hasta que llegara la dueña de esa agridulce despedida.

El corazón empezó a latirle fuerte en el pecho.

Pensó en el viejo.

Se encaminó hacia el mostrador.

Al otro lado, encontró a un hombre delgado, con la tripa pronunciada de quien se ha alimentado toda su vida con los asados de una madre sobreprotectora en la infancia, sobreprotegida en la vejez. Observaba intranquilo el jaleo en el exterior de la tienda mientras ordenaba varios paquetes de pilas contenidos en una enorme caja de cartón.

Leo colocó los zapatos encima del mostrador.

—¿Y a ti qué te pasa ahora? Os he dicho que ya está bien —dijo el hombre, con el semblante serio, como si temiera que aquellos críos fueran a amotinarse y saquearle la tienda—. Y los zapatos, quítamelos de ahí.

Leo cogió los zapatos. Se disculpó con los ojos. No era el viejo de la otra vez. El nuevo dependiente se asomó por encima del mostrador y miró los pies desnudos de Leo, los pulgares elevados.

—¿Qué haces descalzo, hijo? —preguntó.

Leo miró en dirección a sus compañeros.

—¿Ellos? ¿Te han hecho algo? —Su voz subió por lo menos una octava—. ¿Han sido ellos?

Leo asintió.

—¿Qué es lo que te han hecho?

—Me han tirado por el váter.

—Ya, claro. —El dependiente no pudo contener la risa.

Leo mantuvo la mirada. Luego la dirigió al suelo.

La sonrisa del dependiente se fue desdibujando.

Edgar y Brecha le habían sujetado por los hombros. Jota y otro le habían obligado a mantener las piernas en el interior de la taza. «¡A ver si te traga y el año que viene no apareces!», le había gritado Edgar mientras accionaba el pulsador y la primera corriente de agua helada empapaba sus zapatos. «No cabe. Una rata que no cabe. Cuando mi madre tiró el pájaro, se lo tragó enseguida», añadió Brecha. Siguieron empujándole hacia abajo en un intento absurdo de que lo succionara la tubería mientras pulsaban sin parar el botón de vaciado y la presión en los brazos de Leo comenzaba a doler de verdad.

—Estaba buscando al señor mayor que trabaja aquí —dijo.

—¿Mayor como yo, o mayor como un viejo? —Se arrugó la cara apretándola con las manos por ambos lados. Consiguió que Leo sonriera.

—Como un viejo —contestó. Se pasó la mano por encima de la cabeza y añadió—: Con el pelo blanco.

—¿Te refieres al señor Palmer?

Leo encogió los hombros.

—¿Esto te parecen pilas normales o de las pequeñas? —preguntó el dependiente.

Le acercó uno de los paquetes a la cara. Tenía los dedos huesudos, amarillentos en la punta.

—De las pequeñas. Ahí pone triple A.

El dependiente miró el paquete. Cogió otro. Los comparó forzando los ojos.

—Sí, es él. —Tiró las pilas de vuelta a la caja, como si hubieran dejado de importarle—. Pero ya no trabaja aquí. Hará más de un mes que traspasó el negocio. Me lo ha dejado tal y como lo tenía, con el rótulo de neón y todo. Me parece que ésta va a seguir siendo *la tienda del americano* durante mucho tiempo. —Utilizó el calificativo con cierto desdén, consciente de que no iba a poder luchar contra tres décadas de costumbre—. Y todavía no sé si he invertido bien mi dinero.

Miró a su alrededor y suspiró.

—Cuarenta años para esto… Tú estudia, que tienes cara de listo y a mi edad ya deberías ser presidente —añadió.

225

—¿Vive en el pueblo ese señor? —preguntó Leo.

—Su casa está, pero él no. Él no está.

—¿No está? —repitió. Luego entendió—. Ah, que no está. —Su voz se fue apagando en un susurro inaudible.

—No, pero no es por eso —dijo el dependiente agitando una mano—. ¿Has pensado que…? —Recorrió su cuello con el dedo índice—. Nada de eso.

Se dio la vuelta hacia el cristal a través del que cobraba la gasolina. Echó un ojo a la bandada de críos. Los vio alrededor de uno que parecía mayor que el resto, de nariz pronunciada. Arrodillado, manipulaba algo sobre el suelo.

—El viejo debe de estar en la gloria. Vino a Europa a hacerse rico con la tienda… y al final lo ha conseguido. No como él esperaba, pero lo ha conseguido. Todos los días pasa por aquí un ciego, de los de la ONCE, con cupones. El señor Palmer compraba uno todos los días. Bueno, fíjate.

El dependiente alargó el brazo por debajo de la caja registradora. Tanteó entre los estantes sin mirar siquiera. Al sacarlo, sostenía en la mano un sobre de estrellas adhesivas luminosas. Leo pensó en su techo.

—Esto no —dijo, y volvió a meter la mano hasta que encontró lo que andaba buscando—. Mira el montón de cupones antiguos que tenía aquí guardados. Encima los coleccionaba. Están aquí todos. —Deslizó el pulgar por el filo de un taco sujetado con una goma, haciéndolo sonar como si fuera una baraja—. Menos el del premio, claro. Ése sí que se lo ha llevado el jodido. Treinta años trabajando aquí, echa cuentas.

—Siete mil ochocientos cupones —dijo Leo enseguida.

El dependiente arqueó las cejas.

—Se me dan bien los números.

—Tenía que tocarle alguna vez. Treinta años comprando es mucho tiempo. No sé cuánto le tocó, pero lo suficiente como para dejar de trabajar. Así que se ha vuelto a Estados Unidos.

226

Cuando el señor Palmer regresó a casa aquella noche se sentó en el sofá, como si tal cosa, a ver la última edición del informativo junto a su mujer. «*What's with the smile?*», le preguntó ella. Con el corazón acelerado y el estómago emocionado, el señor Palmer aguardó pacientemente a que el presentador anunciara los números premiados de los diferentes sorteos. Entonces extrajo el cupón doblado del bolsillo de su camisa y lo extendió frente a los ojos de su mujer. Prometió que con el dinero del premio harían únicamente lo que ella quisiera. La señora Palmer no tardó ni un segundo en decidir: «*I just wanna go back to Kansas*».

El dependiente olió el fajo de cupones antiguos no premiados y los devolvió a su lugar bajo el mostrador.

—Así que ya sabes —le dijo a Leo—, si ves a ese ciego por la calle, dile a tu madre que le compre un cupón, que lleva la suerte. —El dependiente lo pensó unos segundos. Después abrió la caja y sacó un euro—. Mejor, cómpratelo tú.

Le ofreció la moneda.

Leo negó con la cabeza.

—Venga, así, con todo el dinero que ganes, podrás comprarte unos zapatos nuevos —dijo. Acercó la cara a la de Leo y susurró—: Y los que te han hecho eso verán quién ríe el último.

—Creo que se seguirán riendo ellos —dijo el niño.

—Tú quédatela. Verás como un día la cosa cambia.

Leo le dio las gracias. Cogió los zapatos y sostuvo la moneda entre los dedos. Dio un pequeño salto para recolocar la mochila sobre sus hombros, sonrió a aquel hombre y se dirigió a la puerta. Ahora el calor que hacía fuera de la tienda resultaba apetecible. Mientras, el dependiente volvió a asomarse al cristal para controlar a los críos. Dejó escapar el aire en un silbido cuando vio un BMW blanco detenerse frente a uno de los surtidores.

—Algún día —se dijo—, algún día.

Las puertas automáticas se abrieron para dejar paso a Leo.

Colocó ambos pies sobre el caliente hormigón. Reconoció el coche de su madre aparcado junto a uno de los surtidores. Suspiró aliviado. Entonces vio que ella lo miraba de arriba abajo. A esa distancia, y mirando desde el coche, Victoria no estaba segura de que su hijo estuviera descalzo de verdad. Leo miró al suelo, avergonzado.

Fue entonces cuando sintió el chorro golpearle la cara. La espuma se le metió a través de la nariz hasta llegar a la garganta. Le ardieron las fosas nasales. Tosió. Le costó seguir respirando. Un sabor dulce le inundó la lengua. Los párpados se le quedaron pegados. El ojo izquierdo, en el que había impactado el refresco a presión, comenzó a latir en rítmicos espasmos de dolor. Oyó como si un roedor hurgara en su cerebro cuando el líquido se introdujo en sus oídos.

Abrió la boca para intentar respirar.

El segundo chorro le atravesó la garganta. Llegó hasta el estómago como un puñetazo. Una arcada lo sacudió violentamente. Gran cantidad de líquido salió expulsado hacia fuera. No fue como si vomitara, el líquido simplemente fluyó por su cuerpo: primero hacia dentro, luego hacia fuera.

Cuando pudo mantener los ojos abiertos, vio a Edgar riéndose en el suelo. Dos botellas vacías de Coca-Cola Light giraban sobre sí mismas junto a él. Brecha también reía. Y Claudia. Mordía el palo ya desnudo de su polo de limón. Le señaló junto a sus tres amigas, y el aparato dental de una de ellas brilló al reflejar la luz del sol.

El calor ambiental secó el refresco enseguida. Leo sintió la cara acartonada. Pegajosa. La camisa blanca se había teñido de marrón. Los zapatos se le resbalaron entre los dedos y cayeron al suelo. Una nueva oleada de carcajadas llegó amortiguada hasta sus oídos taponados. La moneda que le acababan de regalar también cayó. Rodó sobre el asfalto.

228

Cuando se atrevió a mirar otra vez a su madre, la vio taparse la boca con una mano.

Leo recorrió el camino hacia el coche sin preocuparse de esquivar los charcos de gasolina, dejando que sus pies descalzos se hundieran en el líquido.

—¿No pensarás subir así? —le preguntó Victoria cuando abrió una de las puertas traseras—. Mírate, estás lleno de… Y tus pies… Ve por la acera, que yo iré a tu lado. Pero ponte los zapatos, no te vayas a cortar.

El último día de clase, Leo regresó a casa caminando junto al coche de su madre. Llevaba la mano izquierda agarrada a la puerta del copiloto y la camisa empapada pegada al cuerpo. La molesta sensación de los zapatos encharcados de agua, Coca-Cola y gasolina le incomodaba a cada paso.

En cuanto llegaron a casa, Leo subió al baño, se limpió y se encerró en su cuarto. Abrió el libro de astronomía y se enfrascó en la lectura. Aunque, más que leer, lo que hizo fue escapar.

Seguía leyendo cuando anocheció. Le sonaban las tripas. Decidió salir a pedir permiso para cenar. No estaba seguro de que su madre fuera a permitírselo. Mientras quitaba la silla de la puerta, sonó el teléfono por primera vez. Al cuarto timbrazo de la primera llamada, Victoria cogió el inalámbrico del salón.

—¿Diga? —preguntó en el momento en que Leo terminaba de bajar las escaleras—. ¿Diga? —repitió.

Al otro lado, sólo vacío.

Preguntó una tercera vez antes de colgar.

—Ahora bajas, ¿no? —le dijo a Leo cuando advirtió su presencia.

—Tengo hambre, mamá. ¿Puedo cenar?

Hubo algo en su voz que la conmovió.

Un nuevo timbrazo del teléfono la distrajo del niño.

—Sí, diga. —Ya no era una pregunta, sino una orden.

No surtió efecto.

—Oiga, ¿quién es?

Amador habló desde la cocina:

—¿Qué pasa?

—Nada, que no me contestan —dijo con el teléfono aún en la oreja. Luego colgó—. Sí, cielo. Claro que puedes cenar. ¿Qué tipo de madre te crees que soy?

Victoria se dirigió a la cocina. Preguntó por Linda a su marido cuando ambos se encontraron en la puerta. Leo avanzaba por el salón.

El teléfono volvió a sonar.

—Pero ¡qué coño! —saltó Amador. Agarró a Victoria de un brazo indicándole que se quedara allí—. Yo lo cojo, a ver si también se atreve con un hombre.

Leo estaba junto al teléfono.

—¡No lo cojas! —le gritó Amador—. A ver, ¿qué es esto? —respondió cuando levantó el aparato—. Puedo ver en la pantalla el número desde el que me está llamando. Hace por lo menos diez años que no tiene sentido gastar bromas por teléfono. Cuelgue, que ya le llamo yo —añadió.

Amador estaba enfadado, pero no asustado. Y se sabía más listo que el otro. Colgó el teléfono. Buscó la última llamada recibida. Presionó el botón de marcar. No dio línea. La otra persona aún no había colgado.

—¿Qué coño está haciendo? —gritó al silencio. Tras unos segundos, colocó el teléfono sobre el pie del cargador—. Y tú no aprendas de tu padre. Palabrotas, ni una.

Le pellizcó la barbilla a Leo.

—¿Quieres contarme lo que ha pasado hoy en el colegio?

Leo bajó la cabeza.

Mientras Amador regresaba a la cocina, Victoria le hizo un gesto para avisarle de que Leo había cogido el teléfono.

—¿Hola? —preguntó a la nada.

Y no escuchó nada.

Hasta que escuchó algo. Una respiración.

—¿Leo? —dijo la voz. Pronunció el nombre de una forma extraña—. ¿Eres Leo? Escúchame, Leo, sé que ya te han avisado de lo que puede pasar el 14 de agosto. No vayas a esa tienda. Voy a intentar que no pase nada. Pero tú no debes ir. Yo soy...

Leo devolvió el teléfono a su base sin dejar que aquel hombre terminara. Comenzó a temblar. A parpadear de forma extraña. Amador y Victoria se arrodillaron junto a su hijo. Lo sacudieron en un intento de hacerle reaccionar. Cuando Victoria reconoció la mirada de terror en el niño —pues era la misma que la del día en que bajó las escaleras con el sobre en la mano, idéntica a la del aparcamiento del Aquatopia—, se levantó y fue a la cocina. Se sirvió un vaso lleno de agua y hielo picado de la nevera. Masticó antes de beber.

En una cabina telefónica del pueblo, un hombre se golpeó la cabeza dos veces contra el cristal y luego apoyó la frente sobre la ranura para las monedas. Cogió su par de muletas y se las colocó bajo al brazo con la intención de marcharse.

Pero entonces descolgó otra vez el teléfono, extrajo un papel de su bolsillo y marcó un número.

19

Aarón

Domingo, 11 de junio de 2000

Aarón agarró el volante. Lo soltó. Repitió la acción varias veces antes de poder mantener las manos pegadas a él. El interior del coche olía a plástico caliente. Bajó la ventanilla y observó por el retrovisor lateral cómo el hombre que acompañaba a la mujer embarazada se arrodillaba para besar su tripa. Más atrás, dos operarios con mono azul trabajaban en algo frente a la salida del colegio.

El volante dejó de arder entre sus dedos. Aarón no prestó atención al cambio de marchas y arrancó en segunda con violentas sacudidas del coche. Rió cuando las dos ruedas del lado derecho bajaron de la acera haciéndole golpear el techo con la cabeza. Sorteó la rotonda al final de la calle principal para coger la carretera que conducía al Hospital Universitario de Arenas.

—Al americano hay que pedirle las cosas dos veces —dijo.

Luego, aceleró hasta doblar la velocidad permitida.

Tenía ganas de saber el nombre de aquel niño.

Varios vehículos, entre ellos dos ambulancias, ocupaban de forma dispersa algunas plazas de aparcamiento. Aarón dejó el coche junto a un Renault de color gris. Se miró en el espejo retrovisor. Se pasó ambas manos por el pelo, sobre las orejas, como un adolescente nervioso peinándose para su primera cita. Con los dedos índice y pulgar repasó sus labios resecos para ordenar como pudo los pelos irregulares de la descuidada barba. Se atusó las cejas con tres golpes incontrolados.

—Bueno, venga, ya está.

Salió del coche. Olvidó subir la ventanilla. Estaba pensando en lo que iba a decirle a la chica que estuviera en recepción. Notó por encima de la tela vaquera de su pantalón la tarjeta de farmacéutico colegiado que había metido en el bolsillo. «Vaya, ¿tendré que llamarle de usted a partir de ahora?», bromeó Andrea el día que se la dieron.

Una de las ambulancias arrancó, sin luces ni sirenas, y abandonó el aparcamiento. En la plaza contigua apareció un coche de policía que Aarón no había advertido antes. En un acto reflejo que le sorprendió, flexionó las piernas para ocultarse tras el capó. Quizá fuera el coche de Héctor. Quizá Héctor estaba en ese momento junto a la cama de David, el hermano al que ahora visitaba todos los días para verlo respirar. Agazapado, Aarón forzó la vista. No había nadie en el interior del vehículo.

Zigzagueó entre los coches en su camino hacia la entrada. Era un hospital pequeño, privado. De lejos, podría incluso parecer una urbanización más, compuesto como estaba por módulos de apenas dos plantas adosados unos a otros. La entrada, de techo alto, le recibió tras las puertas acristaladas con una mezcla de olores a desinfectante y medicamento. El recuerdo le pilló por sorpresa. Le hizo erguirse de golpe, como hacía el inesperado golpe de agua fría de la ducha cuando Andrea abría sin avisar el grifo del lavabo —«Lo siento», solía decir entre risas, con la espuma de la pasta de dientes desbordándose por sus comisuras y salpicando el espejo—. El olor le transportó de forma inmediata a la noche del 12 de mayo, cuando él y Andrea cruzaron esas mismas puertas para ver a Héctor negar con la cabeza.

Ha sido tu culpa.

Creyó que las rodillas le iban a fallar. David estaba ahora mismo en ese hospital. Y no se sentía con fuerzas de ir a verlo así, con la sábana hasta el cuello, un pitido intermitente sonando en la habitación, mirando a la cara de su madre, o de Héctor, o de quien fuera... Se raspó los nudillos contra el pantalón vaquero. Sintió la rigidez de la tarjeta del Colegio de Farmacéuticos. Recordó para qué estaba allí. Una señora de pelo gris, desde unos asientos dispuestos en un pasillo a su derecha, lo observaba con aburrida atención. Aarón le sonrió y se dirigió hacia la recepción.

—Porque él no te merecía —oyó decir a una joven vestida con bata blanca que le daba la espalda detrás del mostrador, con el culo apoyado en el escritorio.

El chico con quien hablaba parecía más joven que Aarón, pero acusaba una calvicie incipiente. Tenía la cara delgada, los pómulos muy marcados. Sentado sobre una silla de oficina con ruedas, advirtió la presencia de Aarón. Asomó una cara sonriente tras el cuerpo de su compañera y señaló con los ojos para hacerla entender. La chica volvió la cabeza, se mordió el labio inferior al verlo y, sin decir nada, se despidió de Miguel —el nombre que pudo leer Aarón en una ficha que colgaba en su pecho—, con un pellizco en el hombro.

—Buenas tardes, ¿en qué puedo ayudarle? —Se agarró al escritorio alargando los brazos. Se acercó rodando y se levantó. Miró a Aarón de arriba abajo y corrigió el saludo—. ¿En qué puedo ayudarte? Quieres que alguien te mire ese ojo, ¿no es eso?

Aarón tardó en comprender. Después recordó el derrame que Andrea le había provocado.

—No, esto no es nada —carraspeó—. Verás, vengo de una de las farmacias de aquí, de Arenas. La última que abrieron, hace unos seis años. ¿La conoces?

—Sí, creo que sí —dijo Miguel, arrugando la cara.

—Esta mañana nos han hecho un pedido de unos medicamentos para un niño de cuatro semanas —mintió—. La madre estaba algo alterada.

Miguel asintió.

—Ya la ha visitado el médico en casa. No es más que una fiebre ligera y algo de tos y mocos —continuó Aarón—, pero ya sabrás cómo son las madres primerizas. Además, está sola en casa y no puede dejar al bebé con nadie, así que me he ofrecido a llevarle yo cuanto antes las medicinas que le han recetado.

—Pobre... —dijo Miguel.

—Y lo peor de todo es que hemos colgado el teléfono antes de que me dijera su dirección —improvisó Aarón. Enseguida cayó en la solución que podía tener aquello, y añadió—: Y el teléfono que tengo en la farmacia es uno de esos antiguos, de góndola, y no tiene identificador de llamada. Mi jefe, que es un antiguo.

Miguel se mantuvo serio unos segundos. Después comprendió. Abrió los ojos y la boca de forma sincronizada.

—¿Y cómo vas a llevarle ahora las medicinas a ese pobre niño? —dijo.

Aarón quiso sonreír ante el éxito de su embuste. Se contuvo y forzó un gesto de preocupación.

—Por eso he venido aquí —respondió enseguida—. La mujer vive en Arenas, así que el niño ha nacido aquí, seguro. Qué madre va a querer irse a Madrid pudiendo dar a luz al lado de casa, ¿no? No sé si tú podrías mirar el registro de nacimientos del hospital. Su madre me dijo que el niño tenía cuatro semanas, así que debió de nacer el día... —Aarón fingió hacer unos cálculos, y a continuación añadió—: El 12 de mayo.

Miguel también parecía estar calculando. Se miraba la mano derecha mientras tocaba con el pulgar la yema de los otros cuatro dedos.

—No —concluyó—, si hoy es domingo 11 de junio, hace cuatro domingos era 14 de mayo.

Miguel levantó la mano con la que había hecho las cuentas. Apretaba el pulgar con fuerza contra el dedo anular, donde debían de haber acabado sus cálculos.

—Sí, es el 14 de mayo —repitió.

Aarón sintió ganas de retorcer esos dedos.

—Tampoco creo que fueran cuatro semanas exactas —dijo Aarón, comenzando a pellizcarse la pierna, a la altura del muslo, sin darse cuenta.

—Bueno, empezamos por ese día y vamos viendo. ¿Qué es lo que necesitarías saber?

—La dirección —respondió—, o el teléfono. Para que pueda llevarles las medicinas.

La mirada de Miguel se desvió a su mano izquierda, la misma con la que se pellizcaba el pantalón de forma nerviosa. Aarón notó que algo cambiaba en las arrugas de su frente.

—Me dijiste que venías de… —empezó Miguel.

—De una farmacia del pueblo. —Aarón sintió gotas de sudor condensarse al final de su espalda.

Con toda la seguridad que fue capaz de transmitir, sacó de su bolsillo la tarjeta del Colegio de Farmacéuticos. Se la mostró. El recepcionista la cogió. La miró por ambas caras. Después, manteniendo esas arrugas en la frente que parecían dibujar signos de interrogación, observó a Aarón.

—Vale —dijo Miguel—. Voy a buscar entonces por el 14 de mayo.

—De hecho, creo que la madre me dijo que el niño nació el 12 de mayo, por eso antes dije esa fecha —insistió Aarón. Escribió un doce imaginario con el dedo sobre el mostrador.

Miguel se quedó pensativo unos segundos. Aarón tuvo ganas de gritarle.

236

—Bueno, mira, lo que puedo hacer es buscar en un intervalo de una semana. Tampoco nacen tantos niños en la misma semana en este hospital, no...

—Estoy casi seguro de que la madre dijo el 12 de mayo —repitió Aarón.

—Y yo estoy casi seguro de que si hubiera dicho el 12 de mayo, me lo habrías comentado desde el primer momento en vez de lo de las cuatro semanas.

Aarón sintió el dolor del fuerte pellizco en su pierna. Tuvo miedo de haber metido la pata. De haber estirado demasiado la confianza de aquel recepcionista.

—Voy a buscar en la semana del 7 al 14 de mayo —concluyó Miguel—. Y si no te importa, voy a ser yo quien llame a esa madre para confirmar que su hijo está enfermo y ha hecho un pedido a tu farmacia.

Aarón prefirió callarse.

Miguel se colocó un lápiz entre los dientes. Se dispuso a teclear en el ordenador que tenía enfrente. Después de varias pulsaciones, dijo:

—Claro. —Se quitó el lápiz de la boca y lo dejó, húmedo, junto al teclado—. No puedo acceder a esos datos. Es por seguridad. Yo aquí registro las entradas, pero los datos personales están en las fichas de los pacientes. A ésas sólo acceden los médicos. Tiene sentido, ¿sabes? No llevo ni un año trabajando aquí, y supongo que todavía no se fían de mí. —Hizo un movimiento circular con los ojos.

Aarón miró el lápiz lleno de saliva que Miguel había dejado sobre la mesa. Le pareció normal que sus jefes no se fiaran de alguien que aún masticaba lápices como si fuera un niño. Pensó en cogerlo. En las posibilidades de infligir dolor con aquella punta afilada.

—Mira —dijo Miguel, enfrascándose de nuevo en el ordenador tras señalar el monitor—, puedo ver los ingresos en maternidad de esa semana. —Hablaba a la vez que tecleaba—. Pero cuando quiera darle al nombre del paciente, me va a pedir una contraseña y... —se interrumpió.

Miró la pantalla arriba y abajo. Aarón lo vio mover el brazo con el que manejaba el ratón. Notó cómo trataba de disimular la mirada de reojo que se le escapó antes de volver a clavar la vista en el monitor. Las arrugas de su frente volvieron a bailar.

Ante su silencio, Aarón dijo:

—¿Qué? —Quiso que su voz sonara natural, pero un matiz intranquilo se apoderó de la sílaba.

—No hubo ningún ingreso esa semana.

—¿Cómo que...? Sí, no, no puede ser...

—No nació ningún niño en toda esa semana. No en este hospital.

Aarón se pellizcó la pierna con la fuerza con la que habría deseado retorcer los dedos de Miguel cuando había echado cuentas. Con la fuerza con la que habría cogido el lápiz babeado para...

—¡Tiene que haber nacido ese día! —gritó de repente—. ¡Te dije que buscaras el 12 de mayo, no toda la puta semana!

El puño se le escapó, y golpeó el mostrador con fuerza.

Aarón, no vas a hacerlo, resonó en su cabeza la voz de Andrea.

Miguel se echó hacia atrás. Levantó las manos a la altura del pecho de forma instintiva.

—¿Has mirado bien? —preguntó Aarón, controlando esta vez el volumen de su voz. Se frotó la barbilla con la mano derecha. La barba crepitó bajo sus dedos.

—¿Qué es lo que quiere?

—Quiero que me digas el nombre del niño que nació en este hospital el 12 de mayo.

Pronunció las palabras sin dejar espacio entre ellas. Ahora se apretaba con dos dedos el inicio del tabique nasal, entre los ojos.

238

—No ha...

—Sí que ha nacido. El 12 de mayo. ¡Claro que ha nacido! —Lanzó la mano con la que había golpeado el mostrador hacia Miguel. Lo agarró del brazo. Tiró de él—. Mataron a mi amigo, ¿sabes?

—No... —balbuceó el recepcionista.

—¡Casi! —exclamó de forma exagerada, cerrando los ojos, como quien se obliga a recordar algo—. Casi lo matan. Una bala por la espalda. Y entonces nació el niño. ¡Tuvo que nacer ese niño! Ha ocurrido todas las veces anteriores. Yo lo he descubierto. —Pareció sonreír, la voz sonó más aguda—. Ha ocurrido siempre así. ¡No puedo equivocarme! —gimió, con un matiz desgarrador.

—Voy a tener que avisar a seguridad —dijo Miguel, las palabras temblando en su garganta, el corazón latiendo en su brazo alrededor de los dedos de Aarón. Alargó la mano libre, lentamente, hacia el teléfono—. No existen ni esa madre ni ese bebé con fiebre, ¿verdad? —dijo.

La mano de Aarón saltó desde su brazo. Le agarró la cabeza por detrás. Tiró de ella con violencia para acercar su cara a la suya.

La mujer mayor se levantó de su asiento y comenzó a caminar a través del pasillo todo lo rápido que le permitía la cadera. Al fondo había dos hombres vestidos de verde.

—Mira —masculló Aarón—, me estoy dejando la vida en salvar a un niño que nació el 12 de mayo y al que alguien se va a cargar dentro de nueve años, tres meses y dos días. —Pronunciaba las palabras en voz baja, vocalizando sin separar los dientes—. El 14 de agosto de 2009 ese niño va a morir de un balazo si no consigo avisarle de lo que va a ocurrir. Y ni tú, ni diez como tú, ni Andrea, ni nadie, me va a impedir hacerlo. ¿Me has entendido?

Le apretó más fuerte la nuca hasta que las narices de ambos casi se tocaron. Aarón clavó la mirada en sus ojos.

—Le voy a salvar, ¿me entiendes? Ningún recepcionista de hospital me lo va a impedir.

Pequeñas perlas de saliva alcanzaron el rostro de Miguel, que no tuvo valor de pestañear y fijó la atención en el derrame en el ojo de Aarón.

El sonido amortiguado de las suelas de goma contra el suelo llegó hasta ellos. Los dos hombres de verde corrían hacia la recepción, alertados por la mujer mayor que ahora intentaba recuperar el aliento con la espalda apoyada en la pared.

Aarón movió los ojos hacia un lado sin girar el cuello ni disminuir la presión sobre Miguel.

—Lo siento —susurró cuando volvió a mirarlo.

Entonces le soltó. Los pasos sonaban cada vez más cerca. Abrió la boca para decir algo, pero sacudió la cabeza y escapó hacia la puerta. En su huida a la carrera, mientras sorteaba de nuevo los coches del aparcamiento, gritó algo indescifrable para apartar de su mente la imagen de David agonizando en una cama de ese mismo hospital.

Desde su posición en el mostrador, Miguel oyó el rechinar de las ruedas sobre el asfalto caliente. Tenía los brazos extendidos, apoyado el peso del cuerpo sobre las palmas de sus manos, la cabeza hundida entre los hombros. Uno de los enfermeros salió corriendo al aparcamiento, detrás de Aarón. El otro se acercó hasta el mostrador para comprobar si Miguel estaba bien.

—Sí, todo en orden. No me ha hecho nada.

—Hay un policía en el hospital.

—Estoy bien, sólo quiero —infló los pulmones— respirar —y expulsó todo el aire.

Minutos más tarde narraba lo ocurrido a un oficial fuera de servicio de la policía local de Arenas que visitaba a su madre en el hospital. Miguel le contó lo que recordaba, mientras se masajeaba de forma alterna el brazo y el cuello. Se calló lo que aquel chiflado había dicho sobre un niño al que alguien iba a matar, quizá para evitar que el asunto se convirtiera en algo más grande y él tuviera que pasarse unas cuantas tardes testificando en comisaría. Quizá porque le asustaba reconocer un ápice de cordura en la mirada ensangrentada de aquel lunático.

20

Leo

Viernes, 14 de agosto de 2009

Cuando Leo despertó, con un libro aún abierto sobre su pecho, descubrió a Victoria de pie junto a él.

—¿Cuántas veces te he dicho que no puedes leer en la cama?

Leo había cogido el libro la noche anterior, poco después de que la hora en el despertador cambiara. El resplandor de cuatro dígitos iguales había bañado de luz verdosa la habitación en la medianoche que daba inicio al 14 de agosto. Y Leo había comenzado a temblar bajo la sábana. El gato, a los pies de la cama, había levantado la cabeza, peleando contra sus párpados para mirar a Leo. «Pi, prométeme que no me dejarás ir hoy al Open pase lo que pase», le había dicho.

—Venga, baja a desayunar y vístete. Nos vamos a pasar el día al lago —le insistió su madre. Tras pensarlo unos segundos, añadió—: Con tus amigos de clase.

Leo miró el despertador.

Volvió a temblar bajo la sábana.

Cuando Victoria salió del cuarto después de ordenarle que estuviera listo en quince minutos, Leo se levantó y caminó hacia la habitación que su padre usaba como despacho. Llevaba las manos entrelazadas a la altura del estómago. Abrió la puerta lentamente. Su padre estaba sentado en la butaca. Tenía los codos apoyados sobre el escritorio, la cara escondida entre las manos, igual que un niño que se la hubiera tapado para no ver una escena sangrienta de una película de terror. Unos enormes auriculares cubrían sus orejas.

Leo simplemente se quedó allí. Mirando a su padre. Sin saber cómo decirle que estaba muerto de miedo.

Victoria apareció de repente y se colocó detrás de su hijo. Apoyó las manos sobre sus hombros. Leo respiró hondo para hacerse el fuerte.

—¡Amador! —gritó Victoria. Golpeó con los nudillos la puerta abierta. Enseguida volvió a gritar—: ¡Amador!

Esta vez, su marido encogió los hombros. Retiró las manos de su rostro. Cuando vio a su mujer y a su hijo, se quitó los auriculares de forma nerviosa. Una ranchera casi imperceptible se escapó a través de ellos. Amador se incorporó en la butaca.

—¿Qué hacéis ahí? —dijo. Miró a ambos lados antes de enfocar al frente.

—Nosotros nos vamos ya —dijo Victoria.

Leo vio algo en el gesto de su padre hacia ella. Una mirada profunda. Un asentimiento contenido. Después, lo observó bajar la mirada hacia él. La bajó aún más cuando descubrió las manos del niño apretándose la tripa. Y la bajó todavía más, hasta el suelo, para no tener que hacer frente a la mirada de su hijo.

Leo quiso decir algo. Pero no supo qué.

—¿Cómo puede gustarte tanto esa música mexicana? —preguntó entonces Victoria.

Amador no contestó. Volvió a colocarse los auriculares y cerró los ojos. Pensó en María.

—Pero ¿sigues en pijama? —dijo Victoria a Leo—. Nos vamos en diez minutos.

243

Cuando llegaron al lago, Victoria miró a los niños lanzarse al agua desde el sauce llorón de la orilla. Para los niños de Arenas, el lago nunca fue artificial.

—Vamos, ve con ellos —dijo a su hijo.

Leo recordó la sensación pegajosa del refresco sobre su cara. No había vuelto a ver a sus compañeros desde el incidente de la Coca-Cola a final de curso. Se separó de su madre con la toalla sobre los hombros y el libro que había comenzado la noche anterior bajo el brazo. Victoria sintió un pinchazo en el estómago.

Leo se tumbó a la sombra de un árbol, sobre la toalla, boca abajo, sosteniendo el peso de su cuerpo con los codos. Apreció la suavidad del tejido y la mezcla de olores a hierba, humedad y detergente. La última nota le hizo pensar en Linda. Con un movimiento de su mano izquierda, abrió *Brevísima historia del tiempo* por la hoja donde se había quedado dormido, y comenzó a leer.

Leyó durante todo el día.

Hasta que, sin darse cuenta, se encontró forzando la vista para descifrar las palabras escritas sobre el papel, a causa de la poca luz. Alzó la mirada y descubrió que el lago estaba ya prácticamente vacío. Había comenzado a anochecer. Parpadeó como si despertara de un sueño que lo hubiera mantenido ajeno a todo lo que ocurría a su alrededor. A quince metros, o cien kilómetros, Victoria reía. Hablaba con Sandra, las dos sentadas sobre su toalla. Más tarde le contaría a Amador que Sandra era de las que se daban atracones a medianoche para luego dejarse las rodillas moradas vomitándolo todo.

Leo quiso sonreír al pensar que el día acabaría como todos los anteriores. Entonces las cartas, las llamadas y las lágrimas de aquella mujer pelirroja no serían más que recuerdos de una pesadilla que se había alargado demasiado. Éste no sería su último verano, y todavía tendría tiempo de aprender a disfrutarlos. Habría más lluvias de estrellas. La del año pasado se había estropeado por el castigo de sus padres, y la de este año, que se produjo dos días antes, por una inesperada noche nublada. Si el 14 de agosto acababa como un día más, Leo aún podría ver una estrella fugaz. Su madre y su padre pensarían que él se había inventado la historia del Open. Y tendría que seguir visitando al doctor Huertas después del verano. Pero el dolor de la desconfianza paterna y la molestia de las consultas con el psicólogo era un precio que Leo estaba dispuesto a pagar si el 14 de agosto acababa como todos los días anteriores.

Y estaba a punto de hacerlo.

La bocina de un coche sonó lejana. Enfrascado en sus pensamientos, Leo no la oyó. Tuvo que ser su madre, enredándole el pelo con la mano, quien le alertara del sonido.

—¿Es que no lo oyes? —dijo—. Es tu padre. Ya está aquí.

—¿Papá?

—Sí, papá. Vamos, vístete. —Victoria miró a su hijo, sentado con la misma ropa con la que había llegado—. Coge la toalla, anda.

—¿Para qué ha venido papá? —preguntó, sin moverse.

Algo empezó a retorcerse en su pecho. Leo recordó el gesto extraño que había advertido en su padre esa misma mañana. El asentimiento contenido. Observando a su madre desde abajo, sobre la toalla, pidió por favor que no tuviera nada que ver con la única cosa que no debía hacer ese día.

—Vamos a ir a la tienda del americano —dijo Victoria. No retiró la mirada de su hijo.

—¿Hoy? —musitó, la palabra ahogada en su garganta.

—Precisamente hoy.

Leo sintió un sabor metálico en la boca cuando el labio inferior cedió a la presión de sus dientes y una herida se abrió en el tejido. Notó que sus ojos se habían humedecido porque también notó agua en el interior de su nariz. Igual que perci-

245

bió cómo su madre se había dado cuenta de ello. Aunque intentara disimularlo.

—Tu padre nos está esperando. —Victoria se dio la vuelta y caminó hacia la salida del parque—. Sé que no eres tan tonto como para escaparte corriendo —dijo a Leo mientras se alejaba.

Sonrió con la mitad de la boca cuando oyó tras ella los pasos del niño.

Leo subió al coche sin saludar a su padre.

—Hijo, tienes que entenderlo —explicó Amador.

—Da igual si lo entiende o no —replicó Victoria—. Es lo que vamos a hacer.

Amador detuvo el BMW blanco frente a la tienda del americano, apelativo del que el establecimiento no lograba desligarse por mucho que el señor Palmer hubiera desaparecido.

Un torrente de imágenes cruzó por la mente de Leo, casi como algo físico. Empezó detrás de los ojos y se extendió al resto de la cabeza. Un montón de ideas que no necesitaba pensar para entender. Como una corriente eléctrica que no dolía pero cansaba. Mantuvo los ojos muy abiertos, clavados en sus rodillas, desnudas y huesudas como las montañas de la sierra madrileña que se divisaban en el limpio horizonte de Arenas. El torbellino de pensamientos concluyó. Todo el voltaje culminó en una idea que brilló en su cerebro con la misma intensidad que el neón amarillo y violeta del Open, reflejado ahora en el capó del coche.

—Es mi destino —murmuró.

Se agarró a los cabeceros de los asientos delanteros. Impulsó el cuerpo hacia delante y metió la cara entre ellos.

—Papá, los mensajes son reales —dijo con voz temblorosa—. Son verdad.

246

Hizo una pausa, como quien se prepara para decir algo importante. Se humedeció los labios, y señaló:

—¿Quién iba a saber que yo vendría aquí esta noche? Al final están teniendo el efecto contrario, papá; al final están haciendo que venga al sitio al que no tengo que venir.

Apenas pudo terminar de pronunciar la última palabra, atropellada por la entrecortada respiración de su boca.

—No digas… —intervino Victoria.

Leo tragó saliva y alzó la voz sobre la de su madre.

—Papá. —Sintió las lágrimas rodar por sus mejillas—. Papá, tengo miedo.

Trató de contenerse. Luego se rindió. Lloró con la cara entre las manos, de la forma escandalosa en que lo hace un niño. Pataleó. Golpeó el respaldo del asiento delantero con los puños cerrados. Amador llevó una mano al cierre de su cinturón de seguridad. Victoria se la agarró e impidió que lo desabrochara.

—Déjale, se siente culpable —dijo, sin inflexión en la voz.

Consiguió, como pretendía, que Amador recordara las palabras del psicólogo.

Escucharon a su hijo vaciarse en el asiento trasero hasta que se le secó la garganta y dejó de sorberse la nariz. Si hubiera podido, Amador se habría arrancado los oídos. Cuando Leo respiró profundamente por última vez, su espalda estaba apoyada en el asiento formando un ángulo imposible. Se secó los ojos con las palmas de las manos. Los apretó con ellas hasta que vio dos enormes puntos blancos.

—¿Por qué me obligáis?

Amador se mordió el puño de la mano izquierda. Giró la cara hacia la ventanilla.

—Cielo —dijo Victoria—, es para que veas que toda esa historia sobre el 14 de agosto no es más que una fantasía tuya. El doctor Huertas nos apoya en esto. Casi renuncia a sus vacaciones para estar contigo hoy. Nosotros le dijimos que no era necesario. ¿Te das cuenta del lío que estás montando?

—Me prometió que no hablaba con vosotros si yo no estaba.

—Bueno —su madre giró la cabeza para mirarle—, supongo que hoy vas a aprender muchas cosas. Siempre has querido ser un adulto.

—Yo nunca… —Se detuvo.

Se hizo un silencio. Leo aflojó la presión de las manos sobre sus párpados. Se reacomodó en el asiento, mientras la realidad se envolvía en puntos de colores que flotaban a su alrededor. Sus padres intercambiaron algunos gestos que no alcanzó a ver.

—Nosotros vamos a esperarte aquí. Estaremos aquí todo el tiempo. Pero tienes que ir tú solo, comandante. La nave es tuya. Entrar y salir, eso es todo.

Amador no quiso mirar a su hijo. Sabía que si lo hacía, podría pisar el acelerador y llevárselo lejos de aquella locura. A la playa tal vez. Seguro que a Pi le gustaría conocer el lugar donde nació.

«¿Y si está diciendo la verdad?», se había atrevido a preguntar Amador al psicólogo una tarde en la consulta, delante de Victoria, apoyando los codos sobre la mesa junto a la carpeta roja con el nombre de Leo escrito en una etiqueta. Victoria había descruzado las piernas con violencia sobre la silla de piel del despacho, haciendo que sus medias crujieran y que Amador recordara otros tiempos. Luego, había fingido una de sus risas exageradas, de esas que le otorgaban éxitos profesionales y le ahorraban ciertas conversaciones matrimoniales. «Entonces estaría usted perdiendo su tiempo y dinero, porque a quien tendría que consultar sería a un parapsicólogo», había contestado el doctor.

—Mejor si te quedas unos minutos dentro y piensas en

248

por qué te has inventado todo esto —dijo su madre. La uña de su dedo índice sonó al chocar contra la del pulgar.

—Victoria, por favor.

—Papá, no quiero hacerlo.

—Hijo. —Amador seguía mirando más allá de la luna delantera. Quería dejar de sentir la mano con la que Leo le agarró el hombro—. Tienes que ir. Si no, todas las tardes de consulta no habrán servido para nada. Luego, en casa, podemos comer galletas y mirar por el telescopio. —Sonrió al imaginar la escena—. Mira, ya no está nublado como la otra noche. A lo mejor todavía vemos alguna estrella fugaz.

Amador escuchó el ruido de la puerta trasera al abrirse. Y cerró los ojos.

Al ver salir al niño, el hombre de las muletas se enderezó en el interior de su coche, detenido en el otro extremo del aparcamiento. Agarró el volante con fuerza y acercó el rostro al retrovisor. Vio al niño acercarse a la tienda a sus espaldas.

Leo recorrió el camino a través de los surtidores. Como había hecho dos meses atrás, el último día de curso. Recordó el calor en la planta de los pies. Le molestaba en la garganta el esfuerzo del llanto ahora reseco en su cara y su boca. Había visto a su padre con los ojos cerrados dentro del coche. Quiso darse la vuelta y gritar que les odiaba. No lo hizo.

El asfalto se convertía en grava amarilla, azul o violeta al reflejar la luz del letrero de neón que el señor Palmer trajo desde Kansas. Un mosquito explotó en la fluorescente luz asesina que colgaba junto a él. Leo contuvo la respiración.

Dentro del BMW, Amador pensó que se arrepentiría siempre de no haber hecho nada por salvar la vida de su hijo y se le escapó la mano hacia el seguro de la puerta.

—Ni lo intentes —dijo Victoria.

Los dedos decididos de Amador, dispuesto a salir corriendo detrás de su hijo para abrazarle y decirle que lo sentía, que no era necesario pasar por todo aquello, perdieron fuerza con las palabras de Victoria. Dejó caer la mano hasta apoyarla sobre una pierna. No quiso mirar a su mujer, prefirió mantenerla en un plano desenfocado. El sonido de sus uñas era todo lo que necesitaba para constatar su presencia.

El radiador del coche se quejaba a espaldas de Leo, quien respiró profundamente y olió a gasolina. Una brisa tímida se coló por debajo de su bañador, entre la camiseta y el cuerpo. La prenda se infló unos instantes y volvió a pegarse a su cuerpo cuando cesó el aire que también hizo balancearse el cartel luminoso del Open. Avanzó con paso lento pero decidido, los brazos extendidos a los lados sin moverlos apenas. Sus padres se arrepentirían de aquello. Primero le aterró la idea. Luego empezó a disfrutarla. Tanto, que durante un segundo dejó de asustarle lo que pudiera ocurrir. Iban a descubrir la verdad de la forma más dura. Sabrían que él no había escrito ni inventado ninguno de esos mensajes. Y ya sería demasiado tarde para pedir perdón.

El hombre de las muletas vio que el niño se acercaba demasiado a la tienda. No quiso esperar más. Abrió la puerta de su coche. Dejó sobre el asfalto el aparato ortopédico que luego usaría para levantarse. Sacó una pierna tirando de ella con la mano izquierda. El nerviosismo de sus movimientos hizo que la pierna patinara sobre la muleta, lanzándola unos metros más allá.

—No, no, no —dijo.

Con la mano extendida y el tronco inclinado hacia un lado, intentó alcanzarla sobre el asfalto. Entonces miró por el retrovisor izquierdo y vio al niño frente a la puerta. Apoyándose con el otro brazo en el volante, sacó la cabeza del vehículo para gritarle que se detuviera justo en el momento en que el aire frío del interior de la tienda envolvía a Leo por sorpresa.

Leo empezó a temblar.

A continuación, echó a correr como nunca había corrido.

Al verlo escapar, un grito quedó ahogado en la garganta del hombre de las muletas, que suspiró con fuerza y se dejó caer sobre el asiento.

Amador tardó sólo unos segundos en reaccionar. Respiró primero, sonrió después y entendió el grito de su mujer un poco más tarde.

—¡Cógelo! —había chillado.

La mano de Amador regresó a la manilla, impulsada por la misma voz que antes la había anulado. La puerta se abrió. La ancha anatomía de Amador salió disparada detrás de su hijo. Victoria también abandonó el vehículo y fue tras su marido. Caminaba con paso acelerado pero sin llegar a correr. El coche se quedó con las dos puertas delanteras abiertas, las luces encendidas y un sonoro aviso pitando con una frecuencia intermitente.

Amador alcanzó a su hijo y alargó el brazo para agarrar el cuello de su camiseta. Inclinó el tronco hacia delante más de lo posible y acabó perdiendo el equilibrio. Se precipitó contra el suelo arrastrando con él a Leo, a quien apretó sobre su cuerpo para que sólo fuera la espalda del más grande de los dos la que recibiera el impacto contra el asfalto.

—Eres rápido —resopló Amador, con las rodillas aún sobre el suelo.

Mantuvo a Leo agarrado por la camiseta. No se levantó del todo para quedarse a la misma altura que él. Le peinó un poco y le colocó la ropa en su sitio.

—Escúchame.

Los pasos de Victoria se oían cada vez más cerca. Leo miró en esa dirección y se le amargó el gesto.

—Vamos a hacer esto, ¿vale? Tenemos que hacerlo. Si de verdad hay alguien ahí dentro que quiere hacerte daño, yo voy a estar en la puerta. —Hizo una pausa, respiró tres veces seguidas para recuperar el aliento y miró hacia Victoria para calcular la distancia a la que estaba, el tiempo que le quedaba—. No voy a permitir que te pase nada. Leo, tu padre no va a dejar que nadie te haga nada, ¿entendido? Eh, comandante, ¿entendido? —Leo asintió—. Esto también es bueno para ti. Cuando salgas de esa tienda vas a dejar de tener miedo.

—Pero, cielo, ¿cómo demonios se te ocurre? —regañó Victoria a más de veinte metros de distancia.

—Lo prometo —murmuró Amador—. Esta vez te acompañaré hasta la puerta.

Cuando Victoria llegó, se quedó de pie y cruzó los brazos.

—¿Entras tú o te obligamos?

Leo miró al suelo y después a su padre. Estaban los tres bajo una farola, dentro del círculo anaranjado que dibujaba en la calle. Arropados por un cono luminoso, como si fueran a ser abducidos por una nave extraterrestre. Una polilla flotaba borracha de luz junto a ellos.

—Si… si me lo estuviera inventando, no tendría miedo de entrar —dijo Leo, en un intento por razonar. Se sorbió la nariz—. No me importaría entrar ahí. Papá, si me lo estuviera inventando sabría que no me va a pasar nada.

Victoria agachó la cabeza y buscó el rostro de su marido. Arqueó las cejas.

—¿Ves? —le dijo. Luego se dirigió a Leo—: Si hubieras entrado así, sin más, nos habrías dado la razón. Estaría claro que no tenías miedo y que todo era un invento tuyo. Necesitas hacer esto, todo esto, ponerte a llorar en el coche y escapar en el último segundo a las puertas del Open para que tu historia sea creíble. —Pronunciaba de forma exagerada, gesticulando como la protagonista de una película de serie B—. A lo mejor te crees muy listo, pero estás haciendo todo lo que el doctor dijo que harías. Todos los pasos. Uno detrás de

252

otro. —Marcó las últimas palabras juntando el pulgar y el índice, como si sostuviera un lápiz imaginario.

Amador apretó los hombros de Leo y repitió:

—Voy a acompañarte hasta la puerta, ¿entendido?

Sin dar opción a que Victoria objetara, se levantó y cogió a Leo de la mano. Se dirigieron al Open desandando los metros que habían recorrido en el intento de fuga. Ella se quedó un rato de brazos cruzados. Los observó caminar hasta que se convirtieron en dos siluetas oscuras que a veces parecían la misma. Negó al aire con la cabeza.

De nuevo frente a las puertas del Open, Leo notó la presión de la mano abierta de su padre sobre la espalda. Él percibió que la tenía húmeda. El niño lo miró cuando sintió el empujón. Amador asintió en silencio, cruzó las manos a la altura de la entrepierna y ensanchó los hombros, como quien se dispone a entrar a una entrevista de trabajo.

Echado sobre el volante, con la cara dirigida al salpicadero y un teléfono móvil en la oreja, el hombre de las muletas no vio que el niño había regresado acompañado de su padre.

Leo dio un paso adelante.

Las puertas se abrieron con el mismo crujido plástico que antes. Un chico alto empapado en sudor, con pantalón deportivo corto, una sudadera granate con el emblema de la Universidad del Noroeste y cables alrededor del cuello, apareció por detrás y entró en la tienda.

Leo le siguió.

Escuchó el crujido plástico a su espalda.

Fuera, Victoria se colocó junto a su marido, de pie, a un lado de la entrada.

Leo contó dos personas en la tienda además de él y el chico que venía de correr. Cuando reconoció al dependiente del día de fin de curso, subió la cuenta a cinco en total.

El universitario del pantalón deportivo se paró frente a la zona de refrescos. Recorrió la estantería con la mirada. El dependiente leía una revista abierta sobre el mostrador, a la vista de los clientes, con el mentón apoyado en una mano. Pasaba las páginas sin ningún interés. Un hombre trajeado, de pelo blanco, con la chaqueta colgando de un hombro, abrió la nevera de las bolsas de hielo. Con una sola mano, comenzó a tirar de una de ellas, que se había quedado pegada a la que tenía debajo. Leo giró la cabeza en ambos sentidos. No encontró a la quinta persona. Sabía que la había visto al entrar.

Un escalofrío recorrió su columna.

Estaba seguro de haber visto a un tipo gordo vestido con ropa oscura. Una camiseta enorme, con las mangas que le llegaban por debajo del codo. Y el pantalón caído. Por debajo del culo. Ese hombre estaba ahí cuando había entrado. Volvió a recorrer la tienda con los ojos.

El dependiente alzó la mirada cuando al tipo del traje se le cayeron un montón de cubitos de hielo al suelo. La bolsa de plástico se había rasgado al arrancarla. Entonces vio a Leo, a lo lejos. Levantó una mano. La agitó para saludarle. El movimiento pilló a Leo por sorpresa y le hizo sentir algo raro en los testículos.

El dependiente se puso de puntillas. Sacó medio cuerpo por fuera del mostrador para sortear el expositor de caramelos PEZ que interrumpía su visión. Dirigió la mirada a los pies de Leo y extendió el pulgar en señal de aprobación cuando comprobó que esta vez sí llevaba los zapatos puestos. Leo no reaccionó, tan sólo movía la cabeza de un lado a otro. El dependiente recogió el dedo, extrañado.

—Disculpa un segundo —le dijo al universitario de la sudadera que se había acercado con una botella de Aquarius en la mano.

Cuando el dependiente dio la vuelta y salió de detrás del mostrador, el hombre de la camiseta enorme cuyas mangas le llegaban más abajo de los codos emergió de algún lugar. Su

254

enorme figura apareció como una mancha negra frente a él. Leo quedó escondido tras ella.

Entonces el dependiente oyó gritar al niño. No llegó a ver nada.

Fuera, el hombre de las muletas también escuchó el grito del niño. Sintió cómo se le contraía el pecho cortándole la respiración. Alzó la mirada hacia el retrovisor. El teléfono móvil le resbaló de las manos sin que hubiera conseguido establecer contacto. Giró el tronco hacia atrás y miró a la tienda del americano sin entender.

Leo se lanzó contra las puertas automáticas. El filo de una de ellas le raspó el hombro a través de la camiseta. Se dejó caer entre los brazos de su padre sin dejar de gritar. Cuando el gordo del pantalón caído prosiguió su marcha hacia el mostrador, Amador vio al hombre encargado de la tienda aparecer al otro lado de las puertas. Agarró la cabeza de Leo para protegerle. Aquel tipo delgado permaneció unos instantes ahí parado. Cuando las puertas se cerraron, levantó un brazo en dirección a la caja.

—¡Que ya voy, hombre! —le gritó al gordo que se estaba quejando y llevaba cuatro latas de cerveza en una mano—. Además va primero el estudiante. Y ya son más de las diez, así que no se puede comprar alcohol.

Los pies de Victoria giraron sin orden a un lado y a otro.

La humedad de la saliva de Leo llegó hasta el pecho de su padre. Amador se recordó a sí mismo echándose agua en la cara y diciéndose: «Tu hijo es completamente normal, todo va a aclararse». Un eco lejano empezó a resonar en su cabeza. *Alma está loca, Alma está loca.* Eran las voces de un montón de niños. *Alma está loca.* Amador y sus compañeros se lo habían gritado a la niña que no era más que un puño agarrado con fuerza a la pata de una mesa. Las voces empezaron a subir de volumen dentro de la cabeza de Amador. ¡Alma está loca! Quiso taparse los oídos. No lo hizo porque hubiera implicado dejar de abrazar a Leo, que temblaba ahora entre sus brazos.

—¿Era todo mentira? —balbuceó el niño contra el pecho de su padre.

Amador apretó a su hijo mientras seguía escuchando el sobrecogedor coro infantil. Entonces, una voz más grave, la de un adulto, sobresalió entre la jauría de gritos. ¡Alma está loca! Era su propia voz, que continuó repitiendo la consigna con la que tantas veces hizo llorar a Alma. ¡Alma está loca!, volvió a gritar la voz, tan grave ya que Amador la sintió retumbar en sus oídos. De improviso, el montón de voces infantiles se fue distorsionando poco a poco. Más lento y más suave. Más lento y más suave cada vez. Hasta apagarse. Hasta apagarse y dejar que la voz grave se quedara sola. Hasta que Amador se vio obligado a escuchar su propia voz.

Tu hijo está loco, se oyó decir a sí mismo.

Amador se deshizo de Leo con un movimiento brusco. Lo dejó de pie mirando al suelo junto a Victoria, que no miraba a ningún sitio. Corrió de vuelta al coche, cerró las dos puertas que seguían abiertas. El aviso intermitente dejó de pitar. Rodeó el BMW. Apoyó el trasero contra el maletero. Se dejó caer hasta esconderse.

Amador se sentó en el suelo para que su hijo no le viera llorar.

Leo quiso adelantar un pie y dirigirse hacia el BMW. Su madre lo agarró de un hombro para impedírselo.

—Dale un momento —le dijo—. Deja de pensar en ti.

El hombre de las muletas observó toda la escena desde el interior del coche. Cuando vio al niño y a sus padres regresar al BMW y marcharse del Open, adelantó el vehículo para acercarse a la muleta que había patinado sobre el suelo. La agarró.

Se alegró ahora de haberse tropezado al intentar salir del coche para detener al niño. Se alegró también de haberse des-

256

pistado durante la llamada y de no haberlo visto regresar a la tienda.

—Esto era absurdo desde el principio —dijo.

Después se agachó y, tanteando, recuperó el móvil de entre los pedales.

21

Aarón

Domingo, 11 de junio de 2000

Cuando Aarón abandonó el Hospital Universitario de Arenas, las ruedas de su coche rechinaron sobre el asfalto caliente. Un hombre vestido de verde corría tras él. Levantó los brazos en su dirección antes de detenerse. Aarón soltó una carcajada. La exageró y la deformó. Regresó por la misma carretera, sin prestar atención a la velocidad. Comprobó en el retrovisor que aquel coche de policía que había visto en el aparcamiento no le perseguía. La nueva carcajada duró poco. Se interrumpió cuando Aarón tuvo un pensamiento aterrador.

No nació ningún niño ese día.

Lo había dicho el recepcionista del hospital. Aarón pestañeó con fuerza y sacudió la cabeza.

—¡No puede ser! —gritó al coche.

Podría haber nacido en otro lugar, fue el siguiente pensamiento. Se obligó a rechazar la idea ante la imposibilidad de comprobar todos los hospitales.

Sintió vértigo en el estómago. Notó cómo sus pensamientos comenzaban a dispararse. La luz del día pareció hacerse más intensa. Bajó el parasol del coche. Repasó sin necesidad de pensar en ellos los números escritos en las hojas sobre la mesa, en el salón del apartamento. Una corriente de cálculos le atravesó de dentro afuera, como haría un chorro de refresco a presión disparado a la boca de un niño. Sintió el olor a manzanilla.

Recordó que Palmer acababa de decirle su fecha de nacimiento: el 10 de marzo de 1947.

—¡No puede ser! —gritó otra vez—. ¡Coincidían todos!

¿Todos?, se encendió la duda en algún lugar de su cabeza.

Llegó a la calle principal de Arenas. La atravesó. Tuvo que detenerse frente al colegio cuando un hombre descamisado, con el pecho quemado cubierto de pelo blanco, le mostró una señal de STOP. Tras él, dos hombres levantaban un semáforo junto al paso de cebra. Aarón miró al lado opuesto de la calle. Otro semáforo, extendido a lo largo de la acera, esperaba a ser izado. Casi podía oír el zumbido que la corriente de imágenes y números generaba en el interior de su cabeza. Se apretó ambos ojos con las palmas de las manos y no las quitó hasta que alguien hizo sonar un claxon detrás de él. Su vista tardó en acomodarse a la nueva realidad. Reconoció al hombre de la señal agitando los brazos. Aceleró. El coche avanzó en sacudidas.

Volvió a dejar la ventanilla abierta cuando detuvo el coche ante su casa y salió corriendo en dirección al portal. Pulsó el botón para llamar al ascensor. Un segundo después se lanzó escaleras arriba.

Dejó la puerta sin cerrar, con las llaves en la cerradura. Alcanzó la mesa. Extendió los papeles sobre ella. Con el dedo fue señalando cada uno de los círculos dibujados en cada uno de los atracos. Comprobó las fechas de nacimiento y muerte de cada una de las personas. Su mente realizaba el cálculo de forma automática, sin necesidad de esforzarse. Empezó con los del primer atraco y terminó con los del último.

—No puede ser —dijo otra vez, cuando su dedo repasó el

259

nombre de Palmer, en el papel encabezado con el 12 de mayo de 2000.

Sintió que las rodillas le iban a fallar, igual que cuando había entrado en el hospital no mucho tiempo antes. Sólo que esta vez le fallaron de verdad y tuvo que agarrarse a la silla para no caer. Apoyó los codos sobre la mesa.

—Tienes que llegar hasta el final. A veces te crees más listo de lo que eres.

Aarón pronunció las palabras al aire, las palabras del único profesor que le suspendió en la universidad.

—No puede ser. —Se golpeó la frente varias veces con la mano izquierda convertida en puño.

La mano empezó a temblarle con fuerza cuando la puso sobre el papel que representaba la noche que dispararon a David. El 12 de mayo de 2000. Colocó la punta de un bolígrafo sobre el círculo en donde había escrito el apellido de Palmer. El periódico había publicado que el americano tenía cincuenta y tres años. Y Aarón había dado por hecho que debía coincidir con una de las edades que siempre se repetía: «53 años, 3 meses y 2 días». Atendiendo a las reglas numéricas de aquel montón de papeles que tenía sobre la mesa, para que el señor Palmer hubiera tenido justo esa edad el pasado 12 de mayo, debería haber nacido…

—El 10 de febrero de 1947 —dijo. Leyó lo que había escrito, comenzando a atisbar el error cometido—. Porque a veces me creo más listo de lo que soy.

El bolígrafo cayó sobre la mesa cuando se tapó el rostro con ambas manos.

«De nada me sirve que me pongas el resultado correcto del problema si no me explicas cómo lo has hallado», le había dicho el profesor, con los pies encima de la mesa de su despacho. «Hay cosas que sé sin necesidad de entenderlas», había sido la defensa de Aarón. A lo que el profesor había contestado: «Yo creo que a veces te crees más listo de lo que eres.

Y ningún hombre de ciencia puede permitirse ese lujo. Corres el riesgo de acabar cambiando la realidad para que se ajuste a tus cálculos, y no al revés».

Volvió a mirar por entre los dedos el nombre de Palmer y la fecha que le había adjudicado para que todo coincidiera.

—Cambiar la realidad para que se ajuste a mis cálculos... —recordó las palabras del profesor.

Aarón saboreó el trago amargo de su propia equivocación.

Y entendió lo grave que podía ser aquel error.

Se levantó para cerrar la puerta del apartamento, como el científico que cierra la del laboratorio cuando está a punto de descubrir algo importante. De vuelta a la mesa, recogió el bolígrafo y tachó la errónea fecha de nacimiento que le había adjudicado al americano. A su lado, escribió la verdadera, la que él le había dicho en la tienda esa misma tarde: «10 de marzo de 1947».

Un mes más tarde.

Paseó la mirada por los círculos que representaban al resto de los individuos presentes en el último atraco. Comprobó los datos del niño, el pequeño de los Cañizares, hijo de la dueña de la librería universitaria. Aarón la había visitado en la tienda para saber cómo se encontraba el pequeño tras el incidente del Open, y de alguna forma había conseguido preguntarle qué día había nacido su hijo. Ella había respondido la fecha que Aarón esperaba. Subrayó ahora ese dato para corroborar su autenticidad. Moviendo el bolígrafo sobre la hoja, comprobó también la fecha de nacimiento del ladrón que disparó la pistola. Héctor Mirabal la había obtenido directamente de su ficha policial. Aarón la subrayó también. Pasó al círculo que representaba al hombre que había hecho la llamada de aviso con su móvil, el mismo que tapó el pecho de David mientras su vida se le escapaba por entre los dedos en una marea caliente y rojiza. Aarón había conseguido el teléfono de su domicilio. Tras un par de conversaciones en las que se aprovechó de su condición de amigo de la víctima, tuvo confianza suficiente para dejar caer la pregunta sobre su fecha de nacimiento. Otra fecha correcta. Aarón subrayó de nuevo la información.

Esas tres edades, esas tres fechas de nacimiento, estaban correctamente anotadas.

Entonces Aarón se centró en la única persona que faltaba por comprobar. Un nuevo temor se condensó en algún lugar, a la altura de su pecho, cuando posó el bolígrafo sobre el nombre de David. Porque ya sabía lo que se iba a encontrar.

Los datos del señor Palmer y los de David eran los más fáciles de obtener. Por eso Aarón los había dejado para el final. Y por eso, cuando llegó a ellos, exaltado por la forma en que los datos y los números habían coincidido en las dieciocho personas precedentes, Aarón había bajado la guardia. A Palmer le había adjudicado una fecha de nacimiento y una edad dando por hecho que cumpliría el patrón. En el caso de David, de quien sabía de sobra que había nacido un 3 de febrero de 1971, exactamente igual que él, no había creído necesario detallar su edad añadiendo los meses y los días. Por eso, al lado de su nombre, había apuntado, simplemente, «Veintinueve años».

Se le volvió a encoger el estómago.

Miró las anotaciones junto a las personas que tenían esa edad en los atracos anteriores. «29 años, 4 meses y 9 días» tenía uno de los testigos en 1909. Los mismos que el atracador que disparó a Isaac Canal II en 1950. Y exactamente los mismos que el chico que atendía la gasolinera en 1971: «29 años, 4 meses y 9 días».

La mano de Aarón empezó a cubrirse con un sudor frío y espeso cuando calculó, por primera vez, la edad exacta de David el día en que recibió un disparo dirigido a Aarón.

262

David tenía ese día «29 años, 3 meses y 9 días».

Un mes menos de lo que debería. Un mes menos que todos los anteriores.

Un mes.

Las edades del señor Palmer y de David no respondían al patrón por un mes de diferencia.

—¿Y qué significa esto ahora? —preguntó Aarón.

Se levantó y se quedó de pie mirando la mesa. Sintió el frío recorriéndole la espalda. Suponía que seguiría siendo de día, porque el sol había hecho que el volante de su coche quemara hacía unas horas. Recordó el pecho enrojecido del hombre que le había detenido en la calle del Open. Se tocó la nuca y comprobó que la tenía caliente. Una corriente eléctrica que no dolía, pero cansaba, se desató en el interior de su cerebro.

Se giró sobre sí mismo.

Se asustó cuando empezó a entender.

No ha nacido ningún niño ese día, no en este hospital.

Cruzó el salón en dirección a la cocina. Se acercó al cubo de basura y pisó el pedal. Revolvió entre cajas de cartón y restos de comida. Recogió uno a uno los trozos de los billetes a Cuba que había roto el día anterior. Los dispuso sobre la mesa. Resolvió el improvisado puzzle casi sin error, colocando los pedazos en su lugar al primer vistazo hasta recomponer los cuatro billetes. Dos suyos y dos de David. Su corazón empezó a palpitar con fuerza, adelantándose a lo que iba a encontrar.

Miró la fecha de salida del vuelo: 10 de junio.

—Ayer —dijo.

El sudor comenzó a brotar en forma de perlas en su frente, como si fuera resultado del calor eléctrico que emanaba de su cabeza. Regresó a la mesa del salón. Cogió un folio en blanco. Escribió en caracteres grandes una nueva fecha. Estaba dibujando un nuevo atraco. Trazó cinco círculos. Puso al lado de cada uno de ellos las edades que siempre habían coincidido. Junto al círculo que había situado a un lado del mostrador escribió el nombre del señor Palmer. Y, esta vez, la edad correcta: «53 años, 3 meses y 2 días». Al círculo al que había adjudicado la edad de «29 años, 4 meses y 9 días» le añadió debajo la palabra «Víctima». Cuando a un lado de ese mismo círculo quiso poner un nombre, creyó que la mano no iba a responderle. Finalmente, lo hizo.

Y el nombre de la víctima que Aarón escribió fue: «Aarón Salvador».

Él mismo.

En la parte superior del folio había escrito «12 de junio de 2000».

—Mañana —dijo al aire.

Las rodillas volvieron a fallarle. Se desplomó sobre la silla y se agarró a la mesa con toda la longitud de sus brazos. Un nuevo pensamiento se encendió en su cabeza y se escapó de entre sus labios.

—Por eso Davo no ha muerto. —Se mordió el interior del labio—. Davo no ha muerto.

Lo dijo dos veces. Andrea se lo había repetido otras muchas desde el día del atraco. Su madre también. Lo había tenido delante todo el tiempo.

—David no ha muerto —dijo una tercera vez—. Él no cuenta —añadió—. Y yo no iba a estar aquí.

Miró la hoja en la que acababa de escribir su nombre. Él tendría mañana 29 años, 4 meses y 3 días. El 12 de junio de 2000. Pero él no iba a estar en Arenas ese día. No podría haber ido al Open. Porque había dejado a la mujer de su vida y había decidido irse con su mejor amigo de viaje a Cuba justo en la fecha marcada. Nada le habría hecho quedarse.

Nada.

Nada salvo un disparo que dejara a su amigo postrado en una cama. Nada salvo el sentimiento de culpa y el descubri-

264

miento de algo que le obsesionara tanto como los atracos representados en aquellas hojas que tenía ante sí.

Una carcajada grotesca, llena de terror, se le escapó de la boca cuando entendió.

—Todo esto es por mí.

Cogió el papel del «12 de mayo de 2000» y lo arrugó con una sola mano hasta convertirlo en una bola.

El atraco de Davo no cuenta.

En el lugar que había ocupado, colocó el que acababa de crear, encabezado con la fecha «12 de junio de 2000». Un mes después. El mes de diferencia que hacía que todo coincidiera. Como siempre. «Mañana te traeré yo tus medicinas. Tenemos un acuerdo, ¿no?», recordó haberle dicho a Palmer hacía unas horas.

—Porque Palmer tendrá mañana 53 años, 3 meses y 2 días.

Reconoció un inexplicable sentimiento de triunfo cuando pensó en Andrea. Cuando pensó en decirle: «¿Te acuerdas cuando dijiste que no creías en el destino? Pues todo esto es una jodida estrategia de ese cabrón. Porque mañana se producirá el verdadero cuarto atraco del Open. Y en éste tengo que estar yo. El penúltimo antes del quinto. Mañana me toca mí. Será mañana cuando nazca ese niño».

«Ese cabrón», pudo haber dicho.

El salón y todo el apartamento comenzaron a dar vueltas a su alrededor. Sintió la mesa desplazarse bajo sus brazos. De alguna manera, la pared izquierda pasó a ser la derecha y la silla se balanceó hacia delante y atrás como mecida por una ola de madera que atravesara el suelo. Sintió que el estómago se le subía hasta la garganta. Se levantó con esfuerzo. Tuvo que caminar con un brazo extendido tocando la pared para mantener el equilibrio. Llegó al baño justo a tiempo de vomitar en el interior de la taza. Con cada arcada notaba la sangre bombear en su cabeza y palpitar en el derrame de su ojo.

Se vació.

Al levantarse, aún tardó un tiempo en dejar de sentir la estancia ondular bajo sus pies. Se sentó en la taza. Apoyó la cabeza sobre ambas manos, apretando los párpados con las palmas hasta que vio dos enormes puntos blancos. Saboreó la bilis al inicio de la garganta. Intentó carraspear, suspirar, y lo que salió de su boca fue un gemido sordo procedente del estómago, el sonido de quien acepta la certeza de su propia muerte.

—No.

Aarón se secó los ojos y se sorprendió ante la gravedad de su voz. Desapareció el frío de su cuerpo y cesó la actividad agotadora en el interior de su cabeza. Las manos parecieron secarse de repente. Su ritmo cardíaco se estabilizó en una cadencia de latido normal, lo notó sobre todo en el cuello. Disfrutó de aquella serenidad durante un instante. Luego se levantó.

Sabía lo que tenía que hacer.

Buscó primero en la cocina. Después en el salón. Movió los papeles sobre la mesa. Levantó los cojines del sofá. No recordó haber ido a la habitación desde que había llegado, pero buscó allí también. Regresó al baño y miró a ambos lados de la taza. Se quedó quieto. Giró la cabeza y cerró los ojos. Entonces recordó.

Se dirigió a la puerta de entrada y abrió. Miró al otro lado, encontró lo que esperaba. Había dejado las llaves puestas cuando cerró la puerta. Las cogió sin darse cuenta de que sonreía. Volvió a cerrar de un portazo. Con el pulso firme, introdujo la llave. La giró hacia la izquierda. Cuatro veces. Sacó la llave y la apretó con las demás en el interior de su mano izquierda. Se dio la vuelta. Recorrió la distancia hasta el gran ventanal del salón por el que a veces le espiaba Hugo del Castillo. Subió la persiana tirando de la cinta con un solo brazo y sintió una punzada de dolor en el hombro. Entornó

266

los ojos esperando la luz del sol. Se quedó con la boca abierta cuando se encontró con la oscuridad anaranjada de una noche de farolas y luna en cuarto creciente. Abrió la ventana y pudo sentir el calor del aire. Alguien había montado una barbacoa. Sin dudarlo, y como si todo aquello formara parte de una rutina diaria, Aarón echó hacia atrás el puño en el que guardaba el llavero y lo lanzó con todas sus fuerzas hacia la calle.

—*¡No me vas a coger!* —gritó.

Oyó las llaves caer sobre el asfalto. El ruido sonó lejano.

El olor de la barbacoa le hizo sentir hambre, pero el estómago que no terminaba de asentarse le obligó a ignorarla. Se dirigió a la cama.

Nada me va a hacer salir de aquí, pensó.

Vació los bolsillos de monedas, móvil y tarjeta del Colegio de Farmacéuticos sobre la mesilla. Se dejó caer de espaldas en la cama sin desvestirse. Tenía ganas de dormir.

Sólo cuando vio amanecer, entendió lo absurdo que había sido pensar que podría conciliar el sueño. Aarón estuvo varias horas acostado mirando la luz de la mañana escalar por la pared de la habitación antes de que sonara el teléfono.

Era el de casa. Lo dejó sonar. A él no le costaba nada permanecer impasible mientras alguien en algún lugar se desesperaba al oír el décimo tono incontestado. Hubo un momento de silencio. Entonces empezó a vibrar el móvil sobre la mesilla. Estiró el brazo para cogerlo y lo colocó delante de la cara para ver quién era.

—Drea —intentó decir, pero la garganta no le funcionó como debería y la palabra sonó a flema.

—¿Aarón?

—Drea —la segunda vez quedó mejor—, soy yo. Estoy en casa.

267

—Pero si acabo de llamarte a casa.

—Estoy en la cama —dijo, y se arrepintió al momento. Cuando la oyó suspirar al otro lado se arrepintió aún más—. Drea, no te vas a creer lo que he descubierto. Tenía razón.

Con un rápido movimiento de piernas se sentó a un lado de la cama y apoyó ambos antebrazos sobre los muslos. Su propio olor le recordó que llevaba veinticuatro horas con la misma ropa.

—Hice mal algunos cálculos.

—No quiero saber nada —replicó ella—. Nada, ¿me oyes? Ni siquiera debería llamarte. Es por la farmacia.

—¿La farmacia? —Tragó algún resto amargo en su boca y arrugó la nariz—. ¿Qué pasa?

—Te van a echar —dijo. Hizo una pausa, la misma que hubiera hecho para disfrutar de la cara que él pondría si lo hubiera tenido delante—. Llevas todo el mes sin ir. ¡Todo el mes! Ha tenido que llamarme tu jefe. Tú ni siquiera coges el teléfono.

—¿Que no cojo el teléfono? —Quiso sonar sorprendido, pero recordó el montón de llamadas perdidas que alguna vez había visto en su móvil y que había descartado sin ni siquiera revisarlas—. ¿Dónde estás? Oigo gente.

—En el Centro Oeste. Aarón, escúchame. Te van a echar del trabajo, ¿me oyes? ¿Cómo vas a pagar la casa? Cómo la vas a pagar, ¿eh? ¿Vas a perderlo todo por ese montón de papeles de tu mesa?

—Me hiciste un derrame en el ojo —dijo. Se lo acarició por encima del párpado.

—¿Un derrame? —La voz de Andrea pareció suavizarse, pero ella no se lo permitió—. No sabes cómo está tu jefe. Lleva un mes atendiendo él solo la farmacia. Ha aguantado tanto tiempo por lo que pasó con David, pero ahora está cabreado de verdad. Tú no tienes excusa. Además, para colmo, la mujer del señor Palmer apareció por allí diciendo que no le habías llevado las medicinas a su marido o no sé qué. Se ha enterado de que le sacas la gasolina gratis a cambio de llevarle las medicinas a la tienda.

—¿Y eso qué le importa a él?

—Yo qué sé. Pero no le ha hecho ninguna gracia. Quiere que te presentes hoy en la farmacia. Eso lo primero. Pero también quiere que vayáis a la tienda del americano a aclarar vuestro... vuestro trapicheo ese. Aarón, levántate ahora mismo y vete a la farmacia. Te dan tu última oportunidad. Te vas a quedar sin trabajo.

—Hoy no puedo salir, es hoy cuando se producirá el cuarto atraco y...

—¿Ya estamos? —interrumpió ella.

—Drea, escúchame. No lo entiendes. Hoy no puedo salir de casa. Lo haré mañana. Mañana empiezo. Te lo prometo.

Andrea chistó para hacerle callar.

—No puedo salir hoy —insistió él—. Incluí el atraco de Davo como parte de la serie y resulta que me equivoqué...

—¡Para! Por favor, para —suspiró. Aarón se la imaginó con los carrillos inflados, soltando el aire y dibujando una gran O con los labios—. Voy a colgar.

—Hoy es el cuarto atraco. Hoy me toca a mí.

—Aarón —dijo. Él creyó escuchar un matiz de llanto—. Como tenga que ir yo a dar la cara por ti a la farmacia, o como tenga que ir yo a solucionar lo de tu trapicheo con el americano...

—Pero ¡qué trapicheo! —Esta vez fue él quien no la dejó terminar—. Un momento, ¿tú? ¿Para qué vas a ir tú?

—Aarón, por favor, reacciona, ¡te van a echar del trabajo! —gritó por encima de una locución que solicitaba la presencia de alguien en alguna de las plantas del centro comercial—. Si no vas tú, tendré que ir yo. Ya me inventaré algo. Les diré que sigues fatal, Aarón... yo qué sé. Pero te juro que como...

269

—Andrea. —Se levantó de la cama y caminó por la habitación con la mano libre apoyada en la cintura—. Andrea, escúchame. Ni se te ocurra ir a la farmacia, y mucho menos al Open, a solucionar lo del americano. No puedes. Y no vas a hacerlo, ¿me entiendes?

—¿Y qué hago entonces? ¿Quedarme de brazos cruzados mientras veo cómo lo pierdes todo? Estoy muy —alargó la vocal para reforzar más el sentido de la palabra— cabreada contigo, pero no voy a permitir que te destruyas de esta forma.

—Está bien. —Aarón levantó el brazo como si tuviera que demostrar que no iba armado—. Está bien. Iré yo. Voy a la farmacia, hoy sin falta. Pero prométeme que no vas a acercarte por allí. Yo me encargo de mi jefe y del americano, tú no vas a ir ni a la tienda ni a la farmacia. Prométemelo. —Agarró el teléfono con las dos manos.

—Prométeme tú que vas a ir de verdad. Ya ni siquiera puedo confiar en ti —dijo, y pensó en Rebeca.

—Lo haré. Te lo prometo.

—Más te vale. Es tu trabajo y es tu casa. No la mía. Ya has perdido… —dejó la frase a medias. Aarón supo cuáles eran las palabras que no dijo.

—Voy a ir —repitió él.

Andrea no entendió la declaración de amor que se escondía en esa frase.

Ese cabrón lo tiene todo bien…

—… atado —murmuró Aarón.

—¿Qué dices?

—Que no te preocupes más. Estaré allí. Hoy vuelvo al trabajo —dijo.

Luego pensó en el llavero que había lanzado por la ventana.

—Por cierto —agregó ella, con una voz que vibró de alegría en un sonido único y exclusivo de Andrea Sandiego—,

270

Davo ha empezado a mejorar. Aún no ha abierto los ojos, pero los médicos dicen que está volviendo. Se va a poner bien. Espero que vayas a verle.

—Lo haré —dijo—. Tenía que ser así, tenía que ponerse bien —añadió. Sonrió al confirmar que el atraco de Davo no había sido más que una trampa. Que no tenía por qué haber víctimas.

—Voy a llamarte esta noche para saber si has ido a la farmacia y solucionado lo del americano.

—Hablamos esta noche. Y si no...

«Nunca olvides que...», quiso decir Aarón. Pero Andrea le colgó, y sus palabras se disolvieron en la saliva seca y amarga que sucede a una noche de insomnio. Aspiró con fuerza. Casi llegó a saborear el olor de la manzanilla. Dejó caer los hombros y tiró el teléfono a la cama. Se quedó con los brazos extendidos a ambos lados del cuerpo, mirando a ninguna parte.

—Esto no se puede cambiar.

Sin embargo, se resistía a rendirse. Vestido con la misma ropa del día anterior, empezó a buscar la solución a los dos problemas que tenía por delante.

El primero, cómo iba a salir de casa.

Y el segundo, de dónde iba a sacar el arma para ir a la tienda del americano.

—¿Ese cabrón del destino se cree tan listo como para conseguir llevarme hasta allí? —preguntó—. Ya veremos quién es más espabilado.

Abrió el armario. De uno de los cajones sacó la primera camiseta que encontró. Frotó sus axilas con la que se acababa de quitar. Miró el teléfono sobre la cama y pensó en llamar a su madre. Ella era la única, aparte de Andrea, que tenía otro juego de llaves. A Andrea desde luego no podía pedírselas. ¿Cómo explicarle que había lanzado las suyas por la ventana después de encerrarse? Aarón miró a su alrededor e imaginó lo que diría su madre si viera la casa en ese estado. Quizá habría llegado hasta ella la noticia de que pensaban echarle del trabajo. Desechó la idea. El móvil volvió a sonar. Aarón miró por encima de las sábanas. Era su madre.

—Lo sabe.

Se puso la camiseta limpia y miró en dirección a la ventana, justo por encima del cabecero. Lo pensó unos segundos antes de subirse a la cama y empezar a caminar sobre ella. En algún momento de la noche había abierto la ventana esperando que entrara un poco de aire fresco que nunca llegó a entrar. Se asomó sacando la mitad del cuerpo. Se colocó una mano en la frente para hacerse sombra en los ojos. Justo debajo de él, no tan lejos en realidad, se extendía una de las zonas ajardinadas que daban acceso a la piscina comunitaria del edificio. Movió la cabeza a ambos lados. Volvió a meterse en la habitación y gateó, esta vez sobre las sábanas, hasta que pisó suelo firme. Caminó hasta la mesa del salón, pegada a la ventana por la que había lanzado las llaves.

No pudo evitar echar una última ojeada al montón de papeles. Repasó con la mirada el boceto de lo que había supuesto que ocurriría esa misma noche en el Open. Vio su nombre y el del señor Palmer. Bajo su círculo, releyó la palabra «Víctima». Sintió un escalofrío. Se preguntó quiénes serían los «Testigos». Al último círculo le había colocado dentro la palabra «Asesino». Cogió el bolígrafo.

—No si te cojo yo primero y tú te conviertes en la víctima —dijo en voz alta.

Tachó ese círculo. También tachó con varias líneas la palabra «Víctima» debajo de su nombre. Sus ojos repararon en un dato que había repasado con fuerza días atrás. Un recuadro enmarcado varias veces con el mismo bolígrafo, hasta rasgar el folio en las esquinas de la figura. Dentro de ella, ocupando dos filas, las palabras:

14 de agosto de 2009

Víctima: el niño

Sonrió consciente del error de cálculo. Todo iba a ocurrir un mes más tarde. O quizá ni siquiera ocurriría.

—No si consigo acabar con el asesino esta noche y toda esta locura deja de tener sentido.

Lanzó el bolígrafo sobre la mesa con un gesto triunfal, y éste se deslizó sobre su superficie hasta chocar con la piedra del lago. La que él había recogido del fondo para regalársela a Andrea la noche en que todo empezó. La que ella le había devuelto diez años después, el día de la ruptura, hacía un mes. Aarón sintió el corazón acelerarse. Un mes de vida sin Andrea era mucho más de lo que quería estar sin ella. Ahora lo veía claro. No se estaba perdiendo nada. Porque no existía nada más allá de ella. «Puedes devolvérmela cuando quieras», había dicho Andrea antes de dejar la piedra sobre el salpicadero del coche. Aarón la cogió ahora y se la metió en el bolsillo. Podría devolvérsela esta misma noche.

Colocó las manos a cada lado del marco de la ventana. Debajo, el césped brillaba con un verde que sólo existía en los jardines mejor cuidados de las urbanizaciones más adineradas de Arenas.

—Puedes hacerlo —se convenció.

«Venga, tío, pero si es un primero», había dicho David una noche. La misma que saltaron desnudos y corrieron hasta la piscina. Así acababan a veces las noches que empezaban con un par de cervezas. Apoyó el pie izquierdo en la mesa y se impulsó para colocar el derecho sobre el alféizar. La fuerza del movimiento hizo que varios de los papeles cayeran al suelo. Con los dos pies en la ventana, giró sobre sí mismo y se quedó mirando el interior del apartamento. Se fue agachando hasta que pudo agarrarse del alféizar con ambas ma-

273

nos. Apoyó los pies en la pared exterior para ir descendiendo hasta que se quedó colgando.

Aarón cerró los ojos, soltó las manos. Sintió un leve dolor en el tobillo cuando empezó a caminar en dirección a casa de Héctor Mirabal.

22

Aarón

Lunes, 12 de junio de 2000

—Aarón.

Una mano le golpeó la cara. Algo se le clavó en la espalda.

—Aarón, despierta.

Una sensación de humedad descendió por su barbilla cuando unos dedos le agarraron el mentón y le sacudieron la cabeza. La cosa en la espalda empezaba a doler de verdad. ¿Qué era? Entonces recordó. Era la esquina del marco de la puerta de la casa de Héctor Mirabal.

—¿Héctor?

Aarón pronunció el nombre aún en sueños, moviendo la lengua desde algún lugar lleno de sombras, un mundo formado por dos únicas dimensiones, la del líquido en la barbilla y la del punzón en la columna. La palabra se había convertido en una pregunta de la que Héctor sólo escuchó las últimas letras.

—¡Héctor! —repitió, gritando esta vez.

Aarón abrió los ojos de golpe, despierto del todo en un segundo. El ladrillo afilado de la esquina en la que se había sentado a esperar le raspó un costado. Con el dorso de la mano se secó los restos de baba que se le escapaban por un lado de la boca. Parpadeó hasta que pudo enfocar la figura de Héctor.

Apostado de cuclillas frente a él, sujetaba con una mano la gorra de su uniforme entre las piernas, el antebrazo apoyado sobre una de las rodillas en una pose tan oficial como amistosa. La otra mano la sentía Aarón sobre la cara. Estaba caliente. Detrás de la silueta, el cielo era negro y volvía a ser de noche. Unos gemidos agudos comenzaron a escucharse al otro lado de la puerta.

—Tío, ¿estás bien?

Aarón miró a ambos lados, situó la realidad en su sitio e impulsó su cuerpo para recoger las piernas. Las cruzó frente a sí antes de frotarse la cara con fuerza.

—¿Qué haces aquí? —preguntó Héctor.

—¿Me he quedado dormido?

—Dímelo tú.

Héctor se puso de pie con un movimiento ágil. Aarón se quedó mirando las botas del uniforme. La mano gruesa apareció esta vez extendida frente a su cara. Agarró el brazo tendido un poco más abajo del codo, por el mismo lugar en que se cerraba la mano de Héctor sobre el suyo. Tiraron en direcciones opuestas. Tras ponerse de pie, Aarón cerró los ojos unos segundos para hacer frente al mareo repentino. Dentro de la casa, unas garras arañaban la puerta.

—Vine a buscarte esta mañana —empezó a explicar Aarón—. Imaginé… imaginé que estarías de servicio, así que me senté a esperarte. Me he debido de quedar dormido. Normal, si es que anoche no dormí nada.

Héctor extendió los dedos meñique y pulgar de una mano, se los llevó a la oreja y abrió los ojos en un gesto de interrogación.

—Me dejé el móvil en casa. Tuve que salir… —dudó un instante—, corriendo.

—Por lo de mi hermano, ¿no? —Héctor sacó un montón de llaves de uno de los bolsillos apartando primero la porra.

—¿Lo de Davo? —preguntó Aarón para hacer tiempo,

276

cuando el tiempo lo habría necesitado para no hacer esa pregunta.

—Claro que tú no lo sabes. —Sacudió la cabeza y miró al suelo—. Como llevas una semana sin llamarme...

Con ayuda del pie, Héctor empujó la puerta de su casa. El hocico de Fido apareció primero, luego el perro saltó eufórico entre las piernas de su dueño. Aarón no supo qué responder hasta que algún resorte escondido saltó en su cabeza.

—¡Lo de Davo! —Quiso disimular la excitación, pero sonó como el concursante que recuerda la respuesta correcta en el último segundo—. A eso te refieres. ¿Es eso? Está mejor. Ya lo sé. Me lo dijo Drea esta mañana. Por eso... —la mentira se escapó de entre sus labios antes de poder contenerla—, por eso he venido. Por eso te estaba esperando.

Señaló con la mano el lugar del suelo donde había estado sentado. Ante sus ojos apareció una imagen de sí mismo esa mañana, llamando al timbre hasta que pensó que se quemaría, hasta que oyó a sus espaldas abrirse la ventana del chalé vecino y a Fido quedarse afónico al otro lado de la puerta. Recordó haberse sentado abrazando sus rodillas, balanceándose. Recordó haber apoyado la cabeza en la pared sólo un segundo.

—Por eso estoy aquí —repitió, y empujó la puerta, ya dentro, para dejar de ver el ladrillo que le había raspado la espalda.

Héctor había encendido un montón de luces en un tiempo récord mientras Fido bailaba de un lado a otro con las orejas dobladas señalando siempre al frente en su errático camino. También encendió un viejo ventilador de pie, que comenzó a girar con el quejido de una de sus aspas. Héctor se desabotonó la camisa del uniforme con una sola mano. Se la quitó y la colgó en el respaldo de una butaca blanca. Aarón pudo apreciar gotas de sudor entre el vello que cubría su pecho.

277

—¡Qué calor, joder! —Agitó los brazos como si fuera a volar—. ¿Te lo dijo ella? Pensé que Drea y tú... ya sabes. Pero no tendrías que haberme esperado, macho. Si allí todo el mundo está deseando verte. A mí me llamaron esta mañana. Tenía que trabajar esta noche hasta las once, pero no tenía la cabeza para nada. Tío, llegué a pensar que no se iba a despertar nunca. El jefe me acaba de dar permiso para irme. Dice que no va a pasar nada por dejar a Carlos sin compañía dos horas.

Terminó de desatarse los cordones y dejó caer ambas botas en el suelo. Fido metió el hocico en una de ellas. Héctor sonreía en momentos imprevisibles a medida que hablaba. Ya descalzo, se acercó a Aarón y le agarró por los hombros.

—Y tú, macho, ¿qué? Me tenías preocupado. Tantos días sin saber de ti. Te he llamado alguna vez. Sigues jodido, ¿no? No se lo tengas en cuenta, si mi madre te dice algo esta noche. —Le golpeó el hombro derecho como si estuvieran charlando en el vestuario tras haber ganado un partido—. Le cuesta entender que no hayas ido a verle. Pero se acabó. Lo importante es que mi hermano está bien.

Le abrazó con fuerza y soltó el aire muy cerca de su oreja. Aarón notó la cálida humedad de todo su cuerpo y cómo el filo de la hebilla del cinturón se le clavaba a la altura del ombligo.

El cinturón, pensó.

—Joder, qué susto, tío —continuó—. Todavía no me lo puedo creer. Creo que desde la llamada de aquel tipo del Open no había respirado a gusto hasta hoy.

Héctor se separó de él y regresó al lado de la butaca blanca. Se desabrochó el cinturón. Lo colocó sobre el asiento, junto a la gorra. Dejó caer los pantalones y saltó por encima de ellos.

—Mi mujer me va a matar cuando vea este lío, macho. Aunque qué más da, hoy todo da igual —dijo, sonriendo—. Bueno, me visto en un segundo y nos vamos.

278

Héctor se lanzó escaleras arriba de su chalé adosado, y Aarón lo recordó cuando era un adolescente que les perseguía a él y a David por las escaleras de la casa familiar de los Mirabal para darles una paliza por espiarle mientras se besaba en el sótano con Patricia o con Alicia, o con las dos, aquella otra vez.

El perro salió disparado tras él.

—¡Yo... yo tengo que ir antes a la farmacia! —gritó Aarón un minuto después al hueco de la escalera—. ¡Tengo que arreglar unas cosas con mi jefe!

Aarón intuyó el movimiento de Héctor por el sonido de sus pasos.

—¿Oye? ¡Que tengo que ir a la farmacia a hablar con mi jefe! —repitió.

—¡Venga, tío, pues te veo allí ahora! —exclamó Héctor, su voz proyectada desde arriba.

Bien, pensó Aarón. *Tiene que ser ahora.*

Abría y cerraba las manos a ambos lados de su cuerpo sin darse cuenta. Se secó las palmas en el pantalón antes de acercarse a la butaca blanca. Dio un pequeño salto cuando se percató de que estaba pisando el pantalón del uniforme de Héctor. Se echó el pelo hacia atrás y se repasó la comisura de los labios con dos dedos.

Tienes que hacerlo ahora.

El movimiento fue rápido.

El ruido metálico quedó ensordecido por el del aspa quejumbrosa del ventilador.

—Pues vaya putada lo de la farmacia, macho —dijo Héctor mientras bajaba la escalera—, debiste pedir una baja por depresión o algo así. Pero, tío, ¿para qué me has estado esperando entonces? —añadió mientras metía la cabeza por el cuello de una camiseta.

Con ella sobre los hombros, miró a un lado y a otro del salón.

Aarón no estaba junto a la butaca blanca.

Ni al lado de la puerta.

Porque Aarón, en ese momento, corría hacia el Open igual que correría un niño que huyera de su padre para evitar que lo obligara a hacer algo que lo asustara. El tobillo le latía, dolorido, a cada paso. La primera vez que paró para recuperar el aliento, encorvado y agarrándose las rodillas, sacó el revólver de debajo de su camiseta y lo sujetó con la mano izquierda.

«Tienes casi un kilo en la mano», le había explicado Héctor aquel invierno, cuando le admitieron en el cuerpo de Policía Local de Arenas para orgullo de su padre. «Es uno del 38. Nos hacen llevar el primer orificio del tambor sin munición, nos han dicho que así nos da tiempo de contar hasta cinco antes de disparar. Al fin y al cabo esto es Arenas, aquí nunca pasa nada. Eh, macho, aviso a mi hermano y vamos a tirar a unas latas, ¿qué dices?» Aarón soltó una carcajada a la asfixiante noche arenense cuando recordó la frase de Héctor que terminó por convencerle: «Venga, tío, que tienes quince años, disfrútalos. ¿Cuándo vas a tener otra oportunidad para probarla? ¿Para qué vas a necesitar tú disparar un arma en tu vida?».

Mucho tiempo después de aquello, mientras respiraba con fuerza en un callejón vacío, Aarón miró el revólver.

Lo dirigió al cielo y apretó el gatillo. El tambor avanzó una posición.

El eco le devolvió su carcajada, distorsionada.

El asfalto se tiñó de amarillo, azul o violeta al reflejar la luz del letrero de neón que decía OPEN en la tienda del americano. Aarón avanzó con paso lento pero decidido, los brazos extendidos a los lados sin balancearlos apenas. Olió la gasolina. Una brisa cálida recorrió su piel.

A cada paso sentía el frío del metal sobre la tripa.

Un coche pitó tras él para que se quitara de en medio. Estacionó en paralelo a uno de los surtidores de gasolina.

—Está muerto de sed —dijo el hombre que conducía; luego, sacó la lengua y jadeó como un perro.

—¿Puedo darle yo de beber? —le preguntó su hijo.

—Claro, pero con cuidado. Como te manches el pantalón que te acaba de regalar la abuela...

El niño salió del coche y tiró de la manguera. Accionó el mecanismo antes de terminar de colocar el surtidor en el interior del depósito. Cuatro gotas cayeron sobre el pantalón, y cuatro círculos de color marrón oscuro aparecieron en el tejido en una de las piernas.

—Toma, mejor ve pagando —le dijo su padre.

Aarón se detuvo frente a las puertas de la tienda. Permaneció quieto unos segundos antes de dar el paso definitivo. Cuando lo dio, las puertas se abrieron frente a él con un crujido plástico. El aire frío que salió del interior le hizo contraer el estómago. El cañón de la pistola se le clavó en la ingle.

Esto no se puede evitar, se dijo.

Nada más entrar, examinó con la mirada cada rincón de la tienda. Reconoció al señor Palmer tras el mostrador, de espaldas, su cabeza rodeada de pelo blanco. Estaba atento al televisor, el volumen al máximo. Reconoció también a uno de los hermanos Moreno, que leía una revista de motor, de pie junto a la sección de prensa. Aarón lo identificó como el menor de los tres, Jesús Moreno, al que sus hermanos habían echado de la empresa de piscinas hacía poco; todo el pueblo se había enterado de eso. Con dos hijos adolescentes y en la ruina.

El vello de los brazos de Aarón se erizó. Se los frotó con fuerza, como si tuviera frío. Aún sin avanzar, parado en la entrada, vio a una tercera persona.

Ya somos cuatro.

281

Era un chico con gorra. Llevaba la visera hacia delante y estudiaba con detenimiento una de las estanterías del segundo pasillo. La estantería de las cervezas. Se golpeaba la pierna derecha con una mano, marcando el ritmo de alguna canción en su cabeza. Parecía encontrarse en un estado de máxima concentración por la forma en que se pellizcaba el labio inferior. La canción debió de llegar a un apoteósico final porque el joven tocó una batería imaginaria sobre las latas y culminó con un punteo en su guitarra invisible.

Aarón se llevó la mano a la bragueta para sentir el bulto de la pistola.

El chico de la gorra se percató del movimiento y le miró. Sus ojos eran de un marrón tan claro que parecía ámbar. Aarón fingió rascarse la entrepierna. El guitarrista cogió una lata de Heineken y la giró en busca de la graduación alcohólica. Quería estar seguro de llevarse la marca que tuviera la mayor.

Aarón movió la cabeza. Buscó en la zona de los dulces. Allí había visto alguna vez a un montón de niños recién salidos de clase. Estaba vacía. Avanzó lentamente hacia el mostrador. En su camino, revisó los tres pasillos.

¿Dónde está?

El señor Palmer vio el reflejo de Aarón en el espejo circular que colgaba del techo. Allí donde también se reflejaban las rayas blancas de los tubos fluorescentes que iluminaban el establecimiento. Despegó los ojos de la pantalla, bajó el volumen y se levantó de la silla.

—¡Aarón! —gritó—. Pensaba que ya no venías. ¿Cómo que te van a echar? Ha venido tu jefe aquí hace una hora a pedirme explicaciones por lo de la gasolina gratis. Como si yo trabajara para él. *Asshole...* Yo no le he hecho ni caso, le he dicho que hablara contigo, que yo...

Aarón se dio la vuelta en cuanto escuchó las puertas automáticas. El niño rubio entró con un par de billetes en la mano.

—… no tengo nada que ver en esto y que… —seguía quejándose Palmer desde algún lugar.

La voz del americano se fue diluyendo en el aire hasta desaparecer del todo, como tinta mágica disuelta en agua hasta hacerse transparente. El niño avanzó con la cabeza agachada. Iba frotando una de las perneras de su pantalón corto.

Aarón giró el cuerpo por completo.

Ya estamos los cinco.

Sus ojos viajaron desde el niño hasta Jesús Moreno, que hojeaba ahora una revista con una rubia desnuda en la portada. De él saltaron al chico de la gorra, y Aarón vio cómo escondía una lata en cada bolsillo de su pantalón. Un pinchazo en el cuello precedió a la siguiente imagen. Palmer movía los labios y agitaba una mano con el índice extendido, pero Aarón no escuchaba nada porque el sonido se había convertido en oleadas de tonos graves e ininteligibles. El americano vocalizaba cada vez más lento, y parecía tardar una eternidad en pronunciar una sola palabra. Pequeñas gotas de saliva salían disparadas del interior de su boca.

Algo rozó la pierna de Aarón.

El tacto se transformó en visión cuando el niño pasó junto a él, se acercó al mostrador y levantó el brazo para dejar los billetes. Sus movimientos eran lentos y pesados, como si estuviera rodeado de agua.

Otro pinchazo en el cuello. Apareció el rostro del menor de los Moreno. Seguía mirando la revista. Vestía una americana negra. Aarón casi pudo imaginar la pistola escondida en el interior de la chaqueta de aquel tipo que ya no podía pagar ni la educación de sus hijos ni la revista porno que tenía entre las manos. Mientras Aarón se esforzaba en encontrar razones para que Jesús Moreno pretendiera atracar la tienda, una de las olas de sonido distorsionado trajo consigo un ruido extraño.

Un chasquido metálico.

Otro pinchazo en el cuello. El chico de la gorra miraba a Aarón con los ojos muy abiertos. De pronto, se echó la mano al bolsillo trasero para...

—¡Palmer, coge al niño! —gritó Aarón.

El discurrir del tiempo regresó a su velocidad normal.

El teléfono móvil que el guitarrista acababa de extraer del bolsillo trasero cayó al suelo. La batería salió disparada y acabó bajo una de las neveras del fondo.

El niño dejó de respirar en cuanto escuchó el grito, antes incluso de ver el arma que Aarón empuñaba con ambas manos, dirigida al chico de la gorra.

—Holy Christ! What the fuck! —exclamó el americano. Algo se retorció en el interior de su pecho y empezó a faltarle aire.

—¡Coge al crío! —volvió a gritar Aarón por un lado de la boca.

Al ver que el niño no se movía, Aarón se dirigió a él.

—Vete detrás del mostrador. ¡Vamos! —Le apuntó con la pistola en el intento de indicarle por dónde debía ir.

El crío rodeó el mostrador, muy despacio. En el marrón oscuro de su pantalón se extendió una mancha húmeda cada vez más grande. Cuando llegó al otro lado, se abrazó a las piernas del americano y cerró los ojos. Palmer buscaba entre los cajones las cápsulas para detener la máquina fuera de control en que se había convertido su corazón.

—¡Vosotros! —rugió Aarón.

Dirigió la pistola primero a Jesús Moreno y luego al ladrón de cervezas. Tenía las manos tan húmedas que temía que el arma pudiera resbalarse entre ellas y caer al suelo.

—¡Al suelo! ¡Los dos!

Aarón olió su propia adrenalina. La sentía desbordarse en forma de líquido gelatinoso por cada uno de sus poros. Tenía un olor amargo que se quedaba adherido a la garganta.

—Lo siento, lo siento —dijo el chico de la gorra. Sacó las

284

dos latas de los bolsillos y las colocó de nuevo en la estantería—. Lo siento, sólo era un par, pensaba comprar el resto. Lo juro, pensaba pagar el resto. Tengo dinero. A mi grupo nos va bien. No… no somos Dover pero, pero hacemos nuestros conciertos. Ojalá fuéramos Dover. Me moriría tranquilo si escribiera una canción la mitad de buena que *Serenade*. Pero no quería… no quería hablar de morir, estoy nervioso. Es esa pistola, que me pone…

Se arrodilló sin dejar de hablar. Luego, se tumbó boca abajo. Cuando la visera tocó el suelo, la gorra se le salió de la cabeza. Colocó las manos detrás de la nuca. Con la frente pegada al suelo, continuó murmurando algo.

Aarón apuntó el arma hacia Jesús Moreno. La revista se le había caído de las manos. Mostraba las palmas para que Aarón pudiera verlas.

—Demasiado cerca de la chaqueta —le dijo—. Levanta los brazos.

Jesús Moreno no hizo caso.

—¡Que levantes los brazos!

Sus manos se quedaron en el mismo sitio.

—¡Levántalos!

—Es que no puedo —dijo. No fue más que un susurro, porque tenía la voz atrapada al otro lado de una garganta contraída por el miedo—. Lo estoy intentando, pero no puedo.

Aarón señaló el suelo con la pistola para que se tumbara.

—Como él —dijo, y giró la cabeza hacia el chico de la gorra.

Jesús Moreno se dejó caer. Sus rodillas crujieron al golpear el suelo, sonaron como la cáscara de un huevo al quebrarse. Lentamente, hizo descender el cuerpo ayudándose con los codos. Colocó las manos detrás de la nuca. Giró la cara antes de apoyarla en la revista, apoyando su mejilla sobre el pecho desnudo de la rubia de portada.

—¿Quién de vosotros, eh? ¿Cuál de vosotros es?

Aarón movía la pistola a un lado y otro. Parpadeaba a un ritmo frenético para aliviar el picor del sudor sobre sus ojos.

—Aarón, ¿qué estás haciendo? —La voz del americano interrumpió sus pensamientos. Palmer sujetó la cabeza del niño con manos temblorosas—. Si esto es por David...

—¡Cállate! —le ordenó.

El señor Palmer sacudió los hombros y cerró los ojos con fuerza.

—Ya no es por Davo, es por mí. —Las lágrimas se mezclaron con el sudor alrededor de sus párpados, el derrame ardió—. Todo esto, todo, ha sido por mí.

El padre del niño rubio miró en dirección a la tienda. Empezó a caminar con grandes zancadas hacia la puerta cuando sintió que algo no iba bien. Lo primero que vio a través del cristal fue a un hombre tirado en el suelo. Luego aparecieron dos manos que empuñaban con fuerza una pistola. Estaban blancas, casi moradas las puntas de los dedos. Controló el primer instinto de entrar y regresó corriendo al coche en busca del teléfono.

Aarón le explicó a Palmer:

—Uno de estos dos tipos, esos de ahí, los del suelo, uno de ellos iba a matarme esta noche.

¿Y si es el viejo el que pensaba hacerlo?, le dijo alguna voz en su cabeza.

—¿Tú no me harías daño, verdad?

—*What the...* —comenzó Palmer, de forma instintiva—. ¿Qué estás diciendo? Eres el hijo de Ana Salvador, por favor.

—Es uno de estos dos —dijo Aarón. Volvió a dirigir la pistola hacia el suelo—. Eres tú, ¿eh? Esos ojos amarillos me han puesto nervioso desde que entré. O tú, Jesús. ¿Por qué no acabas con tus hermanos? Son ellos los que te la han jugado. Venga, ¿cuál de vosotros venía a atracar la tienda? ¡Cuál de los dos!

Aarón se acercó al chico de la gorra. Se agachó para cachearle. Seguía hablando incoherencias y notó que estaba temblando. Tras repasar toda su ropa, sólo encontró una cartera y un ambientador con forma de pino en el bolsillo de atrás. Aarón lanzó el arbolito a la estantería.

—Sabía que tenías que ser tú —le dijo a Jesús Moreno, antes de levantarse y caminar un par de pasos hacia él—. ¿Por qué vas vestido con esa chaqueta, con el calor que hace? Creo que ya sabes que las noches de junio son calurosas en Arenas... ¿O no? ¿Qué quieres esconder con esa americana, eh? ¿Qué escondes ahí dentro?

—Por favor —suplicó, con un susurro ahogado—, vengo de una entrevista. Mis hermanos y yo, la empresa, me echaron hace unos meses.

—Todos sabemos lo que ha pasado. Ya sabes cómo somos en el pueblo. Palmer se encarga de que la información no deje de correr.

Aarón se agachó junto a él. Buscó en todos los bolsillos de la americana. En los del pantalón. El olor a mierda le pilló por sorpresa. Era tan penetrante como el de aquellas muestras que llegaron con dos semanas de retraso al laboratorio, cuando aún estudiaba en la universidad.

Se levantó de un golpe, asqueado.

El pensamiento acelerado comenzó a encenderse en su cabeza, y esta vez dolió desde el primer momento.

No son ellos, estos dos están más asustados que tú.

Detrás de los ojos y hasta la nuca, un pinchazo eléctrico contrajo sus hombros y Aarón entornó los ojos como si así pudiera disminuir el dolor.

¿De verdad no te has dado cuenta todavía?, le preguntó su cabeza.

Caminó hacia atrás para separarse de los dos hombres tirados en el suelo. Tenía las manos heladas. Empezaba a sentirlas entumecidas. Miró a Palmer y la pistola le apuntó.

No puede ser él.

287

El viejo bajó la cabeza mientras recordaba a Ana Salvador limpiando los labios de Aarón, agachada con la falda por encima de la rodilla. Cerró los ojos y pensó en su mujer. Apretó la cabeza del niño contra sus piernas.

A Aarón se le escapó un grito de dolor cuando las imágenes empezaron a proyectarse en su cabeza con una intensidad luminosa que quemaba en los ojos.

Si no es ninguno de esos dos cobardes ni el americano, sólo puede ser...

—Dile al niño que salga —dijo Aarón.

—No. —Palmer sacudió la cabeza. La piel de su papada continuó balanceándose después de hacerlo.

Aarón frunció el ceño, manteniendo un ojo más abierto que el otro. Era un gesto clásico en él. Único. Palmer lo identificó como suyo desde que era un niño. Y lo había mantenido idéntico hasta la edad adulta.

—Dile... al niño... que salga —repitió con dificultad.

—*No* —dijo el americano con el mayor convencimiento que pudo, y sin reparar en que lo había pronunciado en inglés—. Aarón, baja esa pistola.

El dolor de cabeza aumentaba con cada pequeño esfuerzo. Le hacía daño el simple hecho de escuchar las palabras.

—¡Quiero tener a ese niño aquí delante! —gritó.

La sangre bombeó con tanta fuerza en las sienes y la nuca que creyó que iba a perder el conocimiento.

Palmer repitió que no iba a dejar salir al niño, pero el pequeño se desenredó de entre sus piernas. Los dedos del americano apenas rozaron su cabello dorado cuando intentó impedírselo. Con el pantalón mojado y la cara húmeda, el niño salió de detrás del mostrador.

Miró a Aarón a la cara y le dijo:

—¿Qué?

La corriente eléctrica siguió sobrecargando el cerebro de Aarón. De nuevo las fechas —*no si te cojo yo primero y te*

288

conviertes en la víctima— y los números —*sólo puede ser él*— golpearon el interior de su cabeza —*siempre hay una víctima, siempre hay un asesino*— con una energía que transformó el dolor espasmódico —*nunca han matado al niño*— en un zumbido constante de calor insoportable.

Hasta que la energía fue tanta que el mecanismo se colapsó. Y la luz cesó.

Desde la oscuridad, llegó la voz de Andrea.

«¿No estarás pensando que es el niño el que iba a matarte?», dijo.

Y entonces Aarón entendió.

Dentro de sus zapatillas, los dedos se agarrotaron. Apenas sintió cuando la uña de uno de ellos se separó de la carne. Andrea o su voz tenían razón. Y por eso su voz dejó de sonar como sonaban los pensamientos, y Aarón la escuchó con tanta nitidez que miró a su alrededor para asegurarse de que ella no estaba allí.

—¿Ahora te das cuenta? —dijo—. Con lo fácil que es. ¿No ves que te toca a ti ser la víctima, por mucho que lo hayas tachado en el papel de tu casa? Te toca a ti. Y yo aquí sólo veo una pistola. ¿De verdad pensaste en el niño?

La voz cambiaba de timbre con cada palabra. A veces sonaba como la de David. O como la suya propia. Cerró los ojos.

—Podrías disparar ahora mismo a donde quieras y la bala rebotaría para darte entre los ojos. El cabrón del destino, ¿recuerdas? Tú mismo lo dijiste. —La voz era de nuevo Andrea.

Aarón dio una patada al mostrador. El niño se tiró al suelo.

—Con lo fácil que hubiera sido no venir al Open. —Sus pensamientos sonaron ahora con la voz de David—. Ah, claro, había que proteger a Drea. Pero ¿protegerla de qué?

Aarón gritó hasta que le dolió la garganta para dejar de escuchar la trenza de voces. Ni siquiera cuando notó la gar-

289

ganta arder y percibió el sabor metálico de la sangre en la boca dejaron de colarse entre sus gritos desgarrados.

—Ahora tú decides —dijo la Andrea imaginaria—. Puedes disparar a alguna de estas personas, pero no te va a servir de nada, porque ellos son como Davo. Ellos sólo son los actores de la escena de tu muerte. ¿Recuerdas cómo me lo explicaste? ¡Por Dios, Aarón, si tú inventaste todo esto! Tenías razón en todo. No me gusta reconocerlo, pero es así. Ahí estáis los cinco, cumpliendo cada uno con vuestro papel. No hace falta ni que preguntemos a esta gente qué edad tienen, ¿verdad?

Aarón se tapó los oídos. Con las uñas se hizo heridas en el cuero cabelludo. Sintió el metal helado sobre la oreja. No sirvió para acallar las voces en su interior.

—O disparas a esta gente para nada, o te quitas de en medio tú solito, que es lo que tiene que pasar. Qué cosas, ¿eh? Víctima y asesino son la misma persona en este cuarto atraco.

Aarón se mordió la lengua hasta que un trozo se quedó al otro lado de los dientes.

—Víctima y asesino son la misma persona. Ésa es buena, ¿eh, Aarón?

Y entonces Andrea, David, él mismo, o todos a la vez, dijeron unas últimas palabras:

—Lo mejor de todo es que esa persona eres tú.

El padre del niño rubio empezó a agitar los brazos cuando el aullido de una sirena lejana empezó a subir de volumen. Las luces azules de dos coches policiales aparecieron a lo lejos.

Andrea Sandiego, que estrenaba camiseta comprada en el centro comercial y se dirigía en ese momento al Open para preguntarle al americano si Aarón había aparecido por la tienda a solucionar el problema con su jefe, levantó la cabeza para mirar hacia el lugar de donde procedían las sirenas. Entonces vio a un hombre agitar los brazos frente a los coches de policía y señalar la tienda. Contuvo la respiración.

Andrea escuchó el disparo antes de soltar el aire.

Sus piernas empezaron a trabajar solas. Corrió hacia la tienda. Mientras atravesaba la zona de surtidores de gasolina, un niño salió del interior. Se abrazó al hombre que había estado agitando los brazos en la calle.

—¡Es Aarón Salvador! —gritó alguien desde dentro.

Andrea se lanzó a las puertas. Un policía intentó detenerla. Ella reconoció las zapatillas de Aarón al final de una pierna tendida en el suelo.

Nada hubiera conseguido pararla.

Más que el dolor, a Aarón le sorprendió el frío y la oscuridad cuando la bala le atravesó la cabeza.

Después, sus sentidos se apagaron uno a uno.

Sus ojos abiertos no vieron a Andrea arrodillarse junto a él.

Su lengua herida no pudo ya distinguir el sabor de sus labios cuando Andrea los pegó a los suyos y sopló con fuerza para ayudarle a respirar.

Tampoco su tacto muerto le permitió sentir cómo Andrea colocaba las manos bajo su cabeza, tapando la herida para evitar que se derramara su vida por aquel agujero. Una sustancia gris le manchó los dedos y la camiseta.

Sin oído, Aarón no pudo escuchar a Andrea decir:

—Por favor, no te mueras, te creo.

Pero fue cuando Andrea apoyó la frente sobre el pecho ensangrentado de Aarón, cuando el dulce olor de la manzanilla entró en su cuerpo.

Y Aarón supo que Andrea había aparecido y estaba junto a él.

Como siempre.

Como siempre.

Sin poder estar seguro de si su mano respondía o no, se imaginó llevándosela al bolsillo. Sacó de él la piedra del lago.

Y aunque Aarón quiso decirle una cosa a Andrea —*avisa al niño, calculé mal, ocurrirá un mes después, el 14 de septiembre*—, de sus labios salió otra:

—Ven al agua —dijo.

Y en agua fue en lo último que pensó Aarón.

Después, no hubo nada.

23

Andrea

Toulouse, viernes 14 de agosto de 2009

El sonido del disparo despertó a Andrea.

Recostada sobre la mesa de la cocina, a oscuras, encogió los hombros y se incorporó de repente. Tardó unos segundos en salir de la pesadilla. La pesadilla que siempre acababa con la imagen de ella misma apoyada sobre el pecho ensangrentado de Aarón. La que se había repetido durante nueve años, con mayor frecuencia en el último mes.

Con los ojos abiertos, pero incapaz todavía de distinguir las siluetas de la estancia, le asustó la luz repentina que surgió sobre la mesa. Y la vibración que la acompañó. En realidad era el movimiento del móvil lo que la había despertado. El aparato siguió temblando, girando sobre sí mismo.

Andrea se frotó la cara con fuerza, como si eso la ayudara a despertar. Alargó el brazo en una rápida sacudida y colocó el teléfono junto a su cara.

—¿Qué ha pasado? —dijo sin más. Tragó con fuerza y contuvo la respiración.

Al otro lado de la línea, el hombre suspiró en el interior de su coche.

—Davo, por favor. —Andrea incrementó la urgencia en su voz—. Dime qué ha pasado.

—No ha pasado nada.

David colocó sobre el asiento del copiloto la muleta que acababa de recoger del suelo del aparcamiento de la tienda del americano.

—No ha pasado nada —repitió—. Te lo dije. Na... da. —Separó la palabra en dos sílabas.

Andrea escuchó las palabras de David y cerró los ojos. Durante unos segundos la pesadilla volvió a reproducirse. *No te mueras, te creo.* Sacudió la cabeza para intentar detenerla.

—¿No apareció el niño? —insistió ella.

—Que sí, que el niño ha venido. Pero ha entrado en la tienda y ha salido por su propio pie. Nadie le ha disparado, ni le ha secuestrado, ni le ha pasado nada dentro de la tienda. Bueno, el pobre ha salido con un susto del quince, claro. Con todo lo que le hemos hecho creer, digo yo que el pobre crío...

—¿Le dejaste entrar? —Andrea contuvo un grito—. Se supone que estabas ahí para evitar que el niño entrara.

—Andrea —hizo una pausa para asegurarse de que estaba escuchando—, déjalo. Para, en serio. Ese niño ha entrado en la tienda hace cinco minutos, justo en la fecha que decía Aarón. Y no le ha pasado nada. ¿Cuántas veces lo voy a tener que repetir? Nada. Aarón estaba mal, se equivocó en todo.

Andrea escuchó en boca de David las palabras que ella se había repetido tantas veces. Lo hizo sonar más real. Y ella se negó a aceptarlo.

—No entiendo cómo le has dejado entrar después de todo lo que te dije —siguió aferrándose a la historia.

Una historia que ella misma se había negado a creer cuando Aarón intentó explicársela con aquel montón de papeles. Andrea los volvió a ver la misma noche en que Aarón murió. Carlos Ferrero, compañero de patrulla de Héctor Mirabal, apostado en la puerta del edificio franqueado con cinta policial, atendió los ruegos de Andrea para abrir ella el apartamento de Aarón. Aunque era algo que se salía completamente del procedimiento oficial, Carlos se enterneció al verla apretarse la nariz con dos dedos como si eso la ayudara a dejar de llorar. Ella había subido temblando hasta el primer piso. Tenía el pantalón manchado de sangre. La saliva de Aarón seguía húmeda entre sus dedos. Un círculo se oscurecía en la camiseta azul que se había comprado esa misma mañana. Cuando entró en el apartamento, reconoció el montón de papeles que se amontonaban por toda la superficie de la mesa. Las fotocopias del periódico. Las hojas cuadriculadas del cuaderno arrancadas de su espiral, llenas de nombres y números. El montón de folios grapados sobre el teclado del ordenador. Recordó, arrepentida, cómo se los había tirado a la cara. Permaneció asomada a aquellos papeles, sin saber qué hacer, durante los cinco minutos que Carlos le había concedido. Después, escuchó el timbre del ascensor y el ruido de botas acercándose por el pasillo. Entonces sus ojos distinguieron, entre la maraña de papel y tinta, un recuadro enmarcado varias veces con el mismo bolígrafo hasta rasgar el folio en sus esquinas. Dentro del recuadro, ocupando dos filas, las palabras:

14 de agosto de 2009

Víctima: el niño

Andrea notó el calor pegajoso de una mano masculina sobre el pecho izquierdo. Carlos la agarró con decisión. La voz de Aarón retumbó en la cabeza de Andrea sin que ella pudiera apartar la vista de aquel trozo de papel. *Y esta vez matarán al niño.* Andrea alargó la mano, la cerró con fuerza sobre el rectángulo de tinta y expulsó todo el aire por la boca. Sin ni siquiera cerrar los ojos, se dejó marchar.

—Oye —la voz de David chispeó en el auricular del teléfono—, ¿me estás escuchando?

—No he oído eso último, ha fallado la cobertura —mintió. Recordó el dolor en los párpados y las sienes cuando despertó en la ambulancia aquella noche.

—Te digo que el niño echó a correr antes de entrar en el Open. Mira cómo iría de asustado. No me dio tiempo ni a gritarle. Menos mal, ¿imaginas el ridículo? Después me puse a llamarte. No sé en qué momento volvió a entrar. Yo de repente le escuché gritar y, cuando miré, el niño salía de la tienda. Estaban sus padres ahí esperando. Sus padres, Andrea. ¿Te das cuenta de lo que les hemos hecho pasar?

Andrea se levantó en la oscuridad de la cocina. Encendió la luz. Los ojos le dolieron cuando se contrajeron las pupilas. Emilio estaría en el piso de arriba. Seguro que ni se había dado cuenta de que Andrea había pasado la tarde encerrada en la cocina. Lanzando la mirada del reloj al móvil y del móvil al reloj. Como tampoco se había dado cuenta de que ella apenas había dormido junto a él las tres últimas noches.

—¿Y qué hacemos ahora? —le preguntó a David. Abrió un cajón y extrajo una caja de medicamentos. El envoltorio de la farmacia hizo que se le humedecieran los ojos—. Sabes el nombre del niño, ¿no? Tu hermano te ayudó a buscarlo. Me dijiste que era Leo no sé qué.

Tragó sin agua dos pastillas, sólo con saliva.

—Andrea —subió el volumen de su voz porque quiso sonar autoritario—, basta. En serio, para. Punto final. Se acabó. No voy a permitir que acabes igual que Aarón. ¿Me estás oyendo? Esto ha llegado hasta aquí. Debí haberte obligado a olvidarlo cuando viniste a mi casa. Nueve años sin verte y apareces de repente para esto.

Hablaba del último sábado de febrero, el día de la presentación de la nueva atracción del Aquatopia. Justo después de que Andrea hablara con Leo e intentara huir de Arenas por segunda vez, su pie había pisado el pedal del freno para impedírselo. Luego, Andrea había conducido, casi con los ojos cerrados, en dirección a casa de la madre de David. Ruth había abierto la puerta, la había mirado con sus ojos azules enmarcados ahora por un pelo ya del todo blanco y la había abrazado mientras ella lloraba por tercera vez aquel día. «Quiero ver a Davo», había dicho después. Ruth la guió por los pasillos de la casa. Preguntó varias veces a Andrea por qué había abandonado Arenas de la forma en que lo hizo. Entonces llegaron a la habitación de David. La habitación en la que había crecido. La misma en la que había jugado a los vaqueros con Aarón. Y a la que había regresado después de despertar del coma porque no le resultaba sencillo valerse por sí mismo con aquellas muletas y casi medio cuerpo paralizado. Cuando David vio entrar a Andrea, no pudo decir nada. Sólo abrió los brazos, uno se quedó pegado al tronco, y bajó la cara para dejarse abrazar. Y entonces Andrea lo hizo. También le tocó la cara. Le besó la frente. Pidió perdón por haber desaparecido. Y empezó a contarle por qué había vuelto a Arenas. Le contó lo que Aarón había estado haciendo durante su último mes de vida. La obsesión que lo condujo a pegarse un tiro en el Open.

—Te lo dije. Eran chorradas —continuó David al teléfono—. Seguro que si yo me pongo a estudiar un montón de fechas al azar también acabo encontrando conexiones. Pero ¿cómo iba a ser verdad? Andrea, en serio, lo hemos hablado. Fue Aarón. Debió de ser muy jodido su sentimiento de culpa, sentirse responsable por lo que me pasó a mí. Muy chungo, no me lo quiero ni imaginar. —Hizo un silencio—. Se inventó todos esos números para darle un significado a mi accidente. Para creer que todavía podía salvarme.

—No —dijo Andrea. Rodeó la mesa de la cocina con la mano libre en la frente—. Lo que pasa es que yo no supe explicártelo bien. Porque no le hice ni caso cuando él me lo contó a mí. Sólo me acuerdo de que el niño nació el mismo día que dispararon sobre ti. El 12 de mayo. —Recordó al recepcionista del hospital negando este dato—. Dios, tendría que haberle prestado más atención. —Creyó escuchar el chasquido del tobillo de Aarón—. Tenía un montón de papeles. Un montón. En la mesa esa que tenía en el salón. Había calculado las fechas exactas. Decía que todo coincidía… —Volvió a pensar en el recepcionista del hospital y añadió—: No lo entiendo. Aarón hablaba de intervalos exactos de tiempos. De meses. De días. Calculó la fecha en la que iban a matar a ese niño. El día en que te dispararon comenzaba todo.

—Y calculó la fecha de hoy. —David hizo énfasis en la última palabra—. Hoy, Andrea. Hoy. El 14 de agosto. Me enseñaste ese trozo de papel.

Durante aquella conversación en la habitación de David, Andrea había extraído de su bolsillo el trozo de papel que conservó tras su última visita al apartamento de Aarón. El que arrancó mientras un policía la reducía. Lo desdobló. Estaba húmedo y arrugado. «¿Has guardado esto durante nueve años?», había preguntado David. Y Andrea había asentido apretando los labios para no llorar, acariciando con el pulgar la caligrafía de Aarón. «Ésta es la fecha que él tenía apuntada. Ocurrirá el 14 de agosto. Y nosotros tenemos que evitarlo. Se lo debemos a Aarón», había dicho.

—Pero ese niño acaba de entrar en el Open, te lo estoy diciendo —siguió la voz de David en el auricular—. Acaba de entrar y no ha ocurrido nada. ¿Qué más quieres? ¿Qué más necesitas para darte cuenta de que todo ha sido un invento?

—Tú viste al niño —le recordó Andrea. David se quedó callado al otro lado—. No creíste nada de lo que te conté en tu casa, pero… Pero después viste al niño. Lo viste en la televisión y me llamaste. Viste en él lo mismo que yo. Viste a Aarón en ese niño, dime que no has olvidado eso.

—Andrea —suspiró David—, sólo vi a un niño que me recordó a Aarón. ¿Y qué? Ni siquiera era un parecido físico.

298

Era... *algo*. No sé qué. Y ahora ya se ha visto que no era nada.

Dos días después del evento en el Aquatopia, David había estado mirando la televisión en el techo de la sala de rehabilitación. Sin sonido, y mientras estiraba y encogía la pierna izquierda con la ayuda de una máquina, observó las caras alegres de decenas de críos del pueblo en el parque acuático. Algunos hablaban a cámara. Fue cuando apareció el niño en pantalla. Con un brazo, David detuvo el movimiento del monitor a su lado. El mecanismo de la máquina que estiraba su pierna dejó de hacer ruido. David miró la televisión con el pulso acelerado. Y entonces el niño había fruncido el ceño, manteniendo un ojo más abierto que el otro.

—No —Andrea subió el tono de voz—, no digas eso. Cuando viste al niño empezaste a creerlo. ¿Por qué me llamaste si no? ¿Por qué le pediste ayuda a tu hermano para identificar al niño? ¿Eh, Davo? Dime por qué hiciste todo eso si sólo era... *algo* —imitó la forma en que él lo había dicho—. ¡Dime, venga! —Andrea gritaba sin importarle que Emilio pudiera oírla—. ¡Dime para qué has ido al Open esta noche si no creías nada de lo que descubrió Aarón!

Tras el grito, Andrea separó el móvil de su cara y dejó caer el brazo con el que lo sujetaba. Se tapó la boca con la mano. Tardó unos segundos en volver a llevárselo a la oreja.

—... cosa que me hubieras pedido —decía David.

—¿Cómo?

—Que por ti habría hecho cualquier cosa que me hubieras pedido —repitió—. Por eso hice las llamadas a su casa. Tú me lo pediste. Era lo que tú querías que hiciera, joder. ¿Que sentí algo especial cuando vi a ese niño en la televisión? Vale, pero porque lo vi justo después de lo que me habías contado, de ver lo chunga que estabas... —Se detuvo un instante y midió las siguientes palabras—. De repente todo estaba lleno de mensajes ocultos y números malditos.

—No te burles de Aarón.

—Mira, Andrea, estoy en el jodido Open. Sentado en un coche espiando a un crío. ¿Y sabes por qué? ¿Sabes por qué estoy haciendo el imbécil de esta forma? Por ti. Para decirte desde aquí, desde la tienda del americano, hoy 14 de agosto, que todo lo que Aarón descubrió era mentira.

—No, no digas...

—Andrea —la interrumpió. David agarró el volante, se apoyó en él para reacomodarse en el asiento; sentía que tenía más autoridad si hablaba con la espalda erguida—. No ha pasado nada. ¡Pero si es que falló desde el principio! ¿Acaso a mí me mataron? Que yo sepa, al final no morí en mi supuesta... ¿cómo lo llamaba?

—Escenas —dijo ella—. Recuerdo esa palabra. Hablaba de una escena que se repetía una y otra vez.

—Pues no se repetirían tanto. Porque no se ha repetido. Yo estoy vivo. Ese niño está vivo.

—Pero Aarón no.

Al decir aquello, Andrea volvió a sentarse en una de las sillas de la cocina. Escuchó pasos sobre su cabeza. Entonces una idea cruzó su mente.

—Aarón no está vivo —repitió, casi en un susurro—, Aarón murió.

Pronunció las siguientes palabras sin apenas separación entre ellas, excitada por el descubrimiento.

—A lo mejor...

—Punto, Andrea, punto final —cortó David—. Lo de Aarón lo provocó él mismo. Se suicidó. Se mató él mismo. Eso es como hacer trampa. Forzó la situación para que pasara lo que él quería que pasara. Para hacerlo real.

Andrea quiso rebatir la idea. Quiso decir algo. No supo qué. La excitación del descubrimiento se desvaneció y dejó un oscuro vacío a la altura del pecho. Quizá era el momento de dejarlo estar. Un haz naranja apareció debajo de la puerta de la cocina. Emilio había encendido la luz del salón contiguo. Andrea pensó en Emilio. En el hombre que la había salvado. En el hombre que le había regalado una nueva vida.

—A lo mejor tienes razón —dijo entonces—, quizá deba olvidarlo.

La puerta de la cocina se abrió. Emilio puso cara de sorpresa al encontrarse a Andrea al teléfono, pero sonrió enseguida y se dirigió a la nevera. Andrea le devolvió la sonrisa. Disimuladamente, asintió con la cabeza como si escuchara a David, que no dijo una palabra, y salió de la cocina. Se apostó en la esquina más alejada del salón. Había pensado algo.

—Oye —dijo en voz baja—, voy a pedirte una última cosa.

—¿Por qué hablas así? —preguntó David—. ¿Y qué me vas a pedir? No pienso hacer nada más que tenga que ver con esta historia. Nada, ¿está claro?

—Será la última, lo prometo. —Hizo un silencio esperando alguna concesión de David que no se produjo—. ¿Tú me podrías conseguir el vídeo de la entrevista de ese niño en el Aqua? ¿Mandármela aquí, a mi casa?

—Paso. Te he dicho que no quiero saber nada más. No voy a hacerlo.

—Va a ser lo último. —Andrea encogió los hombros y pegó la cara a la pared—. Conoces a gente en la cadena local, no te costaría nada. Seguro que tu hermano puede ayudarte. Con su placa puede conseguir cualquier cosa.

—Andrea, no voy a hacerlo. No quiero, y a ti tampoco te va a venir bien. Necesitas que esto acabe. Necesitas dejarlo pasar.

—Y voy a hacerlo, te lo prometo —dijo, sin saber si estaba mintiendo—. La semana que viene me voy de vacaciones con mi marido —Andrea miró a la puerta cerrada de la cocina—, y te aseguro que va a ser el inicio de una nueva vida.

Pero quiero ver a ese niño. Darme cuenta de que ese parecido es coincidencia. Verlo una última vez y despedirme de Aarón para siempre. Por favor.

David permaneció en silencio.

—Joder —dijo al fin, consciente de lo difícil que era negarle algo a Andrea—, vale. Lo intentaré. Sólo lo intentaré. No prometo nada.

—Gracias, Davo —dijo Andrea—, de verdad.

La puerta de la cocina se abrió de repente. Emilio salió con un sándwich en la mano. Para disimular y quitarle importancia a la conversación telefónica, Andrea subió el tono de voz y dijo:

—Sí, me voy con Emilio de vacaciones —se acercó a él—, hemos conseguido tres semanas. Veinte días sin hacer nada.

Puso un brazo sobre sus hombros. Él la invitó a dar un mordisco al sándwich. Andrea le pegó un bocado. Dejó de masticar al escuchar la pregunta de David:

—¿Y adónde vais?

La voz salió clara del auricular del teléfono. Emilio también la escuchó. Andrea quiso darse prisa en tragar, pero él se adelantó.

—¡A Cuba! —gritó de forma divertida, girando la cara en dirección al teléfono que Andrea sostenía en el lado opuesto.

Emilio no entendió por qué le cambió el gesto a su mujer. Ni por qué quien estuviera al otro lado del teléfono hizo un ruido de desaprobación chasqueando la lengua.

Fingiendo un gesto despreocupado, Andrea dio una palmada al trasero de su marido invitándole a subir las escaleras.

—Ahora te alcanzo —le dijo.

Cuando escuchó sus pasos avanzar por el pasillo del segundo piso, Andrea recuperó el habla.

—Davo —dijo.

—¿A Cuba? —soltó él—. ¿Me estás hablando en serio? ¿Tienes tres semanas de vacaciones y te vas precisamente ahí?

Tienes que acabar con esto. En serio. Y tu marido seguro que no sabe nada.

—Quiero hacer el viaje que Aarón no llegó a hacer —explicó Andrea—. Puede ser la oportunidad perfecta para darle un cierre a esto.

Andrea escuchó a David respirar hondo y expulsar el aire de forma sonora. También escuchó cómo arrancaba el motor de su coche.

—Bueno, Drea, tú sabrás —dijo. La última palabra sonó ahogada. David la había pronunciado mientras maniobraba con el volante—. Pero cuídate mucho. Y ven a verme a Arenas antes de que pasen otros nueve años.

—Lo haré —dijo—, seguro. Quiero ir a visitar a la madre de Aarón. No he vuelto a verla desde entonces.

—Ella no está bien —comentó David en voz baja. Negó levemente con la cabeza. Pensó en la silueta oscura que algunos habían visto aparecer tras las cortinas del cuarto principal de la casa al final del camino de arena. Mientras miraba por el retrovisor, metió marcha atrás y salió del aparcamiento del Open. Entonces frenó el coche, lo pensó dos veces y añadió—: Pero no es culpa tuya. Nada es culpa tuya.

—Ya lo sé, Davo —dijo ella—, ya lo sé.

Recordó a Aarón pronunciando el nombre de su mejor amigo. El oscuro vacío se instaló de nuevo a la altura del pecho. Con un golpe de cabeza, Andrea hizo que su pelo cayera hacia delante y ocultara su rostro. Colgó el teléfono y se lo metió en el bolsillo.

Luego, como hacía algunas noches antes de subir a dormir, se dirigió a la cómoda de la entrada. Abrió el último cajón. Y apretó en su puño derecho la piedra del lago.

Andrea y Emilio regresaron de sus vacaciones a Cuba un mes después de la última conversación con David. Apoyada de

303

espaldas contra la puerta de su casa, ella sintió cosquillas cuando los dedos de Emilio subieron desde sus caderas hasta sus pechos. Giró sobre sí misma para escapar de las manos de él y empujó la puerta con las suyas. Entraron riendo en casa.

—Yo no voy a deshacer las maletas hasta dentro de una semana —dijo Emilio.

Después se quitó los zapatos, sin manos, y los lanzó lejos, como haría un adolescente. Agarró la correspondencia que llevaba bajo el brazo y la arrojó encima de una mesa. Andrea sonrió. Con las dos manos, se levantó el pelo y lo sacudió para abanicarse la nuca. Sus codos apuntaban a los lados. Emilio se acercó y acarició sus axilas. Andrea se encorvó de golpe encogiendo el estómago. Reía.

—Deja de hacerme cosquillas —ordenó.

—¿De éstas? —dijo él. Pinchó su vientre con dos dedos.

Andrea siguió riendo. Agarró las manos de él por las muñecas y, haciendo fuerza, se las llevó hasta su espalda. Las apoyó en la curva que daba inicio a sus glúteos. Él colocó la barbilla sobre el hombro de ella y aspiró entre su pelo.

—Todavía hueles a bronceador —le susurró al oído—. Estás guapísima con la piel tan morena y el pelo tan rubio. Ha sido buena idea el cambio de color.

Andrea cerró los ojos e intentó no pensar en Aarón.

—Hacía tiempo que quería volver al rubio —dijo.

Pensó si alguna vez sería capaz de volver a usar champú con olor a manzanilla. Trató de distraer su mente del recuerdo de Aarón con las imágenes del viaje a Cuba. Y abrazó fuerte a Emilio, como abrazaría un náufrago un tronco astillado. Tras unos segundos, Andrea abrió los ojos. Tenía la barbilla apoyada en el hombro de Emilio, sus labios le besaban el cuello.

Fue entonces cuando vio el sobre.

El sobre amarillo en lo más alto del montón de correspondencia que Emilio había sacado del buzón. Escritos con

304

rotulador negro, su nombre y dirección. Reconoció al instante la caligrafía de David. Andrea apretó a su marido sin darse cuenta.

—Eh, eh —dijo—, que me vas a asfixiar.

Sin retirar la mirada del sobre, Andrea se despegó de Emilio.

—Que todavía nos queda la noche de hoy —bromeó él—. Yo voy corriendo a la ducha, luego comemos, y creo que quiero echarme una siesta. —Besó una de sus mejillas. Después regresó a la puerta, metió la maleta que habían dejado fuera y cerró—. La maleta no la toques, yo la deshago mañana.

Andrea asintió. Mantenía una sonrisa forzada. La dejó caer cuando Emilio comenzó a subir las escaleras. Y cuando oyó cerrarse la puerta del baño, se acercó al sobre. Lo levantó con una mano. Releyó su nombre y su dirección. Le dio la vuelta y encontró escrito «D. M.» en forma de remitente. Recordó que los periódicos habían utilizado esas mismas iniciales para informar del estado de salud de David tras el atraco en el Open. Abrió la solapa superior del sobre y miró en su interior. Respiró hondo.

Atravesó la entrada en dirección al salón. Se arrodilló ante el televisor. Introdujo la mano en el sobre. Extrajo el disco. Una tarjeta grapada a la funda de plástico rezaba: «Leo en el Aqua». David también había escrito una dirección. Y la palabra «teléfono» seguida de dos puntos. Pero no había completado el dato. Quizá se lo pensó en el último momento. Quizá quería evitar que Andrea hablara con el crío.

—No pensaba hacerlo —murmuró Andrea.

Sus manos se cubrieron de un sudor espeso mientras colocaba el disco en el reproductor de DVD. El lector de contenido listó un único archivo. Andrea se echó el pelo hacia atrás, se frotó los ojos y respiró profundamente. Después presionó un botón del mando a distancia.

Sus ojos se humedecieron al instante.

El niño miraba a un lateral de la cámara. Al ver su rostro, Andrea se llevó dos dedos a los labios. Una mano femenina agarraba, desde un lado, el hombro del niño con fuerza.

La voz de una reportera a la que Andrea no veía preguntó:

«—Hola, chico, ¿cómo te llamas y cuántos años tienes?»

El niño se mantuvo pensativo un instante. Andrea apreció cómo miró hacia la persona que agarraba su hombro. A continuación, dirigió la mirada hacia la reportera, apretó los labios y contestó:

«—Me llamo Leo. Y nací el 12 de junio de 2000, haz tú la cuenta.»

Al escuchar aquello, Andrea no volvió a pestañear.

El vídeo continuó reproduciéndose en la pantalla, pero ella dejó de verlo. La luz simplemente se reflejaba en su pupila sin adquirir significado. Sintió el estómago encogerse. Sintió también una fuerte presión en los pulmones. Dejó de respirar.

Un sudor frío cubrió su nuca.

El niño había dicho 12 de junio de 2000.

Con los ojos por completo abiertos, Andrea revivió la pesadilla recurrente que siempre acababa con ella apoyada sobre el pecho húmedo de Aarón.

«—Es que soy un poco raro —dijo el niño en la televisión.»

El vídeo terminó y la pantalla volvió a mostrar el listado de contenido.

Andrea pulsó de nuevo el botón del mando a distancia.

«—Hola, chico, ¿cómo te llamas y cuántos años tienes? —repitió la reportera.»

«—Me llamo Leo. Y nací el 12 de junio de 2000, haz tú la cuenta.»

El 12 de junio de 2000.

Un disparo retumbó en la cabeza de Andrea.

Lo escuchó tan fuerte que su cuerpo se sacudió en un espasmo. Avivó los recuerdos de la última conversación en el apartamento de Aarón. Le hizo recordar una frase clave.

Uno nace cuando muere el anterior.

La voz de Aarón sonó con tanta nitidez en su cabeza que la asustó.

—Un momento —dijo Andrea.

Se levantó de golpe.

—Un momento, un momento, un momento. —Su mente se disparó—. Ese niño nació el 12 de junio, no el 12 de mayo. Nació el día que tú... —Se llevó ambas manos al pecho—. Tú fuiste el cuarto. Davo no murió. Davo no contaba. Su escena no contaba. Por eso... —Cuando Andrea evocó el siguiente pensamiento, su voz se apagó en una sacudida de llanto—. Por eso se parece a ti.

Se tapó la cara con las manos para no distraer sus sentidos y concentrarse en tratar de recordar las palabras de Aarón. Había dicho que las víctimas siempre nacían el mismo día que asesinaban a la anterior.

—Pero ¿cómo supo cuándo matarían al niño? —murmuró contra las palmas de sus manos.

Una chispa de memoria encendió un nuevo recuerdo. *La edad del niño coincide en años, meses y días.* Eso había dicho Aarón.

—Pero cuál es la edad, cuál es la edad...

Forzó su memoria todo lo que pudo para recordar los números que él le había dicho. *Nueve años...*

—Nueve años y qué más. De nada me sirve si no sé más —se quejó.

Apretó los ojos con fuerza y su mente se iluminó con la luz de otro recuerdo. Su corazón comenzó a latir a un ritmo frenético.

—No —dijo en un suspiro. Separó las manos de su cara—. Empezaste a contar en la fecha equivocada.

Lo entendió de repente. No necesitaba recordar la edad exacta que tendría el niño. Bastaría con saber la diferencia de tiempo entre el disparo a David y el de Aarón. Porque era desde la muerte de Aarón cuando había que empezar a contar.

—El 12 de junio —murmuró Andrea. Su mente hizo el cálculo enseguida—. Justo un mes después. Ocurrirá un mes después. Por eso no pasó nada el 14 de agosto. Porque van a matar a ese niño… —Su corazón aminoró el latido hasta detenerse. Andrea alzó su brazo izquierdo al tiempo que giraba la muñeca. Se colocó el reloj frente a los ojos y leyó la fecha en la esfera: 14/09/09. La palabra se le escapó de la boca como un gemido—: Hoy.

Emilio escuchó el fuerte portazo desde el baño. Con una toalla anudada a la cintura, salió al pasillo.

—¿Andrea? —preguntó al hueco de la escalera—. ¿Está todo bien?

Después escuchó el coche arrancar. Desde la ventana del cuarto principal vio, sin entender, que su mujer se marchaba de casa.

En el interior del coche, Andrea marcó el número de David. Mantenía la dirección del volante con la palma de la otra mano, la misma con la que sujetaba el disco con el vídeo de Leo.

—Davo —dijo en cuanto lo oyó descolgar el teléfono—. Recibí el sobre, recibí el vídeo. —Hizo una pausa antes de gritar—: ¡Es él!

—¿Andrea?

—Es él. Es ese niño. El que Aarón decía. Todo ha sido verdad. —Hablaba de forma atropellada mientras miraba por los espejos retrovisores para incorporarse a la autopista—. ¡Era todo verdad! Sólo se equivocó contigo. Empezó a contar desde el día de tu atraco. ¡Pero tú no moriste! ¡Y uno nace cuando muere el anterior! ¿Cómo no nos dimos cuenta antes? ¿Cómo no te has dado cuenta al ver el vídeo?

308

—No lo he visto —aclaró—. Yo sí quiero olvidar.

—¡Es hoy! —gritó Andrea. Varios coches pitaron a su alrededor—. Lo van a matar hoy en la tienda del americano. Tenemos que detenerlo. Necesito que vayas ahora mismo a casa de ese crío y les digas...

—Voy a colgar —dijo David—, te juro que no quiero hacerlo pero voy a colgar si me sigues hablando de esto.

Andrea dejó de hablar al escuchar aquello. Tras un silencio, gritó:

—¿No lo entiendes? ¡Es hoy! ¡Va a pasar hoy! ¡En el Open!

—Déjalo ya —repuso David. Su tono sonó agotado.

—Voy a Arenas en el coche. A la dirección que has puesto en la tarjeta. Pero no llegaré antes de las diez de la noche. Necesito que me ayudes y vayas tú...

David colgó el teléfono. Andrea se quedó con la boca a medio abrir. Miró la pantalla del móvil como si en ella fuera a encontrar alguna respuesta. Volvió a marcar su número. El teléfono ya estaba apagado. El retrovisor la deslumbró cuando el coche de atrás encendió las luces largas.

Entonces el móvil comenzó a vibrar.

Era Emilio. Andrea lanzó el teléfono al asiento del copiloto.

—¡Sí, voy a Arenas! —aulló al aparato—. ¡Y sí, he tenido que irme en coche!

Andrea pisó el acelerador con fuerza. Sintió la dureza del pedal en la planta del pie. Un escalofrío recorrió su espalda. Asomó la cara por debajo del volante y encontró lo que se temía. Había salido descalza de casa.

24

Leo

Lunes, 14 de septiembre de 2009

Leo escuchó a su padre salir a la terraza de su habitación, a sus espaldas, pero siguió con el ojo pegado al ocular. Acababa de enfocar Urano por primera vez. Cuando Amador carraspeó, separó la cara del telescopio. No se dio la vuelta, no dijo nada. A oscuras desde la puerta, y bajo la persiana automática desde la que Pi no vio el cielo incendiarse en la lluvia de estrellas de hacía una eternidad, Amador se dirigió a su hijo:

—¿Sabes qué día es mañana?

Leo irguió la espalda. Alzó la cabeza para mirar el cielo nocturno. Volvió a buscar Urano, que a simple vista desaparecía entre el montón de estrellas de una de las últimas noches de verano en Arenas.

—15 de septiembre —dijo finalmente—. Martes.

—No te hagas el tonto, sabes a lo que me refiero. —Amador dio un paso al frente sin acercarse del todo a su hijo—. Mañana...

—Empieza el curso —terminó Leo la frase. Luego, dejó caer los hombros y expulsó el aire por la nariz—. Ya lo sé.

Amador, que veía la figura de Leo recortada contra la negrura de la noche desde atrás, recordó cómo su padre había dejado caer los hombros y había suspirado también por la nariz el día que le dijo que quería estudiar Matemáticas y no Derecho, declaración de intenciones que no llegó a cumplir porque aquella caída de hombros y aquel bufido habían sido suficientes para convencerle de hacer lo que había que hacer. Avanzó otro paso y se colocó a la derecha de su hijo. Miró al cielo en la misma dirección que él. Le rodeó con un brazo que apoyó sobre su hombro. La otra mano se la echó al bolsillo.

Permanecieron un rato en silencio, mirando sin ver Urano.

Dos grillos iniciaron una conversación en alguna parte.

—¿Has visto hoy alguna estrella fugaz?

—¿Sabes, papá? —dijo Leo. Se recordó tumbado en el suelo de su habitación, el verano pasado, intentando abrir una rendija en la persiana—. Creo que las estrellas fugaces no existen en realidad. Nunca he visto una.

La temperatura de la piel de Amador cambió cuando recordó el castigo. Despegó su mirada del cielo e inclinó la cabeza para mirar a Leo. Seguía con los ojos clavados en algún lugar muy lejano más allá de las estrellas. Una luz plateada perfilaba su nariz y una de sus mejillas. Justo debajo de la barbilla, en el suelo, los dedos de los pies se le movían hacia arriba y hacia abajo.

—Tampoco has visto... no sé, Urano —improvisó Amador—, y sabes que existe.

Leo sonrió.

—Urano sí lo he visto —dijo, y elevó ligeramente el mentón—. Está ahí mismo.

Amador pudo apreciar el cambio de intensidad en el brillo de los ojos de su hijo. También vio su pecho elevarse en una honda respiración.

—Papá —dijo—, se ha acabado el verano.

—Técnicamente aún queda una semana. Además, seguirá haciendo calor hasta octubre.

—No es lo mismo.

Leo permaneció callado unos segundos antes de continuar. Un tercer grillo, de chirrido más agudo, se unió al coro.

—Creo que el año que viene quiero ir a algún campamento —dijo—. Hay muchas cosas que aún no he visto.

El estómago de Amador pareció subir. Y luego bajar.

—Papá, este curso voy a intentar hacer amigos.

Amador se arrodilló. Abrazó a su hijo como no lo había vuelto a hacer desde el último incidente en la tienda del americano, desde la vez que tuvo que desenredarlo de sus brazos y dejarlo solo junto a Victoria mirando al suelo porque un montón de voces en su cabeza querían hacerle creer que su hijo estaba loco. Desde que se escondió detrás del coche para que Leo no viera cómo había metido la cabeza entre las rodillas para dejar de escuchar aquellas voces.

—Claro que sí. Este año todo va a ser diferente —le murmuró al oído.

Cuando deshizo el abrazo y lo observó de frente, el brillo azulado de la luna perfiló el rostro de su hijo, que miraba expectante.

—¿Podré dejar de ver al doctor Huertas? —preguntó.

—Todavía no —contestó Amador mientras negaba también con un movimiento de cabeza—. Vuelve la semana que viene. Tenemos que ir a la consulta y contarle lo que pasó en agosto. Él sabrá qué tenemos que hacer.

Leo elevó su labio inferior y asintió. Luego miró al suelo. Una corriente de aire cálido trajo consigo el olor de lo que Linda estaba preparando en la cocina.

—Le he pedido a Linda que hiciera tu plato favorito. Tienes que cenar y acostarte pronto. Mañana tienes un día duro por delante.

Leo volvió a asentir sin decir nada. Pi apareció de repente y empezó a ronronear frotando su cabeza contra una de las piernas de su dueño. Amador se puso de pie. Se sacudió el pantalón a la altura de las rodillas con un par de manotazos.

—Vamos —dijo.

Leo miró una última vez al cielo antes de sacar algo redondo de uno de sus bolsillos. Lo enroscó alrededor del ocular y colocó el telescopio en posición horizontal.

—Vamos —repitió Leo.

Pensó en agarrar a su padre por la cintura, pero se contuvo. Apretó los puños a ambos lados del cuerpo. Caminó junto a Amador, deseando que el día siguiente no llegara nunca.

Cruzaron la terraza guiados por la escasa luz de la luna en cuarto menguante. En la habitación de Leo, sumida en la oscuridad salvo por algunos charcos luminosos de agua plateada, las estrellas del techo brillaban en forma de puntos verdes, derramando el brillo robado al sol durante el día y a la bombilla de la pared durante tantas noches de lectura a escondidas. Amador agachó la cabeza para esquivar la persiana. Leo entró justo detrás de él y dirigió la mirada al techo. Amador le imitó. Sonrió al recordar el día que pegaron las estrellas, y cómo Leo se enfadaba cada vez que él colocaba alguna fuera de lugar.

—¿Ves, hijo? Decías que nunca habías visto una estrella fugaz, y llevas años durmiendo con ésta encima.

Amador se agachó y dirigió el brazo con el dedo extendido hacia la pegatina de una estrella de seis puntas con una cola curvada de plástico en forma de estela. Leo la localizó sin necesidad de seguir el dedo de Amador.

—No es lo mismo. Además, este cielo ni siquiera está completo.

Aquello sorprendió a Amador.

—¿No llegamos a acabarlo? —preguntó—. Si te prometí que compraríamos las estrellas que hicieran falta para terminarlo, para que fuera igual que el del libro que te regalé —recordó en voz alta. El eco de una carcajada de Leo, la que se le escapó cuando él perdió el equilibrio y estuvo a punto de caerse de la escalera portátil, resonó en su cabeza casi con la

313

misma fuerza que la de los grillos que seguían cantando en el exterior.

—También dijiste que aquello sería un agujero negro.

Amador sí necesitó guiarse con el dedo índice de Leo para dar con la esquina en el techo, un agujero más grisáceo que negro, en donde las estrellas simplemente dejaban de existir. Reconoció el último punto luminoso, el que colocó ya con un pinchazo de dolor en la espalda. Recordó a Leo con un plástico vacío entre las manos, repasándolo con la uña varias veces, esperando encontrar alguna estrella olvidada. Recordó también la cara que puso entonces, cómo había mirado al mapa celeste de su libro y después a aquella esquina vacía que padre e hijo volvían a mirar ahora.

Amador, en cuclillas, agarró la mano extendida de su hijo. Le bajó el brazo con suavidad, guiando con él todo su cuerpo para que lo mirara a los ojos.

—¿Quieres que lo acabemos hoy?

El rostro de Leo se iluminó en medio de aquella oscuridad. A Amador le resultó muy fácil establecer una metáfora con las estrellas adhesivas que les miraban desde el techo. Leo sonrió sin enseñar los dientes, sólo durante un segundo.

—Dijiste que tenía que cenar y acostarme. Mañana…

—Empieza el curso —terminó Amador la frase—. Ya lo sé. Pero también te he dicho que este año va a ser todo diferente. Y lo vas a empezar con un cielo completo sobre tu cama. —Hablaba con la excitación de un niño que está a punto de cometer una travesura, como comerse sin pagar unas golosinas de la tienda a espaldas de su madre—. Vamos a decirle a Linda que deje las pechugas para un poquito más tarde —añadió.

—¿Empanadas? —preguntó Leo, la sonrisa ya del todo abierta en su rostro.

—¿Tú qué crees?

Leo rió de verdad por primera vez en mucho tiempo.

314

Amador se incorporó de un salto. Buscó a tientas el interruptor en la pared del otro extremo de la habitación. Ambos entornaron los ojos cuando la bombilla se encendió e hizo desaparecer de golpe todo el universo. Leo localizó sus zapatillas debajo de la cama justo antes de que su padre señalara el techo con los pulgares y preguntara:

—Las compré en la tienda del americano, ¿verdad, comandante?

Leo se quedó congelado, la espalda encorvada, el pie derecho metido sólo a medias en una de las zapatillas. Miró a su padre.

—Leo.

La solemnidad en su voz y la severidad de la mirada que le devolvió hacían innecesaria cualquier otra explicación.

Como si sus músculos volvieran a la actividad tras permanecer todo un invierno agarrotados, Leo terminó de calzarse tratando de disimular el temblor de sus manos. Prefirió no decir nada para que las palabras no patinaran en su garganta.

Cuando su hijo estuvo listo, Amador apagó la luz y salieron de la habitación.

Leo reconoció el frío en la espalda.

—¿Por qué me dice Linda que le has dicho que espere media hora para servir la cena? —El ruido de los tacones y la voz de Victoria les sorprendieron mientras se dirigían a la puerta principal—. Imagino que no has olvidado que tu hijo empieza el curso mañana.

Amador se giró. Victoria hablaba mientras caminaba hacia ellos desde la entrada que daba acceso al salón en el jardín. El hielo picado del vaso que llevaba en una mano sonaba al golpear el cristal a cada paso. Amador asoció el sonido, con total claridad, al que hicieron los hielos del whisky doble de su padre la noche en que había señalado a una tal Victoria

Cuevas en una convención de vejestorios cansados de la abogacía en Praga y le había dicho al oído: «Esa mujer te interesa».

—Vamos un segundo al Open.

—Vaya. —Victoria juntó los labios e hizo el sonido de varias emes seguidas—. ¿Qué es esto, una nueva terapia de choque de la que no se me ha informado?

Terminó la pregunta en el mismo momento en que se situaba delante de su marido y su hijo. El ruido de los tacones cesó. El tintineo del vaso, no. Alargó la mano libre y pellizcó la nariz de Leo. Dio un sorbo a su bebida antes de continuar.

—¿O es que os escapáis en mitad de la noche? —Miraba a Amador y Leo de forma alterna, hasta que detuvo la mirada sobre la del niño—. ¿Les vas a hacer ese feo a tus compañeros? Pero si deben de estar deseando que llegue mañana para verte.

La manera en que pronunció la palabra «deseando» —*deseannndo*— hizo que a Amador se le revolvieran las tripas. «Se llama Victoria Cuevas y es una gran abogada», había dicho Amador Cruz padre, «créeme, quieres que esa mujer sea la madre de tus hijos».

—Vamos a comprar unas estrellas para el techo.

Victoria les dedicó una de sus sonoras carcajadas, echando la cabeza hacia atrás en un gesto que resultó sobreactuado.

—Venga, hijo, vamos —dijo Amador.

Abrió la puerta y alargó el brazo hacia Leo para dejarle pasar antes que él. Leo despegó los ojos de su madre y caminó hacia fuera con ambas manos por delante, la de su padre empujándole suavemente por la espalda como la noche de hacía un mes, cuando la sintió sobre su camiseta húmeda antes de entrar en el Open.

—Nada, id a donde queráis. Yo voy a empezar a cenar. Linda va a subirte ahora el uniforme a la habitación —dijo, elevando la voz—. Ella te despertará mañana para el desa-

316

yuno. Yo te recogeré a la salida, enfrente del Open. Bueno, ya sabes dónde, al otro lado de la calle. Como siempre. A ver cuándo…

—Muy bien, ¿eh? —la cortó Amador.

No dijo nada más. Salió de casa y cerró la puerta tras de sí. Lo hizo más fuerte de lo que pretendía. Leo esperaba fuera. Las palabras de su madre le habían encogido el estómago. Se vio descalzo sobre la acera buscando la sombra del semáforo para aliviar el ardor en las plantas de los pies. Subieron al Aston Martin. Amador arrancó.

Victoria escuchó el coche marcharse. Se dirigió al sofá mientras removía el contenido de su vaso. Se sentó, cruzó una pierna por encima de la otra y apoyó la bebida en la mesa. Comenzó a hacer sonar sus uñas. Enganchando la del índice en la del pulgar para soltarla después. Permaneció así varios minutos. Mirando a la pared. Balanceando el pie que colgaba a unos centímetros del suelo.

Entonces escuchó el motor de un vehículo. Arrugó la nariz al pensar que Amador no había tenido tiempo de ir a la tienda y volver. El chillido cada vez más agudo de un frenazo comenzó a preocuparla. Parecía que algo iba a chocar contra la casa. Poco después, el timbre empezó a sonar sin descanso.

Cuando Victoria abrió la puerta y descubrió a la mujer descalza, entendió enseguida que algo no iba bien.

Amador y Leo conducían hacia el Open con las ventanas bajadas. Leo miró a su padre. Cuando él asintió, sacó medio cuerpo por la ventanilla delantera y dejó que el aire caliente le golpeara en la cara. Cerró los ojos y se imaginó alzando los brazos para celebrar una imaginaria victoria, aunque su imaginación no le permitió crear nada que quisiera celebrar. Su padre creyó ver un impulso retenido cuando Leo movió las manos.

—Puedes levantar los brazos si quieres —le dijo.

Leo, allá fuera, navegando con los ojos cerrados sobre un viento ensordecedor, no oyó nada.

Regresó al interior del coche en cuanto se acercaron al centro del pueblo, iluminado ya con la luz naranja de las farolas que parecían grandes soles en un sistema solar entomológico. Cuando sortearon una rotonda y entraron en la calle del Open, a Leo se le escapó la mirada al otro lado, hacia el colegio. Le pareció extraño que el edificio vacío que ahora observaba pudiera ser el causante del sudor que manaba desde el final de su espalda. Casi podía revivir la sacudida de dolor eléctrico de los pisotones de Edgar.

«Este año todo va a ser diferente», acababa de decir su padre. Leo agitó la cabeza como lo haría alguien que quisiera sacudirse de encima la culpa. Logró apartar del cine de su mente las dolorosas proyecciones que la visión del colegio había desencadenado. Se prometió que, de la misma forma, tenían que desaparecer del próximo curso las horas de comedor a solas. Las solitarias esperas al otro lado de la calle. Las veces que se encerraba en el baño, los pies subidos a la taza para que no le localizaran, mirando el reloj para salir diez minutos más tarde que todos los demás. «Siempre el último», era el saludo habitual de mamá.

—Este año todo va a ser diferente —repitió, como si fuera una consigna.

—¿Cómo dices?

—Nada, papá.

El Open apareció a su derecha. De un volantazo, Amador, que conducía distraído mirando a su hijo, entró en la zona de surtidores de gasolina. Se colocó detrás de otro coche que arrancaba en ese momento.

—No creo que moleste aquí. De todas formas, no vas a tardar mucho, ¿no?

Leo giró la cabeza hacia su padre. A lo lejos, a través de la luna delantera, podría haber visto a un universitario con un montón de libros bajo el brazo que entraba en la tienda a comprar unas latas de Red Bull para aguantar la noche de estudio que tenía por delante.

—¿No vienes conmigo? —preguntó Leo.

Una de sus manos empezó a temblar y la aprisionó bajo la pierna.

—No, hijo, no hace falta. Toma esto. —Extrajo un billete de veinte euros del bolsillo delantero—. Será suficiente, ¿no? Y que te devuelva bien el cambio ese viejo.

—Ya no está el viejo. Ahora hay otro señor.

—Pues que no te engañe. Venga, ve, que así tardamos menos. Tu madre dijo que iba a empezar a cenar y…

—No es por eso —dijo sin pensar mientras agarraba el billete—. Lo que quieres es que entre solo. Mamá te da igual.

Esperó que su padre se enfadara. En su lugar, el gesto de Amador se tensó primero y luego se relajó, como el de alguien que desarma sus defensas tras haberse descubierto el mayor de sus secretos.

—Hijo —giró la llave e interrumpió el contacto—, si de verdad quieres que las cosas cambien, tienes que empezar a cambiarlas tú. Esto es cosa tuya. Sabes que no hay ningún peligro en el Open. Ya hemos pasado por esto.

Leo metió su otra mano bajo la pierna.

—Papá —empezó. Cuando supo lo que iba a pasar con su voz si seguía hablando, se calló.

—Vamos, Leo. —Agarró el volante con ambas manos, como si el coche siguiera en marcha.

Amador señaló la entrada del Open con la barbilla. El neón parpadeaba sobre las puertas automáticas. Se abrieron cuando entró un hombre que dejó atado un cachorro de pastor alemán a uno de los postes, los mismos donde los compañeros de Leo apoyaban sus bicicletas.

Una oleada de terror ascendió desde el vientre hasta la garganta de Leo cuando pensó en volver a entrar solo en aquel lugar. La contuvo como si fuera vómito.

—Ya no quiero las estrellas —dijo, sin temblor en la voz—. Vámonos a casa.

Tiró el billete sobre las piernas de su padre.

Los dedos de Amador se agarrotaron alrededor del volante.

—No me obligues —murmuró, más al salpicadero que a su hijo. Tenía miedo de que explotara aquella mecha que notó encenderse en algún lugar.

—No las quiero.

—¡Entra ahí ahora mismo!

Gritó de repente y sin poder contenerlo, como tampoco pudo contener el golpe que dio al volante con una de sus manos. Dos minúsculas gotas de saliva impactaron contra el cristal. Leo saltó en su asiento y observó a su padre con los hombros encogidos. Amador le miraba de reojo, el cuerpo dirigido al frente, la cabeza apenas girada. A Leo no le gustó la forma en que estaba respirando. Lentamente, liberó una de sus manos y recogió el billete sobre las piernas de su padre. Ya le daba igual que viera cómo temblaba. Pero no temblaba. Agarró el dinero sin separar la vista de la suya. Amador volvió a mover la cabeza en dirección a la entrada del Open. El plástico del volante rechinó bajo sus manos.

—Te espero aquí —dijo.

Leo abrió su puerta. Salió sin decir nada más. Cuando la cerró y se vio solo frente al Open, otra vez, pensó en echarse a correr. Detuvo el impulso encogiendo los dedos de los pies. Apretó el billete húmedo en uno de sus puños.

Y comenzó a caminar.

Amador siguió con los ojos la trayectoria de su hijo. Lo veía cada vez más borroso. Se secó los ojos con el dorso de una mano.

Esto va para largo, tu hijo no está bien. Lo sabes, ¿no?, pensó.

Antes de poder callárselo, como se había callado tantas cosas durante tantos años, Amador gritó algo ininteligible al vacío del coche. Sirvió para desentumecer su garganta encogida y le permitió desahogarse con una única arcada de llanto.

Entonces vio las puertas del Open abrirse.

Distinguió también cómo Leo cedía el paso a un hombre vestido con una cazadora de cuero mientras recordaba, con una tristeza que se permitió escuchar por primera vez en su vida, la forma en que Victoria acababa de burlarse de su propio hijo en la puerta de casa.

De súbito, escuchó el pitido constante de un coche que se acercaba a toda velocidad por la calle del Open. Amador se secó los ojos y se volvió para ver la razón del escándalo.

Se le encogió el corazón cuando reconoció a Victoria.

Viajaba en el asiento del copiloto de un coche desconocido. Llevaba medio cuerpo fuera, como Leo hacía unos minutos. Agitaba los brazos. Amador distinguió la silueta de otra mujer al volante. Hacía gestos exagerados con un brazo fuera de la ventanilla. Gritaba a la luna delantera del coche. Victoria también gritaba, su pelo estirado hacia atrás por la fuerza del aire. La luz de los faros delanteros del coche cambiaba de intensidad en forma de espasmos eléctricos.

Amador se quedó paralizado.

Después, escuchó el frenazo a su lado.

Victoria tropezó al intentar bajar del coche de la desconocida y golpeó el suelo con la cara.

Andrea salió disparada en dirección a la tienda. Sus lágrimas volaron hacia atrás. Notó el calor del asfalto en las plantas de los pies. Se los manchó de alquitrán y gasolina.

Corrió con todas sus fuerzas.

Un flash transformó el Open actual en el Open de hacía nueve años. Andrea corrió en dirección a Aarón. Imaginó su propia piel coloreándose con el reflejo en azul de las luces policiales. Recordó la zapatilla al final de una pierna tendida en el suelo de la tienda. Sintió en su frente la humedad del pecho de Aarón.

Andrea gritó para regresar al momento actual.

Pensó en atravesar la puerta.

Romperla en mil pedazos.

El sistema de apertura no podría abrirlas a la velocidad de su carrera. Tendría que cortarse para abrazar al niño.

Para volver a abrazar a Aarón.

Fue entonces cuando sonó el primer disparo.

De tres que hubo en total.

Andrea se hizo sangre en el pie derecho cuando se detuvo en seco y derrapó sobre la gravilla.

Victoria sintió un dolor en el estómago mucho más intenso que el que a veces le provocaba el sentimiento de vergüenza hacia su propio hijo.

A Amador las pupilas se le dilataron hasta que le dolió el brillo del neón sobre sus ojos. Su cuerpo saltó tres veces, una con cada uno de los disparos, pero fue incapaz de separar las manos del volante.

Andrea se dejó caer de rodillas cuando vio al hombre de la cazadora de cuero salir corriendo hacia un coche con el motor en marcha que le esperaba al lado de un surtidor. El perro en la puerta ladraba y luchaba contra una correa demasiado corta. En el interior de la tienda, un tipo delgado agitó los brazos y gritó pidiendo socorro.

Victoria logró levantarse impulsándose con ambas manos. Escupió el polvo del suelo. Caminó hacia las puertas del Open. Pasó junto a Andrea, que había escondido la cara entre sus manos, los codos apoyados en las rodillas.

Durante varios minutos, los ojos abiertos de Amador no vieron nada.

No vio a Victoria entrando en la tienda.

322

No vio a Andrea tirarse del pelo antes de caer hacia un lado.

Amador no vio nada hasta que la sirena de una ambulancia que apareció frente a él pulsó algún interruptor en su cerebro y lo devolvió a la realidad.

Una realidad en la que supo que su hijo ya no estaba.

Gritó.

La puerta del coche se abrió. Amador prácticamente se dejó caer. Se golpeó el codo contra el asfalto caliente. El dolor le hizo gritar otra vez.

Entonces escuchó un eco grave, ralentizado y distorsionado.

—¡Leo!

Amador se oyó a sí mismo gritar el nombre de su hijo.

Epílogo

Lunes, 21 de septiembre de 2009

Victoria abrió la habitación una semana después.

Esperó en la puerta un tiempo que no supo medir, sin atreverse a entrar, antes de dar el primer paso. Algo cambió en el aire nada más cruzar el umbral, algo eléctrico que erizó el vello de todo su cuerpo. Creyó escuchar un susurro cálido justo detrás de la oreja. En realidad, el silencio era total. El uniforme escolar estaba colgado del pomo en el armario. Sobre la cama, la colcha seguía arrugada marcando el lugar donde Leo se había sentado por última vez. Victoria se agarró el cuello con ambas manos apoyando los brazos sobre el pecho. Transcurrió otro intervalo de tiempo indeterminado durante el cual mantuvo la mirada perdida, como tantas veces en los últimos siete días. Entonces descubrió algo. Salió a la terraza y cogió el telescopio. Cuando intentó plegarlo y no encontró la forma de hacerlo, tuvo que contener las ganas de golpearlo contra el suelo. Lo dejó en el mismo lugar, como si aquello fuera lo que hubiera querido hacer desde el principio.

De vuelta a la habitación, se acercó a la cama y se encorvó para agarrar la colcha por uno de los lados. Miró durante un momento los pliegues en el tejido. Una imagen volátil de Leo, con la espalda apoyada en la pared, leyendo, comenzó a formarse ante sus ojos y la detuvo antes de que... Tiró con fuerza. La tela se alisó por completo. El Leo imaginario se desvaneció. Victoria sintió cómo le ardían los párpados. Dio un par de palmadas sobre la cama antes de sentarse. Con la espalda recta, cruzó las piernas y se sujetó la cabeza apoyando la barbilla sobre el dedo pulgar de su mano derecha. Con dos dedos, se apretó los labios contra los dientes. La garganta le dolía hasta la nuca. Notó las lágrimas caer sobre una de sus pantorrillas antes de saber que estaba llorando otra vez.

Algo se desprendió del techo sobre la cama, junto a ella. Lo cogió y jugueteó con ello entre los dedos. Un diminuto círculo de plástico blanco.

En algún momento, escuchó el sonido de unos nudillos contra la puerta.

—¿Señora?

—No entres.

La voz de Victoria sonó firme. Las lágrimas se habían secado ya y formaban sobre su rostro una capa de barniz salado. Cuando se asomó a la puerta vio a Linda con la cabeza agachada, sin atreverse a mirarla a la cara.

—Ya me marcho, señora.

—No tenías por qué venir a despedirte. Deja tus llaves en la cocina y vete.

Entonces sonó el timbre de la puerta principal.

—¿No habrá venido nadie a recogerte? —preguntó Victoria.

Linda negó con la cabeza. Dio un paso atrás cuando sintió acercarse a la señora, quien cerró tras de sí la puerta de la habitación con fuerza.

—No abras. Sal por detrás, por el jardín.

—Señora, siento mucho…

—Ya es tarde.

Y ya era tarde. A Linda el secreto del segundo sobre, el blanco, el que ella cogió del buzón y entregó a Leo a escondidas de sus padres, le había quemado durante cinco noches

326

en la almohada. Luego empezó a quemar en la punta de la lengua. Y al final tuvo que dejarlo ir para evitar que la convirtiera en cenizas. Se lo contó a Amador en la sexta noche que Leo ya no conoció. Le explicó que había encontrado otra carta dirigida al niño en el buzón. Que había sido la mañana que el gato saltó sobre la mesa del desayuno y manchó la alfombra de la señora. Que la escondió y se la enseñó abajo, donde la lavadora. Que decía prácticamente lo mismo que la primera. Que quiso proteger a Leo dejando que la viera él primero. Que ella había intentado que no la leyera, pero que Leo se le había adelantado y la había abierto allí mismo. Que luego ya no supo qué había hecho con ella. Y que...

Amador no la dejó terminar. Sólo le preguntó qué iba a hacer si dejaba de trabajar con ellos, porque iba a dejar de trabajar con ellos ante «las gravísimas consecuencias de tu imprudencia», que fueron las palabras que utilizó Amador sin creerse que pudieran equivaler a lo que había ocurrido en realidad. «Regresar a mi país para *abrasar* a mis hijitas», había contestado Linda, pensando en esas niñas que no habían crecido durante dos años, pegadas a la pared sobre su cama. Y cuando Victoria supo que ésa había sido su respuesta, que Linda había tenido el valor de decir que se iría a abrazar a sus hijas, le había gritado a Amador que la echara de casa en ese mismo momento. «Se irá mañana por la mañana, no necesitamos otra escena», había contestado él. Y entonces Victoria había corrido a la habitación de Leo para abrazarlo, pero su mano se había quedado helada al tocar el pomo de una puerta que ya no sabía cómo abrir.

—Vete por el jardín —repitió.

El timbre volvió a sonar, una nota aguda y dos más graves.

Linda alzó la cabeza y miró a Victoria. Cuando intentó decir algo, ella negó con la cabeza. Las palabras se deshicieron sobre su lengua antes de existir. A Linda le hubiera gustado entrar en el cuarto de Leo para ahuecarle la almohada.

Se dio la vuelta y comenzó a bajar las escaleras en dirección al salón. A mitad de camino, escuchó su nombre y se quedó quieta.

—Linda —dijo la voz que le llegaba por la espalda—, cuando abraces a tus hijas, piensa en por qué yo no puedo abrazar a mi hijo. —La voz hizo una pausa—. Si nos hubieras avisado de esa carta...

—Esa carta no hubiera cambiado nada, usted ya tenía mucho de no *abrasar* a su hijo —se atrevió a responder Linda, empujada por un calor repentino. Continuó bajando por la escalera enmoquetada tras recuperar la compostura.

El timbre sonó una tercera vez. Linda miró la maleta que había dejado junto a la entrada principal. Atravesó la estancia en aquella dirección. Cuando el timbre sonó por cuarta vez, lo sintió vibrar sobre su cabeza. Recordó la orden de la señora. Agarró el equipaje y abrió la puerta.

Fuera esperaba un hombre, apoyado sobre un par de muletas. A su lado, una mujer. Linda salió de casa y la maleta chocó con una de las muletas. Pidió disculpas. Luego, extendió el asa del equipaje, dejó escapar una bocanada de aire por la boca y se marchó de la casa que nunca había sido su hogar. Las ruedas de la maleta se atascaron a cada metro del camino de grava.

—¿Hola? —preguntó Andrea al interior de la casa—. ¿Victoria? Soy Andrea.

Victoria se encontraba otra vez con una mano inerte alrededor de un pomo que había vuelto a olvidar cómo girar. Lo apretó con mucha fuerza antes de soltarlo como si quemara. Apoyó la frente sobre la puerta. La acarició con ambas manos. Acercó una oreja y la pegó a la madera para escuchar a su hijo moverse en el interior de aquella habitación vacía. Se golpeó la cabeza dos veces.

—Te traigo lo que me pediste —se oyó desde abajo.

Victoria comenzó a bajar la escalera. Primero se movió

lentamente, apoyando ambos pies en un mismo escalón antes de dar el siguiente paso. Después recuperó las fuerzas y caminó hacia la entrada haciendo sonar sus tacones como las tribus que golpean sus tambores antes de proceder al ataque.

Al otro lado del marco vio, junto a Andrea, a un hombre que pudo haber sido fornido. Apoyado en unas muletas, David observó la llegada de Victoria con un ojo abierto y el otro casi cerrado. Había algo desconcertante en su rictus y el perfil de sus labios. Había también una hermosa serenidad en su mirada incompleta y una cualidad bondadosa en su media sonrisa.

—¿Es él? —le preguntó a Andrea.

Andrea asintió. Esperaba que Victoria les invitaría a pasar. No lo hizo. Tan sólo miró a David de arriba abajo sin cambiar el gesto. Él se sintió incómodo. No supo qué decir.

—Has dicho que me traes eso —dijo Victoria.

Durante un segundo, Andrea dudó. Pensó en agarrar el bolso, coger a David del brazo y dejar a esa mujer que los despreciaba consumirse sola en su dolor.

—¿Está Amador? —preguntó. Cerró la cremallera del bolso.

Victoria gritó el nombre de Amador, forzando su garganta exhausta. Él oyó la voz de su mujer por encima de la melodía de *Seasons in the sun*, que sonaba a volumen máximo en los altavoces de su despacho.

—Seguro que no me oye —explicó Victoria—, cuando se encierra en su despacho se olvida del mundo. Pero puedes estar tranquila. Lo veré con él.

Tras decir aquello, Victoria extendió una mano frente a las caras de Andrea y David. Andrea apretó el bolso contra su vientre. Miró a David. Él captó la duda en los ojos de su amiga. Pero después asintió. Y señaló a Victoria con la cabeza.

Andrea comprendió. Con dos dedos, abrió la cremallera del bolso. En el tenso silencio, sonó igual que un engranaje de maquinaria industrial. Extrajo el disco. En su funda de plástico, la tarjeta grapada con las palabras: «Leo en el Aqua». Volvió a mirar a David. Él hizo un gesto afirmativo. Andrea extendió el brazo y colocó el disco sobre la mano de Victoria.

—Es lo que hubiera querido Aarón —le dijo.

Victoria bajó la mirada. Permaneció en silencio. Andrea apreció un ligero temblor en su barbilla.

—Gracias —dijo Victoria.

Después recogió el brazo con rapidez.

Y cerró la puerta frente a ellos.

Fuera, David observó cómo cambiaba de intensidad el brillo en los ojos de Andrea. Con una mano, la empujó hacia él. Ella apoyó la frente sobre su hombro.

—Es lo que hubiera querido Aarón —repitió David.

En el interior de la casa de los Cruz, Amador bajaba las escaleras atendiendo a la llamada de Victoria. Se la encontró en el salón, de pie frente al televisor. Cuando vio a su hijo en la pantalla, Amador tuvo que hacer un esfuerzo para no caer.

«Es que soy un poco raro», decía.

Victoria alzó la mirada hacia su marido. A continuación, caminó hacia el centro de la estancia. Levantó el teléfono y se lo colocó en el hombro. Amador la veía, borrosa, tras el tamiz vidrioso de las lágrimas contenidas.

—Por favor, ¿a quién llamas ahora? —consiguió preguntar. Dentro de su bolsillo, apretó la foto de un café en San Francisco.

—A la televisión local de este maldito pueblo —respondió Victoria—. Le di mucho dinero a aquella gorda para que no emitieran las imágenes de Leo. Se pueden ir preparando.

La uña de su dedo índice, la que hacía sonar enganchándola en el pulgar derecho, se quebró a la altura de la carne.

Queremos compartir más momentos contigo.

Únete a la comunidad de Penguin Libros y encuentra tu siguiente lectura.

¡Únete hoy!

Penguin
Random House
Grupo Editorial